그러니까 당신도 써라

그러니까 당신도 써라

지은이 | 배상문
펴낸이 | 방현철

1판 1쇄 찍은날 | 2009년 6월 20일
1판 3쇄 찍은날 | 2011년 1월 20일
펴낸곳 | 북포스

출판등록 | 2004년 2월 3일 제313-00026호
주소 | 서울시 영등포구 양평동5가 18 우림라이온스밸리 B동512호
전화 | 02-337-9888
팩스 | 02-337-6665
홈페이지 | www.bookforce.co.kr
전자우편 | bhcbang@hanmail.net

ⓒ 배상문, 2009
ISBN 978-89-91120-31-0 03800

그러니까 당신도 쓰라

배상문 지음

북포스

차례
c o n t e n t s

그러니까 당신도 써라

내가 문장을 쓸 때에는 어딘가에 있는 친구에게 나름대로 조용한 메시지를 전하고 싶은 마음이 있습니다. 알 만한 사람은 알아줄 것이라는 그런 메시지요.(히사이 쓰바키·구와 마사토, 윤성원 옮김, 『하루키를 읽는 법』, 문학사상사, 2006, 80~81쪽)

무라카미 하루키가 인터뷰에서 한 말이다. 굳이 직업 작가가 아니더라도 글을 한 번이라도 써 본 사람이라면 누구나 공감할 만한 이야기다. 순전히 자기만족을 위해 글을 쓴다는 사람들도 있는데, 내 생각에 그 말은 거짓이다. 카프카는 죽을 때 친구인 막스 브로트에게 자신의 작품들을 모조리 불태워 버리라고 했었다는데, 나는 그의 말이 진심은 아니었을 것으로 생각한다. 카프카 자신은 손이 없나 발이 없나? 진심으로 글들을 없애고 싶었으면 제 손으로 얼마든지 불살라 버리고 죽을 수도 있었다. 카프카의 유언은 오히려 내게 반어법으로 들린다. '내 작품들을 잘 부탁하네, 친구.'

남에게 읽히지 않는 글은 글이 아니다. 남에게 들리지 않는 말은 말이 아닌 것처럼. 그런 의미에서 보자면 일기는 글이 아니다. 생각을 지면에 옮겨 놓기는 했으나 글로서 효력이 발생하지는 않는다. 그러나 그 일기를 동생이 훔쳐보았다면? 그렇다면 그 일기는 글이 된다고 할 수 있다. 의도하지는 않았지만 독자(?)가 생겨 버렸기 때문이다. 이처럼 한 편의 글은 필자와 독자의 관계가 맺어져야 비로소 의미가 있게 된다. 나에게 '하고 싶은 말(메시지)'이 있고, 그 말이 내가 아닌 누군가에게 가 닿았을 때에야 비로소 '나는 글을 썼다'라고 할 수 있다.

그러므로 글을 쓸 때에는 항상 '독자'를 유념해야 한다. 상식적인 이야기인데, 그걸 절감하며 글을 쓰는 사람은 드물다. 자기가 하고픈 말을 주저리주저리 적는 것이 글쓰기가 아니라는 말이다. 혼자만 보는 일기를 쓸 때에는 그렇게 해도 된다. 그렇지 않고 "알 만한 사람은 알아줄 것"이라는 마음으로 글을 쓰려는 사람은 '자기중심적'인 차원을 넘어서 '독자 중심적'인 태도를 가져야 한다. 내 글을 읽는 독자는 과연 어떤 사람일지, 내가 쓴 글이 독자에게 어떤 식으로 이해될지, 혹시나 오해의 여지는 없는지, 어법과 맞춤법은 제대로 지켰는지, 가독성을 위해 얼마나 문장을 닦고 조이고 기름 쳤는지……. 이런 고민을 거쳐서 나온 글이야말로 제대로 된 글의 요건을 갖추었다고 할 수 있다.

이 책의 독자는 분명하다. 자신의 글로써 "어딘가에 있는 친구에게 나름대로 조용한 메시지를 전하고 싶은" 사람들이다. 요컨대 '작가 지망생'이란 말이다. 그런데 이 책에서 내가 말하는 '작가'는 여태껏 통용되어 온 '작가'의 의미와는 조금 다르다. 지금까지 '작가'라 하면 '종이책'을 한 권이라도 낸 사람을 가리켰다. 글을 아무리 많이 써도 종이책을 내지 못한 사람은 작가로 쳐주지 않았다. 예컨대 당신이 누군가에게 "저는 작가입니다."라고 말하면 상대방은 곧바로 "책 제목이 뭐예요?" 하고 물어볼 것이다. 그때 "오프라인에서 책을 낸 적은 없고, 블로그에 글을 올리고 있습니다."라고 말했다 치자. 그러면 상대방이 당신을 작가라고 인정할까? 십중팔구는 아닐 것이다.

그러나 표지에 자기 이름이 박힌 '종이책'을 낸 사람이나 신춘문예와 같은 '등단' 제도를 거친 사람만 '작가'라고 부르는 건 이제 시대착오적인 발상이다. 100권도 안 팔린 종이책의 저자나 10년 전에 등단한 뒤로 작품 활동이 전혀 없는 사람보다는 오히려 수천 명의 구독자를 가진 인터넷 논객이 작가라는 호칭에 걸맞지 않을까? 나는 그렇게 생각한다. '작가'의 패러다임은 하루가 다르게 바뀌고 있다. 멀리 갈 것도 없이 향후 10년 안에 이 모든 관념이 바뀔 것이다. '종이책'을 내지 않거나 '등단'이라는 제도를 거치지 않고도 얼마든지 기존 작가의 지위와 맞먹는 인터넷 작가가 탄생할 것이다. 요컨대 글을 내놓는 '매체'의 종류는 전혀 중요하지 않게 된다!

내가 이 책에서 쓰는 '작가 지망생'이라는 표현은 '책을 내고 싶은 사람'이나 '신춘문예 등단이 목표인 사람'을 말하는 것이 아니다. 혹시나 그러한 것들에 대한 정보를 얻고자 하는 사람은 애써 이 책을 읽을 필요 없다. 책 출간이나 등단에 관한 이야기는 한 마디도 나오지 않을 테니까. 솔직히 그 부분에 대해서는 나도 잘 모른다. 관심도 없고. 다만 나는 오랫동안 '글을 잘 써 보고 싶다'는 단순한 목표만 가지고 공부를 해 왔다. 할 수 있는 방법은 다 해 보았다. 그러다 보니 내 나름의 비결 또는 지론을 가지게 되었다. 그것을 글쓰기에 관심이 있는 사람들과 나누고 싶은 소박한 마음뿐이다. 종이책의 저자가 되거나 특정 매체를 통해 등단을 한다면 물론 기분은 좋을 것이다. 그러나 그것은 어디까지나 부수적인 즐거움일 뿐이다. 글쓰기의 본질은 글쓰기 자체에 있다.

말이 나왔으니 말이지만 우리나라 '등단'제도는 일제강점기 때 만들어진 것이다. 일제가 '말 잘 듣는' 신문 잡지나 문인 단체에 약간의 권력을 주어 그들을 길들이려는 속셈으로 만든 것인지는 알 수 없으나, 그때 생긴 현상모집이나 추천제도가 지금까지 별로 달라지지 않고 이어져온 것은 사실이다. 문단에 들어갈 자격을 얻으려면 제도화된 관문을 거쳐야 했기 때문에 많은 문학청년들이 기를 쓰고 신춘문예 같은 '시험'에 도전했다. 당연히 심사위원의 입맛에 맞는 글을 쓴 사람들이 당선되었고, 그들은 자신을 뽑아 준 선배의 권위 앞에서 감히 딴소리를 할 수 없었다. 자연히 문단에는 권위와 권력의 그늘이 드리워졌다. 이런 풍토에서 작가와 작가, 또는 작가와 독자들 사이에 제대로 된 소통이 이루어질 리 없었다.

요새는 상황이 달라져서 문단을 둘러싼 울타리가 예전처럼 완고하지 않고, 그 덕분에 나 같은 사람도 글을 쓰고 책을 내게 되었다. 겸연쩍어 주뼛주뼛하면서도 누가 직업을 물으면 감히 '작가'라고 답할 수 있게도 되었다. 어떤 이는 말한다. 이러한 문단해체 현상 때문에 요새는 '개나 소나' 글을 쓰게 됐고, 그 때문에 '함량미달'의 작품이 쏟아져 나와 그 질과 수준이 크게 떨어졌다고. 어쩌면 그 개나 소에 해당될지도 모르는 나는 이렇게 말한다. 개든 소든 누구나 글을 쓰는 때가 바로 참된 민주시대라고. 몇몇 문단 안의 특권층이 독점해 오던 '글 쓸 수 있는 권리'는 이제 마땅히 글을 쓰고 싶어하는 수많은 대중들에게 돌아가야 한다고. 글이 함량미달인지 아닌지는 독자들이 판단할 테고, 만약 그 수준이라는 게 단순히 글을 어렵게 쓰는 걸 뜻한다면 낮아질수록 좋은 게 아니냐고.(서정오, 「글장이는 별종인가?」, 김용택 외, 『내 인생의 글쓰기』, 2008, 나남, 77~78쪽)

"오랫동안 초등학교 교사로 일하면서 이야기를 써 오다가, 지금은 퇴직하여 글쓰기에 전념"하고 있는 서정오의 말이다. 그의 말처럼 요새는 '개나 소나' 글을 쓴다. 좋은 현상인가 나쁜 현상인가? 서정오는 반긴다. "개든 소든 누구나 글을 쓰는 때가 바로 참된 민주시대"이기 때문이란다. 나도 그의 말에 공감한다. 등단을 거쳐 문인협회에 등록된 사람만 '문인 자격증'을 얻는 시대는 지나가고 있다. 더 나아가 종이책을 낸 사람만 '작가'라고 부르는 시대도 곧 저물 것이다. 이는 인터넷의 발달이 가장 큰 요인이다. 그런 의미에서 나 같은 '개나 소나'에게 인터넷은 축복이다. 인터넷이 아니었다면, 종이책을 낸 적도 없고 등단 절차를 밟을 생각도 없는 내가 어떻게 생판 얼굴도 모르는 불특정 다수에게 손쉽게 말을 걸 수 있겠는가? 생각해 보면 꿈같은 일이다.

앞서 말했듯이 글쓰기의 본질은 글쓰기 자체에 있다. 이제는 누구든 글을 쓰고 싶으면 글쓰기 자체에만 집중하면 된다. 내 글이 읽을 만한 가치가 있다면, 내가 어떤 이력을 가진 사람인지는 상대적으로 덜 중요하게 되었다. 글 자체만으로 승부를 걸 수 있게 된 것이다. 예전에는 그렇지 않았다. 글을 발표할 수 있는 매체가 지극히 제한적이었고, 제한된 공간마저도 한 줌의 필자들에게만 문이 열려 있었다. 그러다 보니 작가들이 글쓰기 외에도 신경 써야 할 문제들이 너무 많았다. 더럽고 치사한 꼴도 묵묵히 감내해야만 했다. 안 그러면 어쩔 텐가? 붓을 꺾을 수밖에 없는데. 실제로 자존심 굽히기 싫어 펜을 던지고 절필한 사람도 많다. 어찌 보면 현재 우리가 알고 있는 내로라하는 작가들보다 사라져 간 그들이 더 작가 정신에 부합하는 진짜배기들이었을지도 모른다.

그처럼 갑갑한 시절이 끝나 가고 있음을 다행으로 여기자. 선택받은 소수만이 '작가'라는 이름표를 달던 시대가 저물고 있음에 감사하자. 이제는 본질에만 집중하자. 글쓰기 자체에만 '올인'하자. 종이책이 되었든 전자책이 되었든, 등단을 하든 못하든 그런 문제는 전혀 중요하지 않다. 중요한 것은 당신에게 '메시지'가 있고, 이를 효과적으로 전달할 수 있는 '문장력'이 있는가 하는 것뿐이다. 그것만 확실히 손에 쥐게 되면 당신은 이미 '작가'다. 다시 강조하건대, 지금은 '개나 소나' 작가가 될 수 있는 시대다.

그러니까 당신도 써라!

1부

글쓰기, 첫걸음 떼기

블로그를 운영하라 • 우선은 한 사람만 생각하라 • 하나가 열을 불러들인다 • 나만의 '언덕'을 쌓아라 • '옷'이 아니라 '피부'다 • 편견도 매력이 될 수 있다 • 이것만 읽지 말고 저것도 읽어라 • 범의 굴에 들어가야 범을 잡는다

블로그를 운영하라

인터넷이 일반화된 이후 역설적으로 중요해진 것은 글쓰기 능력이다. 이제 글쓰기는 '그들만의 것'이 아니라 인터넷 문화, 대중문화, 비즈니스 등에서 필요한 '우리들의 것'이다. 글쓰기야말로 한 개인의 경쟁력이자 문화지수를 높여주는 중요한 척도다. 휴대전화로 문자를 보내거나 이메일을 보내거나 블로그를 운영하거나 일상에서 무엇인가를 써야 하는 행위는 갈수록 늘어나고 있다. 글쓰기야말로 디지털 시대의 생존전략이 된 것이다.(한기호, 『책은 진화한다』, 한국출판마케팅연구소, 2008, 17쪽)

출판 평론가 한기호의 말처럼 이제 글쓰기는 "생존전략"이다. 과장이 지나치다고? 펜대 굴리기와 무관한 직종도 많지 않느냐고? 그렇지 않다. 이제 '문필업'이나 '사무직'은 물론이거니와, 일반적인 '상업' 종사자들에게도 글쓰기는 절실히 필요한 능력이다. 상업 활동의 많은 부분이 온라인에서 이루어지고 있기 때문이다. 글 몇 줄로 고객을 '단골'로 만들 수도 있고, '반골'로 돌려세울 수도 있다. 게다가 온라인은 파급력이 엄청나다. 좋은 말이든 나쁜 말이든 입소문은 순식간에 퍼진다. 한 사람의 '반골'이 작심하고 덤벼들면 당신의 사업체를 들었다 놓았다 하기는 일도 아니다.

글쓰기의 중요성이 점점 커지다 보니 글쓰기(작법, 어법, 맞춤법)에 관한 책도 많이 출간되고 있다. 대형 서점에는 글쓰기 관련 서적들로만 꾸며진 코너가 따로 마련되어 있을 정도다. 한쪽에서는 이러한 분위기를 일시적인 유행으로 보기도 하지만, 나는 꼭 그렇지만은 않다고 생각한다. 글쓰기에 대한 대중의 관심은 앞으로도 계속될 것이다. 글을 쓰지 않고서는 "문자를 보내거나 이메일을 보내거나 블로그를 운영"할 수 없기 때문이다. 이런 매체들을 활용하다 보면 '교양'의 중요성을 자연스럽게 절감하게 된다. 그리고 자신의 교양이 가장 적나라하게 드러나는 것이 바로 '글'이다.

요리를 못하거나 사진을 못 찍거나 옷을 못 입는다고 해서 지성이나 교양이 부족하다고 말하지는 않는다. 그렇게 말하면 오히려 말을 꺼낸 사람이 수준을 의심받는다. 그러나 글을 쓴다는 것은 자신의 생각과 사상을 고스란히 드러내는 일이다. 따라서 글을 잘 쓰느냐 못 쓰느냐는 그 사람의 지성과 교양을 가늠하는 잣대가 될 수 있다. 그렇다면 이쯤에서 이러한 반문이 나올 수 있다. 과연 '잘 쓴 글'이란 어떤 글이냐 하는 것이다. 그렇다. '잘 쓴 글'에 대한 평가 기준은 글을 읽는 사람마다 다르다. 정확한 문장력을 중시할 수도 있고, 자유로운 개성 표출에 높은 점수를 줄 수도 있다. 차분하고 냉정한 글을 좋아할 수도 있고, 발랄하고 재치가 묻어나는 글에 엄지를 추켜세울 수도 있다.

이처럼 '잘 쓴 글'에 대한 판단은 제각기 다르다. 갑돌이에게는 '지성'적인 글이 갑순이에게는 '반지성'적인 글일 수 있다. 철수한테는 '상식'적인 글이 영희한테는 '몰상식'적인 글일 수 있다. 같은 글을 두고 이렇게 극과 극의 판단이 내려질 수 있는 것은 글을 읽는 사람마다 '스키마(schema)'가 다르기 때문이다. 그럼에도 부정할 수 없는 사실은 '잘 쓴 글'과 '못 쓴 글'은 대체로 구분이 된다는 것이다. 글을 잘 쓰기 위한 연습법은 간단하다. '잘 쓴 글'의 특징은 따라 해 보고, '못 쓴 글'에 드러난 실수는 철저히 피하면 된다.

나는 이 책에서 어떤 글이 '잘 쓴 글'이고 어떤 글이 '못 쓴 글'인지에 대해 이야기할 것이다. 때로는 동의할 수 없는 내용도 섞일 수 있겠으나 크게 어긋나지는 않을 터이다. 앞서 말했듯이 '잘 쓴 글'과 '못 쓴 글'은 대체로 구분이 되니까. 세세한 부분의 이견에 대해서는 감정의 날을 세우지 말고 너그러이 이해해 주기 바란다. 그러한 이견은 대개 '취향'이 달라서 발생하는데, 남의 '취향'에 대해 왈가왈부하는 것은 의미도 없고 재미도 없다.

글쓰기에 관해 본격적으로 이야기하기에 앞서 하나만 묻자. 당신은 블로그를 운영하고 있는가? 친목 도모나 일기장으로 사용하는 블로그 말고, 일관된 테마에 맞춰 관련 글을 꾸준히 업데이트하는 그런 블로그 말이다. 아직 없다면 하나 개설하자. 그것이 당신과 같은 무명의 작가 지망생에게는 가장 효과적인 '자기 PR'법이다. 너무 거창한 테마를 잡는 것은 삼가자. 예컨대 '시사 평론'이라고 잡으면 너무 방대하다. 당신의 지식이 온갖 사회 현상에 대해 한 마디씩 얹을 수 있을 만큼 충분한가. 그리고 이런 식의 블로그는 지금도 넘쳐난다. 이른바 '인터넷 논객'들의 블로그가 대부분 이런 형태다.

그들이라고 딱히 시사 문제에 대해 당신보다 더 많은 정보를 가지고 있지 않다. 신문을 읽거나 뉴스를 보고 쓰는 거다. 내가 아는 정보와 그 '논객'이 아는 정보에 별 차이가 없다. 그러다 보니 이런 블로거들은 '글발에 의지하는 경향이 강하다. 수사로 범벅된 배배 꼬인 문장에다 자극적인 어투로 '호객 행위'를 한다. 그러나 글발만으로 사람들을 불러 모으는 것도 하루 이틀이다. 블로그를 오래 지속하려면 운영자와 방문자 사이에 지식과 정보의 격차가 있어야 한다. '권위자'까지는 아니더라도 운영자가 방문자보다는 해당 주제에 관해 하나라도 더 많은 지식이 있어야 한다. 그러므로 남들보다 이것만큼은 더 많이 안다고 자부할 수 있는 주제에 관해서만 한정해서 글을 올리는 게 좋다.

글을 올릴 때에는 편집에도 최대한 신경을 써야 한다. 폰트, 줄 간격, 글자 크기, 좌우 여백, 글자 색과 바탕색의 조화 등도 세심하게 고려해야 한다. 이때 선택의 기준은 '가독성'이다. 적어도 포스트의 본문 편집만은 당신이 아니라 독자의 마음에 들도록 꾸며라. 본문은 나를 위한 공간이 아니라 독자를 위한 공간이다. 예전에 어떤 블로그에 들어갔더니, 검은색 바탕에 회색 글씨로 글이 쓰여 있었다. 웬만하면 참고 읽으려고 했지만 한 단락도 못 읽고 나와 버렸다. 눈이 아파서 도저히 읽을 수가 없었다.

마지막으로, 블로그를 운영할 때 유의할 점은 '꾸준히' 지속하라는 것이다. 당연한 말이지만 막상 실천하기에는 무척 어려운 말이다. 의욕에 차서 블로그를 개설했다가 얼마 못 가서 그만두게 되는 가장 큰 이유는 독자들의 반응이 시원찮기 때문이다. 현실과 이상의 차이랄까. 나름대로 정성껏 글을 올렸는데 관심을 가져 주는 사람이 적다면 힘이 빠지는 것은 당연하다. 하지만 그럴수록 더욱 성의를 다해 글을 올려라. 너무 조바심 내지 마라. 최소한 5년 정도는 내다보고 블로그를 운영해야 한다. 인터넷 세상은 생각보다 넓지 않다. 하나의 테마를 가지고 5년 정도 꾸려 나간다면, 당신의 독자에 포함될 만한 사람들은 적어도 한 번쯤은 당신의 블로그에 들어오게 되어 있다.

당신이 쓴 글이 읽을 만한 가치만 있다면 인지도는 서서히 높아질 것이다. 세상의 모든 일이 그렇듯이 '서서히' 진행되는 일이야말로 믿음이 간다. 그렇게 블로그 자체의 '히스토리'가 생길 정도로 오랫동안 꾸준히 운영하면 당신은 그 분야에 나름의 '권위'를 갖게 된다. 이런 걸 흔히 '기간의 권위'라고 한다. 아무리 능력이 뛰어나도 이등병에겐 '기간의 권위'가 생기지 않는다. 반대로 군 생활 내내 '고문관' 노릇만 했더라도 말년 병장이 되면 그의 말엔 쉽게 무시할 수 없는 무게감이 생긴다. 2년을 오롯이 견디어 낸 것만으로 '기간의 권위'를 인정받기 때문이다. 마케팅과 관련해서 '기간의 권위'가 지닌 힘을 설명한 다음의 말은 블로그를 운영하는 데 도움이 될 것이다.

연 단위로 '기간의 권위'가 쌓여야 합니다. 가장 중요하면서도 어려운 일입니다. '기간의 권위'란 기간이 오래되면서 얻게 되는 소비자의 신뢰를 말합니다. 박카스 캠페인이 훌륭한 이유는 캠페인 아이디어를 개발한 데 있다기보다는, 매년 그것을 실행해간다는 데 있습니다. 제가 즐겨 읽는 '고도원의 아침편지'를 보면 항상 그 안에 너무나 감동적이고 너무나 좋은 말, 공감 가는 말들만 있는 것은 아닙니다. 다른 곳에 더 좋은 말들도 많이 있지요. 하지만 고도원 씨는 그것을 히스토리로 만들었습니다. 그것이 힘이지요.

대기업에서 연말에 불우이웃돕기 성금으로 50억 원을 내놓았다고 칩시다. 대단히 도움 되는 큰 액수지요? 그런데 여기 한 할머니가 있습니다. 떡볶이 장사를 하면서 35년 동안 매년 200만 원씩 기부하였습니다. 총 기부액은 7,000만 원이군요. 대기업이 낸 기부금의 일부분에 지나지 않지만 세상은 그 할머니를 존경합니다. 기간의 권위를 확보했기 때문이지요. 누구나 임팩트 강한 이벤트, 행사를 기획할 수는 있지만 그것을 수십 년 실행할 수 있는 사람은 많지 않습니다.(김왕기, 『목요일의 목어』, 안그라픽스, 2007, 34쪽)

우선은 한 사람만 생각하라

매스미디어 시대는 지나갔다. 지금은 '미니미디어 시대'다. 손바닥 안에 쏙 잡히는 핸드폰 시대다. 전체보다 개인이 중요한 시대다. 나도 몇천 몇만 청중 앞에서 노랠 불러봤다. 나도 카메라 앞에서 노랠 불러봤다. 결코 옛날 같지 않다. 이젠 그런 곳엔 감동이 적다. 누구도 속질 않는다. 사람들이 넘쳐나는 정보에 지쳤기 때문이다. 가수들은 아직도 자기가 소화해낼 수 없는 많은 관객 앞에서 헉헉대며 노래한다. 옛날식에서 못 벗어나고 있다. 방법은 하나다. 이젠 개인 대 개인 시대다. 개인끼리 감동을 주고받아야 하는 시대다.(조영남, 『어느 날 사랑이』, 한길사, 2007, 29~30쪽)

가수 조영남의 말이다. 그의 말처럼 "자기가 소화해낼 수 없는 많은 관객 앞에서" 노래를 부르는 것은 "옛날식"이다. 글을 쓸 때에도 마찬가지다. 전 국민을 대상으로 글을 쓰는 것은 '옛날식'이다. 오늘날은 '국민 가수'나 '국민 작가'가 나오기 힘든 시대다. 좋은 현상도 나쁜 현상도 아니다. 좋게 보면 좋은 거고 나쁘게 보면 나쁜 거다. 그러므로 이러한 사회적 흐름에 가치 판단을 내리는 것은 큰 의미가 없다. 분명한 것은 '옛날식'으로는 요즘 소비자들의 입맛을 사로잡을 수 없다는 점이다. 전 국민에게 내 노래를 알리겠다거나 모든 세대를 독자층으로 확보하겠다는 생각으로는 정작 한 사람의 마음조차 붙들기 힘들다.

교장 선생님 훈화를 '경청'하는 학생은 없다. 들으나 마나 한 얘기가 대부분이기 때문이다. 왜 전국의 수많은 교장 선생님들은 학생들을 운동장에 모아 놓고 하나같이 하품 나오는 소리만 하실까? 학생들의 특성이 천차만별이기 때문이다. 공부를 잘하는 학생, 못하는 학생, 얌전한 학생, 반항적인 학생, 집이 잘사는 학생, 못사는 학생……. 그들을 향해서 이야기를 한다고 생각해 보라. 그들 모두 만족시킬 만한 주제는 한정될 수밖에 없다. 게다가 교장 선생님의 말씀은 학생만 듣는 게 아니다. 선생님들도 듣는다. 그뿐인가. 마이크 소리는 학교 담벼락을 넘어 인근 아파트 베란다에서 빨래를 너는 주부의 귀에도 들린다. 그러니 교장 선생님이 운동장에서 할 수 있는 얘기는 지극히 상투적일 수밖에 없는 것이다.

글도 마찬가지다. 독자층을 넓게 잡으면 글의 힘이 떨어지게 된다. 교장 선생님 말씀과 같은 글이 되고 만다. 들어도 그만, 안 들어도 그만. 물론 무난한 글이 좋은 점도 있다. 누군가에게 '싫은 소리'나 '반론' 또는 '항의'를 들을 일이 없다. "그 사람 삐딱한 구석도 없고 참 좋은 사람이야."라는 평판도 얻게 될 것이다. 하지만 그뿐이다. 똑같은 이유로, 무난한 글은 누군가에게 열렬한 지지도 받지 못한다. 모든 사람에게 "사람 참 좋아."라는 평판을 듣는 사람은 정말 좋은 사람일까? 나는 그렇지 않다고 생각한다. 이해관계가 얽히고설킨 현대 사회에서 모든 사람의 호의를 얻는다는 것은 "나는 주관이 없는 사람이오."라는 말과 같다.

나와 생각이 다른 사람도 내 글을 읽을 수 있다는 걸 항상 염두에 두어야 한다. 내 글을 읽고 다소 불쾌해할 사람도 있겠거니 생각해야 한다. 그리고 그런 껄끄러운 기분을 참아 내야 한다. 안 그러면 교장 선생님 훈화와 같은 글이 나올 수밖에 없다. 지나치게 광범위한 독자층을 의식해서 유보 조항을 줄줄이 달아 가며 쓴 글은 축 늘어지고 재미가 없다. 내가 독자에 대한 배려를 누누이 강조하고는 있지만, 이것과 그 문제는 다르다. 글을 쓸 때 독자를 의식하라는 것은, 당신의 생각까지 바꿔 가며 독자의 입맛에 맞추라는 말이 아니다. 그것은 진정한 의미의 '독자 중심주의'가 아니다. 그러한 '배려'의 실체는 자신에 대한 지나친 방어 본능과 결벽증이다. 독자와는 무관한 소심증의 발로일 뿐이다.

누구를 위한 기획인가? 기획서에 20대 후반 화이트칼라 남성 직장인이 타깃이라고 적더라도 머릿속에는 엘지전자 전략팀 2년차 박주영 씨를 떠올려야 한다. 드라마나 영화를 보면서 무릎을 탁 친다. '와, 이거 딱 내 얘기네.' 당신 얘기 아니다. 그렇지만 작가는 당신과 비슷한 처지에 놓인 특정 인물을 염두에 두고 각본을 썼을 것이다. 나의 독자는 김 대리다. 따라서 나는 김 대리의 관심사에 맞춰 쓴다. 이 책은 김 대리를 위한 책이지만 김 대리와 비슷한 처지에 놓인 직장인이라면 자신에게 하는 말처럼 들릴 것이다. 그래서 이런 명언도 있는 거다. "세상을 움직이려 하지 말고 한 사람의 마음을 움직여라. 그러면 세상이 움직인다." 배우 송강호 씨도 다음과 같은 근사한 말을 했다. "1천만 명을 설득하는 힘과 바로 앞에 앉아 있는 한 명을 설득하는 힘은 본질적으로 같아요."(이강룡, 『김 대리를 위한 글쓰기 멘토링』, 뿌리와이파리, 2007, 119~120쪽)

기획서든 뭐든 글을 쓸 때에는 구체적으로 한 인물을 정해 놓고 그를

22

위해서 쓰라는 말이다. 그러면 그 인물과 "비슷한 처지에 놓인" 다른 사람들도 그 글에 반응한다는 것이다. 위 글의 필자인 이강룡 본인도 실제 직장 동료였던 '김 대리'를 머릿속에 두고, 그에게 말하듯이 책을 썼다고 한다. 나 역시 마찬가지다. 누군가 한 사람을 떠올리며 이 글을 쓰고 있다. 그러다 보니 그가 흥미를 느낄 법한 부분은 강조해서 쓰고, 시큰둥해할 것 같은 부분은 짧게 쓰거나 생략한다. 내 글이 모든 사람의 마음에 가 닿을 거라고는 생각하지 않는다. 다만 내가 머릿속에 두고 있는 그 인물과 "비슷한 처지에 놓인" 사람들이라면 재미있게 읽지 않을까 하는 확신은 갖는다. 명심하자. 지금은 '미니미디어 시대'다!

하나가 열을 불러들인다

무라카미 하루키의 운영 마인드는 이랬다. 열 명의 새로운 손님이 왔는데, 그중 단 한 명이라도 자신의 가게가 마음에 들어 다시 찾으면 그것으로 족했다. 자신의 인상만큼이나 손님에 대한 태도에도 고집이 담겨 있었던 것이다. 오는 손님들 모두에게 신경을 써 가며 잘 보이려고 애쓸 필요 없다고 그는 생각했다. 대신 다시 돌아온 그 한 명의 손님이야말로 정말 소중히 여길 것, 이것이야말로 올바른 가게 주인의 마인드라고 강조한다. 또한 이는 비단 '재즈카페가 나아가야 할 올바른 길'일 뿐만이 아니라, 인생 전반에 고루 적용되는 법칙이라고 그는 덧붙인다. 한마디로, 만인에게 사랑받길 원한다면 그 누구로부터도 진정으로 사랑을 받을 수가 없다는 것이다!(임경선, 『하루키와 노르웨이 숲을 걷다』, 뜨인돌, 2007, 62쪽)

앞서 '미니미디어 시대'의 글쓰기에 대해 얘기했다. 요지는 불특정 다수가 아닌 구체적인 독자를 염두에 두고 글을 쓰라는 것이었다. 한 번 더 강조한다. 독자를 제한하는 일은 글쓰기에서 매우 중요한 문제다. 위의 글에 나오듯이, 무라카미 하루키는 (소설가로 데뷔하기 전) 재즈 카페를 운영했다. 그는 카페를 경영하면서 자기 나름의 운영 방침이 있었다. 처음 오는 모든 손님에게 잘 보이려고 애쓰진 않았지만, 가게를 다시 찾아온 손님에겐 정성을 다했다고 한다. 이와 같은 '운영 마인드'는 그의 말마따나 "인생 전반에 고루 적용되는 법칙"인 것 같다. 여러 사람에게 사랑받으려고 과욕을 부렸다간 한 사람의 사랑조차 제대로 받지 못하는 결과를 가져온다.

언젠가 텔레비전에서 한 남자 가수의 콘서트 녹화 방송을 본 적이 있다. 공연장 분위기가 절정에 달했을 무렵, 가수가 여성 관객 한 명을 무대 위로 불러올렸다. 그리고 여왕이나 앉을 법한 화려한 등받이 의자에 그녀를 앉혀 놓고, 그 앞에 한쪽 무릎을 꿇은 채 달콤한 사랑 노래를 속삭이듯 부르기 시작했다. 객석에서 부러움의 탄성이 터져 나왔음은 물론이다. 하지만 가수는 그 곡이 끝날 때까지 객석 쪽으로는 눈길 한 번 주지 않고 오로지 그 여성 관객만을 쳐다보며 작은 목소리로 읊조리듯 노래를 불렀다. 마치 그 넓은 공연장에 단둘만 있기라도 한 것처럼 말이다. 그렇게 몇 분이 흐르고 노래가 끝나자, 숨죽이며 듣고 있던 객석에서 우레와 같은 박수가 터져 나왔다.

선택과 집중. 가수들이 콘서트를 할 때 흔히 써먹는 고전적인 수법이다. 이런 수법이 자주 사용되는 것은 그만큼 효과가 '200퍼센트' 보장되기 때문이다. 한 가수의 팬들은 한번쯤 그 가수가 자신만을 위해 노래를 불러 주기를 꿈꾼다. 따로 시간을 내어서 공연장까지 찾아갈 정도의 팬이라면 더더욱 그렇다. 하지만 한 가수가 공연장에서 모든 팬들과 일일이 눈을 맞춰 가며 노래를 부른다는 것은 현실적으로 불가능하다. 대형 무대일수록 더욱 그렇다. 팬들의 소망과 현실적인 어려움을 절충하여 나온 방식이 바로 한 사람을 '대표자' 격으로 무대 위로 불러올려 그를 위해 노래를 부르는 것이다. 그러면 객석의 관객들은 무대 위에 올라간 '대표자'의 자리에 상상으로나마 자신을 앉혀 놓고 즐거워한다.

악기를 연주할 때에도 마찬가지다. 머릿속에 한 사람(그 곡을 꼭 들어주었으면 하는 사람)을 정해 놓고 그에게 들려준다는 기분으로 연주를 하면 좋다. 예를 들어, 사랑에 관한 곡을 연주할 때 자신의 연인을 떠올리며 연주를 하면 그 절실한 감정이 청중에게도 분명히 전달된다. 물론 꼭 특정한 '사람'이어야 한다는 법은 없다. 미국의 작가 브렌다 유랜드는 언젠가 자신의 피아노 연주를 들은 한 음악가에게 이런 충고를 들었다고 한다.

"연주가 아무 데로도 향하지 않는군요. 당신은 늘 누군가에게 들려주듯 연주해야 합니다. 강물에게, 신에게, 이미 죽은 어떤 사람에게, 혹은 방안에 있는 누군가에게 들려주는 거지요. 어쨌든 연주는 누군가를 향해 이루어져야 합니다."(브렌다 유랜드, 이경숙 옮김, 『참을 수 없는 글쓰기의 유혹』, 다른생각, 2004, 209~210쪽)

다른 예술 장르, 예를 들어 영화 쪽은 어떨까? 박찬욱 감독은 '영화를 만들 때 머릿속에 떠올리는 1차 관객은 누구이고, 어떤 점에 가장 신경을 쓰느냐는 질문에 이렇게 답했다. "주부인 아내, 미술가인 남동생, 죽은 친구 이훈 감독. 모두들 내게 느끼한 영화는 만들지 말라 한다."(박찬욱, 『박찬욱의 몽타주』, 마음산책, 2005, 84쪽) 그는 오로지 세 명의 '1차 관객'을 만족시키기 위해 시나리오를 쓰는 것이다. 물론 그 이후에 더 많은 사람들에게 보이고 의견을 구하기는 하겠지만, 일단은 단 세 명의 구체적인 인물을 떠올리며 글을 쓴다는 점이 중요하다. 〈가족의 탄생〉을 만든 김태용 감독도 "내가 뭘 해도 받아줄 것 같은" 사람과 "내가 뭘 해도 날 싫어할 것 같은" 사람, 이렇게 두 부류의 관객을 상정하고 영화를 만든 다고 한다.

영화 만든다는 일이, 울든 떼를 쓰든 재롱을 부리든 다 칭찬받고 싶어서 하는 일들이잖아요. 어린애랑 똑같은 거라고 생각해요. 누가 재미있다, 고맙다고 할 때 가장 기쁘죠. 누나가 영화 보고 "이 영화를 만들어줘서 고맙다"고 문자를 보냈는데, 그런 얘기를 들으니까 눈물이 나려고 그러는 거예요. 영화를 만들 때 관객을 상정하고 만들거든요. 이 영화를 누가 볼 것인가 하고. 내게 가장 가까운 친구, 내가 뭘 해도 받아줄 것 같은, 날 사랑하는 사람이 있잖아요. 반대로 내가 뭘 해도 날 싫어할 것 같은 엄격한 사람이 있구요. 그 사람 둘을 놓고 만들어요. 그래서 흥행이 안 되기도 하는 것 같아요. 보통 사람들을 생각하고 만들어야 하는데, 영화를 내놨는데 나를 잘 아는 가까운 친구한테 "가장 너답다, 좋다"라는 얘기를 듣고 싶고, "내가 빤히 아는데, 어디서 사기를 치냐?"는 말을 안 들었으면 좋겠구요. 그리고 나를 모르는 가장 엄격한 사람, 예를 들어 정성일(영화 평론가-인용자) 선생 같은 사람이 있잖아요. 그런 분을 상정해놓고 만들죠. 이번 영화를 만들고는 가까운 친구들이 많이 고맙다고 해줘서 기분이 좋았던 것 같아요. 어린애예요. 칭찬받으면 기분 좋고, 욕먹으면 기분 나쁘고.(웃음) 다 마찬가지 아닌가요?(김태용, 「영화로 경계의 벽을 허물다」, 지승호 엮음, 『영화, 감독을 말하다』, 수다, 2007, 76쪽)

글쓰기도 다르지 않다. 모든 부류의 독자를 만족시키겠다며 지나치게 폭넓은(여덟 살 초등학생부터 여든 살 노인까지) 독자를 상정하거나, "아무 데로도 향하지 않"고 혼자서 독백하는 듯한(나는 순전히 내 만족을 위해서 글을 쓴다!) 글쓰기로는 열렬한 독자 한 명도 얻기 힘들다. 누군가를 향해 글을 쓰되, 그 대상은 몇 명 이내로 한정해야 한다. 김태용 감독처럼 극단적인 두 부류의 사람을 떠올리며 둘 다 만족시킬 만한 글을 쓰려는 시도도 괜찮다. 또는 소설가 박민규처럼 "아내에게 잘 보이려는 욕심"으로 글을 쓰는 것도 좋은 방법이다. 박민규의 말은 그저 재치 있는 농담이 아니라 진심이다. 당신도 오늘부터 소수의 독자를 정해 놓고 글을 써 보라.

헤르만 헤세는 이렇게 말했다.

사람들이 책을 많이 읽는다는 것은 우리 같은 작가들에게 반가운 일이지, 불평하는 것은 오히려 어리석은 태도일지 모르겠다. 그러나 길게 보면 어떤 직업이든 온통 오해받고 오용되는 게 달가울 리 없듯이, 인세 수입이 대폭 줄어들지언정 심드렁한 독자 수천보다는 단 열 명이라도 제대로 알아주는 독자들이 더 고맙고 기쁘다.(헤르만 헤세, 김지선 옮김, 『헤르만 헤세의 독서의 기술』, 뜨인돌, 2006, 9~10쪽)

"심드렁한 독자 수천보다는" "제대로 알아주는" 열 명을 향한 글쓰기! 그 열 명을 정말 내 '팬'으로 만들 수 있다면 수백 수천도 결국에는 따라오게 되어 있다. 사실 우리에겐 열 명도 좀 많다. 헤세와 같은 대작가가 열 명이니, 한두 명 정도면 족하지 않을까? 소설가 김영하가 제안하는 '연애편지적 글쓰기'는 귀담아들을 만하다.

🖋　　　　연애편지는 우선, 독자가 분명하다. 독자의 취향과 성격, 수준이 분명하다. 단 한 명의 독자만 만족시키면 되는 글, 그것이 바로 연애편지다(때로는 상대방의 친구나 부모까지도 겨냥하는 사람들이 있지만 그런 경우는 예외로 하자). 타깃 독자가 분명하다는 것은 글쓰기에 있어 매우 중요한 요소가 된다. 누가 읽을지 모르는 글을 쓰는 것만큼 힘든 일도 없다.

또한 연애편지는, 목적이 분명하다. 연애편지는 대체로 '읽는 사람의 마음을 사로잡는다'라는 확실하고 명쾌한 목표를 가지고 있다. 목표가 분명해지면 역시 글쓰기는 한결 쉬워진다. 작자는 독자의 마음을 사로잡기 위해서 다양한 비유와 인용을 동원하게 되며 그것을 통해 점점 더 자신의 글을 발전시켜 나가게 된다. 반대로 목적이 불분명한 글은 쓰는 사람도 괴롭고 읽는 사람도 힘들다.

마지막으로 연애편지는, 작자가 가진 역량을 총동원하게 만든다. 그러니까 대충대충 쓸 수가 없는 글이라는 얘기다. 강렬한 욕망, 바로 그 욕망이 나로 하여금 내 아는 것, 가진 재능 모두를 소비하게 만드는 것이다. 사랑에 빠지면 뭔들 못하겠는가. 밤을 새워가며 시집을 뒤지고 수십 번에 걸쳐 글을 고친다. 연애편지의 이런 특성은 글이 언급하고 있는 대상, 즉 화제를 사랑한다는 간단한 사실에서 비롯되는 것이다.

나는 좋은 글을 쓰는 일이 연애편지를 적는 일과 결코 다른 것이라고 생각하지 않는다.(김영하 · 이우일, 『김영하 · 이우일의 영화이야기』, 마음산책, 2003, 21~22쪽)

나만의 '언덕'을 쌓아라

중편 「두족류」의 작가 한승원이 이 문제에 대해 가장 적절한 비유를 하고 있다. "언덕 씨름을 하면 이긴다." 즉 자기가 유리한 지점에서 승부를 해야 싸움에서 이길 수 있다는 말이다. 호랑이와 악어의 싸움에서 그들은 서로 유리한 곳으로 적을 끌어들이려고 할 것이다. 호랑이는 뭍에서 싸우려고 할 것이고 악어는 무슨 수를 쓰더라도 물속으로 끌어들여야 이길 수 있는 싸움을 할 수 있을 것이다. 실제로 작가 한승원은 자신의 고향인 장흥 대덕도라는 섬과 그 연안 바다를 작가로서의 가장 유리한 승부처로 최대한 활용하여 뜻한 바의 성과를 얻어내고 있다.(전상국, 『소설 창작 강의』, 문학사상사, 2003, 83쪽)

"호랑이와 악어가 싸우면 어느 쪽이 이길까?"라는 고전적인(?) 질문에 대한 가장 적절한 답은 "어디에서 싸우느냐에 따라 다르겠죠."일 것이다. 질문이 품고 있는 오류('범주의 오류'쯤으로 해 두자)를 지적함으로써 질문 자체가 난센스라는 점을 일깨우는 방법이다. 박찬호와 선동렬 중 누가 더 잘 던지느냐, 조용필과 서태지 중 누가 더 대단한 가수냐, 이소룡과 효도르가 싸우면 누가 이기느냐, 차범근이냐 박지성이냐……. 이런 질문들도 답을 낼 수 없기는 마찬가지다. 해당 인물들의 활동 시기와 무대, 장르, 포지션, 주특기 등이 달라서 객관적인 비교는 애초에 가능하지 않다.

그래도 굳이 비교를 하겠다면, 어디를 '언덕'으로 삼느냐를 분명히 밝혀야 한다. 그에 따라 결과는 180도 달라지기 때문이다. '뭍'을 언덕으로 삼으면 호랑이가 이길 것이고, '물'을 언덕으로 삼으면 악어가 이길 것이다. 호랑이 굴에 들어가도 정신만 차리면 산다고? 아서라. 만약 호랑이 굴에 들어가게 되거들랑 그냥 죽었다 생각하고 마음의 준비나 해 둬라. 만에 하나 당신이 거기서 살아 나온다 해도, 그건 당신이 정신을 차리고 있어서가 아니다. 호랑이가 배가 너무 불러서 당신을 잡아먹을 생각이 없었기 때문이다. 당신이 정신을 차리고 있든 없든 그런 것은 아무 상관도 없다. 호랑이 굴(언덕)에서 호랑이와 싸워 이길 수는 없다. 싸움에서 이기려면 반드시 '언덕 씨름'을 해야 한다. 뒤집어 말할 수도 있다. 싸움에서 지기 싫으면 남의 '언덕' 근처엔 얼씬도 하지 마라.

보통 스포츠 경기에서 홈경기(home game)와 어웨이경기 (away game, 원정 경기)가 있죠? 통계적으로 두 경기의 승률 차는 평균 15% 내외라고 합니다(영국의 한 프로 축구팀은 홈경기 승률이 어웨이경기 승률보다 무려 37%나 높은 시즌이 있었다고 하더군요). 많은 경우 '안방불패'라는 말이 적용됩니다. 원인이 무엇일까요? 환경에 대한 적응력, 응원단의 존재, 상대 응원단의 존재, 이동에 따른 정신적, 신체적 약화 등이 그 요인이 됩니다.(김왕기, 『목요일의 목어』, 안그라픽스, 2007, 16쪽)

'홈 경기'냐 '원정 경기'냐 하는 변수가 경기력에 상당한 영향을 미친다는 것은 스포츠 상식이다. 우리나라가 2002년 월드컵 때 4강에 오를 수 있었던 큰 힘 중의 하나도 '홈 경기'였기 때문이라는 사실을 부인하기 어렵다. '언덕 씨름'을 하면 그만큼 유리하다는 말이다.

> 기업체도 예를 들면 삼성은 반도체, 현대하면 자동차, 대우하면 조선사업을 떠올리듯 작가도 어느 작가하면 무엇을 특장으로 하는 작가라는 이미지를 떠올릴 수 있도록 자기 작품을 특화해야 한다. 그저 잡화점식으로 여러 가지를 손대고 벌려놓기는 하는데, 언뜻 특화된 것이 없고, 떠올려지는 이미지가 구축되지 못하면 그저 누구의 아류에 머무를 수밖에 없게 된다.(임병식, 『막 쓰는 수필, 잘 쓰는 수필』, 에세이, 2007, 108쪽)

이처럼 '언덕 씨름'은 글쓰기에서도 중요한 전략이다. 당신은 그저 막연히 작가가 되고 싶다는 생각만 하고 있지는 않은가? 하지만 '글'의 분야는 매우 넓다. '작가'의 스펙트럼도 천차만별이다. 그중 어떤 주제를 자신의 '특장'으로 삼을 생각인가? 이것저것 닥치는 대로 다 써 보고 싶다고? 그러지 마시라. 강조하건대, "잡화점식"이어서는 안 된다!

일단 하나의 주제만 가지고 체계적인 글을 써 보려고 노력해라. 이것저것 써 보고 싶은 다른 주제들은 메모장에 적어 두고 잠시 잊어버려라. 그건 나중에 써도 된다. 당장 급한 것은 먼저 '언덕'을 쌓는 일이다. 체계를 염두에 두고, 가능하면 목차까지 짜서 규모 있게 글을 쓴 다음 블로그에 올려라. 그런 글들이 몇 년에 걸쳐('기간의 권위'를 기억하라) 차곡차곡 쌓이면 블로그가 바로 당신의 '언덕'이 된다. 나는 '글쓰기'를 내 언덕으로 만들려고 노력하는 중이다. 사실 나도 '글쓰기' 외에 따로 써 보고 싶은 주제가 많다. 그러나 지금은 참고 있다. 내가 원하는 높이만큼 '언덕'이 쌓였다고 판단되면, 그때 가서 다른 주제에 관한 글도 쓸 것이다. 어쨌든 지금은 아니다. '전문 인터뷰어' 지승호의 말을 들어 보자.

나는 칼럼니스트가 꿈이었다. 그러나 한국 사회에서 칼럼을 쓰기 위해선 매우 높은 진입 장벽을 뚫어야 한다. 교수나 전문가가 아니면 신문에 기고할 수도 없는데다, 인터넷에 자기 생각을 칼럼으로 올리는 사람 또한 수없이 많다. (처음부터 의도했던 것은 아니지만) 그래서 나는 인터뷰어라는 장르를 선택했고, 상대적으로 경쟁자가 적은 이곳에서 몇 년 동안 인지도를 쌓아서 전문 인터뷰어라는 호칭으로 불리고 있다.(지승호, 「인터넷은 정글이다」, 한국출판마케팅연구소편집부 엮음, 『글쓰기의 힘』, 한국출판마케팅연구소, 2005, 371~372쪽)

'옷'이 아니라 '피부'다

나는 야구에 대한 책 한 권과 재즈에 대한 책 한 권을 썼다. 하지만 하나는 스포츠 언어로, 또 하나는 재즈 언어로 쓴다는 생각은 한 번도 해본 적이 없다. 나는 둘 다 내가 할 수 있는 최선의 언어로, 내가 늘 구사하는 문체로 쓰려고 애썼다. 두 책의 주제는 크게 다르지만, 나는 독자들이 같은 사람의 목소리로 느끼게 하고 싶었다. 그것은 야구를 다룬 '나'의 책이었고, 재즈를 다룬 '나'의 책이었다. 다른 사람들도 그들만의 책을 쓸 것이다. 내가 무엇을 쓰든, 작가로서 내가 팔 것은 나 자신이다. 그리고 여러분이 팔 것은 여러분 자신이다.(윌리엄 진서, 이한중 옮김, 『글쓰기 생각쓰기』, 돌베개, 2007, 203쪽)

미국의 저널리스트이자 작가로서 오랫동안 글쓰기를 가르쳐 온 윌리엄 진서의 말처럼 "작가로서 내가 팔 것은 나 자신"이다. 내가 쓴 '책'을 파는 게 아니라 '나' 자신을 파는 것이다. 독자들이 당신이라는 '인간 자체'에 흥미를 느끼게끔 글을 써야 한다. 해당 주제에 대한 정보를 얻기 위해서 읽는 것이 아니라, 해당 주제에 대한 당신의 견해가 궁금해서 읽게 만들어야 한다. '야구'에 대해서 쓰든 '재즈'에 대해서 쓰든 상관없이 단지 '내가' 썼다는 이유만으로 읽기를 원하는 독자를 확보하도록 노력해라. '야구'에 관한 내 글은 읽지만, '재즈'에 관한 내 글은 읽지 않는 독자는 내 팬이 아니라 야구 팬이다.

독자가 당신임을 알아볼 수 있는 문체를 개발하자. 거창하게 들리겠지만, 겁먹을 필요는 없다. 꾸밈없이 정직하게 쓰면 그게 곧 당신의 문체다. 누구나 자기만의 독특한 말투가 있듯이 '글투'도 있다. 그리고 대체로 말투가 곧 글투다. 글을 쓴다기보다 말을 한다는 기분으로 글을 써라. 이태준도 '글짓기'가 아니라 '말짓기'를 하라고 조언했다.

글짓기가 아니라 말짓기라는 것을 더욱 선명하게 인식해야 한다. 글이 아니라 말이다. 우리가 표현하려는 것은 마음이요 생각이요 감정이다. 마음과 생각과 감정에 가까운 것은 글보다 말이다. '글 곧 말'이라는 글에 입각한 문장관은 구식이다. '말 곧 마음'이라는 말에 입각해 최단거리에서 표현을 계획해야 할 것이다. 과거의 문장작법은 글을 어떻게 다듬을까에 주력해왔다. 그래서 문자는 살되 감정은 죽는 수가 많았다. 이제부터의 문장작법은 글을 죽이더라도 먼저 말을 살리는 데, 감정을 살려놓는 데 주력해야 할 것이다.(이태준, 『문장강화』, 창비, 2005, 28쪽)

'문체론'에 대해 따로 공부할 필요는 없다. 여러 문체를 섭렵한 후, 글에 따라 이것저것 바꿔 쓰겠다는 생각은 버려라. 이를테면 '야구'에 관한 글은 간결체로, '재즈'에 관한 글은 만연체로 써 보겠다는 생각은 하지 마라. 당신은 '야구'에 대해서 말할 때와 '재즈'에 대해서 말할 때 '말투'를 바꾸는가? 아니지 않은가. 어떤 주제에 대해 말을 하든, 누구를 상대로 말을 하든, 언제 어느 때 말을 하든, 말투는 항상 일정해야 한다. 그렇지 않으면 "저 사람 참 가식적이야."라는 반응이 돌아오기 십상이다. 친구들과 얘기할 때에는 무뚝뚝하던 여자가 남자 친구와 통화할 때에는 목소리가 180도 바뀌는 걸 보면 닭살이 돋지 않던가? 그래도 '말'은 제한된 공간에서 아는 사람들끼리만 듣기 때문에 애교로 봐줄 수도 있다. 하지만 '글'은 생판 얼굴도 모르는 독자들을 대상으로 쓴다. 그들에게 닭살 돋는 걸 참아 가며 당신의 글을 읽어 달라고 할 수는 없는 노릇이다.

문체는 '옷'이 아니라 '피부'다. 피부는 옷처럼 갈아입을 수 없다. 문체를 바꾸고 싶으면 인간 자체가 바뀌어야 한다. 한때 무라카미 하루키의 문체가 유행한 적이 있었다. 난리도 아니었다. 신인은 물론이고 중견 작가들까지 하루키의 문체를 모방한 작품을 쏟아 내기에 바빴다. 그러나 그런 글들은 대부분 비웃음과 혹평만 받았을 뿐이다. 그들은 왜 그런 실수를 했을까? 문체를 '옷'이라고 여겼기 때문이다. 하루키가 입은 걸 보니 무척 멋있어 보이기에 자기도 똑같은 옷을 한번 입어 본 것이다. 그런데 알고 보니, 문체는 옷이 아니라 피부였다! 하루키처럼 쓰고 싶으면 하루키의 피부를 떼어다가 내 얼굴에 붙이는 수밖에 없다. '페이스 오프'는 영화에서나 가능한 일이다.

물론 습작기에 기성 작가들의 글을 부지런히 읽고 필사를 해 보는 것도 중요한 공부다. 그렇지만 결국 돌아와야 할 것은 나 자신이다. 나의 본성에 맞지 않으면 아무리 탐나는 문체라도 가져다 쓸 수 없다. 나는 '김원우'라는 소설가를 참 좋아한다. 그래서 그의 작품을 여러 번 읽고 베껴 썼다. 그의 소설에 나오는 단어와 문장을 노트에 옮겨 적어 나만의 사전을 만들어 보기도 했다. 그런데 지금 내가 쓰고 있는 이 글을 보라.

김원우의 냄새가 전혀 나지 않는다. 김원우는 두드러지게 만연체를 쓰는 작가다. 하지만 나는 만연체로 글을 쓸 수 없다. 써 보았는데 도무지 내 글 같지가 않았다. 느끼했다. 김원우의 만연체는 느끼하지 않은데 왜 나의 만연체는 안면을 근질거리게 할까. 내 피부가 아니기 때문이다.

작가는 단순히 '글'만 팔아서는 안 된다. 이른바 '퍼스널 브랜드'도 함께 팔아야 한다. 그래야만 고정 독자가 생긴다. 고정 독자를 가진 작가만이 진짜 작가다. 내 글이 좋아서 나도 좋은 게 아니라, 내가 좋아서 내 글도 좋은 독자를 만들어야 한다. 그러려면 내 인품과 개성을 글로써 십분 드러내야 한다. 당신에게 어울리는 문체를 개발하고 일관성을 유지해라. 그렇다고 억지로 만들어서는 안 된다. 당신의 말투가 억지로 만든 게 아닌 것처럼 말이다. 쉽게 생각하자. 당신의 말투가 곧 당신의 문체다. 말하는 것처럼 글을 써라. 말할 때 쓰지 않는 표현은 글에서도 쓰지 마라. 그것만 지켜도 당신만의 문체가 만들어질 것이다. 당신은 이미 당신의 문체를 가지고 있다.

편견도 매력이 될 수 있다

매력적인 편견이라는 게 있다면, 그건 반드시 소수자의 편견이어야 한다. 다수자의 편견은 그 어떤 경우에도 매력적인 것이 될 수 없다. 또한 편견은 제거가 아닌 관리의 대상이다. 제거는 불가능하기 때문이다. 그걸 아는 게 자신은 편견으로부터 자유롭다는 독선을 예방하는 데에도 필수적이다.(강준만, 『대학생 글쓰기 특강』, 인물과사상사, 2005, 158쪽)

편견 없는 사람은 없다. 지구상에 단 한 명도 없다. 그런데 자신이 편견덩어리임을 자각하는 사람은 드물다. 매사에 정보와 경험의 부족을 깨달으면서 '내 생각이 혹시 나만의 편견은 아닐까' 의심하며 사는 사람은 거의 없다. 대부분의 사람들은 자신의 정보와 경험의 테두리 안에서 '편견'을 '상식'처럼 여기며 살아간다. 하나의 사태를 두고 보수주의자와 진보주의자는 의견이 정반대로 갈린다. 그러나 입에서 흘러나오는 말은 똑같다. "상식적으로 그게 말이 돼요?" 그러면서 대립각을 세운다. 나의 편견은 상식이고, 너의 편견은 몰상식이다. 나의 편견이 몰상식일 수도 있다는 생각은 꿈에도 하지 않는다.

글을 쓸 때 함부로 써서는 안 되는 단어들이 있다. '객관적'이라는 단어도 그중 하나다. "객관적으로 봤을 때~", "객관적으로 말하자면~", "객관적인 평가를 내리자면~" 등과 같이 내 생각을 말하면서 '객관적'이라는 단어를 붙여서는 안 된다. '객관적인 생각'이라는 말은 형용 모순이다. '생각'이라는 단어에는 이미 '주관적'이라는 뜻이 포함되어 있다. 그러니 다른 사람의 의견을 반박할 때 "객관적으로 봤을 때 그건 말이 안 되죠." 같은 식으로 대응하지 마라. 통계 자료나 그래프를 제시하며 말해도 마찬가지다. 그런 데이터들도 어쩔 수 없이 작성자의 강한 주관이 들어가 있게 마련이다.

이 책은 사전의 형식을 취하고 있지만, 나의 주관적 견해가 많이 투영되어 있다. 책이란 무릇 단지 정보만을 제공하는 데 그치는 것이 아니라, 독자에게 호불호(好不好) 혹은 시비(是非)의 감정을 불러일으킬 수 있어야 한다는 것이 나의 생각이다. 그러기 위해서는 저자 고유의 관점이야말로 필수적이다. 객관적이라는 미명 하에 저자의 관점이 투영되지 않은 책은 오히려 '생기 없는 지식'을 전달할 뿐이다. 모든 독자가 나의 관점에 동의하기를 바라는 것은 아니다. 다만 저자 고유의 관점이 투영된 책은, 독자가 그에 동의하지 않는 경우에도 중요한 지적 실마리를 제공하는 경우가 많다는 점을 지적하고 싶다.(박민영, 『이즘』, 청년사, 2008, 9쪽)

문화 평론가 박민영은 『이즘』이라는 책의 서문에서 위와 같이 말했다. '이즘'이란 '모든 개념 중에서 최상위의 위상을 갖는 개념' 또는 '거대한 체계를 갖는 개념'을 뜻한다. 이 책은 여러 '이즘'을 사전 형식으로 정리해 놓은 것인데, 이런 종류의 책은 저자가 '객관적인' 태도를 취하는 게 일반적이다. 그런데 그는 그렇게 하지 않겠다고 밝히고 있다. "객관적이라는 미명하에 저자의 관점이 투영되지 않은 책은 오히려 '생기 없는 지식'을 전달할 뿐"이라는 게 이유다. 나도 그의 말에 공감한다. '객관적'이라는 게 애초에 가능하지도 않지만, 이제 그런 태도를 취하는 것 자체가 '옛날식'이다. 단순히 정보를 얻을 목적이라면 굳이 당신의 글을 읽을 필요가 없다. 인터넷에서 검색해 보면 된다.

예전에는 작가가 그저 '정보'만 많이 가지고 있어도 그걸 묶어서 책을 낼 수 있었다. 이를테면 『상식 밖의 상식』이니 『세계사 상식 백과』니 『너 그거 아니?』 등과 같은 책들 말이다. 이런 책들이 꽤 인기를 끌던 시절이 있었다. 그러나 요즘엔 팔리지 않는다. 팔릴 까닭이 없다. 인터넷 시대에는 정보 접근성에서 작가와 독자의 격차가 거의 없다. 작가가 정보를 독점하던 시절은 이미 지났다. 전에는 에베레스트 산의 높이를 알려면 책에서 찾아보는 수밖에 없었다. 그러나 요즘은 검색창에 '에베레스트 산의 높이'라고 치면 바로 답이 나온다.

따라서 독자에게 당신의 글을 읽게 하려면 정보 제공만으로는 안 된다. 그에 대한 당신의 주관적인 생각도 함께 드러내야 한다. 편견을 '제거'하는 일이 불가능하다면 그것을 '관리'하는 쪽으로 방향을 바꾸면 된다. 당신의 편견을 적극적으로 드러내라. 기계적인 중립을 지키려고 노력하지 마라. 글을 쓸 때 당신의 고민은 이제 방향이 바뀌어야 한다. 편견이 드러나는 일 자체를 걱정할 게 아니라, 어떻게 하면 나의 편견이 사람들에게 '매력적인 편견'으로 받아들여질까를 고민해야 한다. 물론 쉽지만은 않다. 자칫 잘못하면 구설에 올라 필화(筆禍)를 겪게 될 수도 있다. 어찌 보면 아슬아슬한 외줄타기와 같다. 그러나 작가가 쓰면서 스릴을 못 느끼는 글이라면 독자도 읽으면서 재미를 못 느낀다. 머릿속에서

'객관적'이라는 단어는 지워 버려라. 독자는 당신의 편견이 듬뿍 담긴 주관적인 글을 원한다!

미국 최초의 여성 부통령 지명을 두고 벌어지는 스캔들을 그린 〈컨텐더(The Contender)〉라는 영화에서 델라웨어주의 젊은 하원이 청문회위원장을 찾아가 자신도 청문회위원으로 넣어 달라고 간청하며 이렇게 말했다. "객관적으로 할 자신이 있습니다." 그러자 산전수전 다 겪은 청문회위원장이 "당신 지금 사전을 가지고 있나?"라고 물었다. "네"라고 대답하자 청문회위원장이 이렇게 말했다. "펜을 꺼내 객관적이란 단어는 지워버리게. 여긴 당신의 견해, 당신의 철학 즉 당신의 주관만 필요한 곳이니까!"라고 말했다.(유귀훈, 『유귀훈의 기록노트』, 지평, 2008, 17쪽)

이것만 읽지 말고 저것도 읽어라

요즘 국문과에서 소설가가 되고 싶다는 사람들이 어떤 소설을 쓰고 싶은지 얘기도 안 해요. 국문과 4학년 중 박완서 읽은 애들이 아무도 없어요. 그게 이를테면 우리나라 문화예술의 현실이에요. 생산은 이제 무엇보다도 쉬워졌어요. 무슨 얘기냐 하면 아무나 인터넷에 끄적거려도 관객이 생기고 독자가 생겨요. 영화 만들기도 너무나 쉽죠. 6밀리 카메라로 시작하면 되니까요. 그런데 얘네들 자체가 영화나 문학을 즐기지 않는다는 거예요. 이를테면 먹기부터 시작하지 않고, 뱉기부터 한다는 거죠. 예를 들어 귀여니의 문제는 그녀가 이모티콘을 사용하는 소설을 쓰기 때문이 아니라 그녀가 고등학교 때나 지금이나 별로 달라지지 않았다는 게 문제예요. 그녀가 그 후 2년 동안 아무것도 먹지 않았다는 거죠. 그렇기 때문에 변화가 없고, 발전이 없는 것 같아요. 요즘 젊은 친구들에 대해서 제가 감히 얘기를 하면 결국에는 폭식을 하듯 다양한 선배들의 작품을 먹어야 되는데, 먹지 않고 표현부터 하다보니까 변화가 없는 거죠. 그런 게 되게 안타까워요.(변영주, 「낮지만 깊고 오랜 울림으로 남다」, 지승호 엮음, 『감독, 열정을 말하다』, 수다, 2006, 184쪽)

변영주 감독이 인터뷰에서 한 말이다. 요컨대 "먹기부터 시작하지 않고, 뱉기부터" 하는 "요즘 젊은 친구들"에 대한 안타까움의 토로다. 국문과 4학년도 읽지 않는 '박완서'를 국문과 문턱도 밟아 본 적 없는 당신이 안 읽은 것은 어쩌면 당연하다. "박완서가 누구야? 남자야, 여자야?" 하지나 않으면 다행이다. 그런데 당신은 변영주의 말을 듣고 심한 반발심을 느낄지도 모르겠다. "변영주도 꼰대 다 됐군. 나이 먹은 티를 꼭 그렇게 내야 돼? 요즘 애들, 요즘 애들, 어유 지겨워." "내가 보여 주고 싶은 감수성은 〈커피 프린스 1호점〉 같은 거란 말이야. 근데 박완서를 읽는다고 무슨 도움이 되겠어?" "내 생각을 솔직하게 쓰면 되는 거아냐? 박완서는 박완서 생각 쓰고, 나는 내 생각 쓰면 되는 거지. 안 그래?" 그런 불만을 가진 사람이 당신만은 아니었던 것 같다.

번역가이자 소설가인 이윤기가 영화감독 지망생인 아들에게 말했다. "예술가는 절대로 예술사에서 자유로울 수 없다. 문화는, 아무리 튀어봐야 결국 문화사의 컨텍스트를 벗어날 수 없다. 손오공이 부처님 손 안에서 빠져나가는 서유기가 있더냐? 영화의 역사를 내리 훑어 보면 네 길이 보일지도 모른다." 그러나 그의 충고에 아들은 이렇게 대꾸했다. "그건 아카데미즘입니다. 저는 영화를 가르치려는 것이 아니라 보여주려는 겁니다. 가르치는 프로가 아니라 보여주는 프로가 되려는 겁니다."(이윤기, 『잎만 아름다워도 꽃 대접을 받는다』, 동아일보사, 2000, 40~41쪽) 말하자면 가르치는 프로가 아니라 보여 주는 프로가 되려는 것이기에, 남의 영화는 안 보고 자기영화만 열심히 찍겠다는 거다. 자식이 한 말이라서 그런 걸까. 이윤기는 책에서 이에 대한 자신의 생각을 더 보태지는 않았다. 그저 자신과 아들은 생각이 '다르다'고만 하고 이야기를 끝낸다. 그러나 이게 단순히 '다르다' 하고 넘어갈 문제일까? 네 생각이 '틀렸다'라고 말해 줄 순 없었을까?

20대에 '혜성처럼 나타나' 눈부신 데뷔작으로 세상을 놀라게 하더니 그 이후로는 감감무소식인 작가들이 있다. '데뷔작'이자 '대표작'이자 '은퇴작'인 한 권만 내놓고 절필해 버린 작가들 말이다. 당신도 혜성처럼 나타나 책 한 권 던져 놓고 혜성처럼 사라질 생각이라면 다른 작가들의 글은 읽지 않아도 된다. 한 권 정도라면 남의 글을 읽지 않아도 쓸 수 있다. 하지만 '장사 하루 이틀 할 것도 아닌데'라는 생각이 든다면 반드시 많은 글을 '폭식'해 볼 필요가 있다. 남의 글 읽을 시간 있으면 그 시간에 내 글 한 자라도 더 쓰겠다는 생각으로는 10년을 써도 필력이 늘지 않는다. 설사 그렇게 100편의 글을 쓴다 한들, 처음 글과 100번째 글의 수준 차는 크지 않을 것이다. (물론 우선순위로 따지면 쓰기가 읽기보다 훨씬 중요하다. '폭식'을 하되, 읽는 시간이 쓰는 시간에 지장을 줄 정도가 되어서는 안 된다.)

'폭식'의 기준이 딱히 정해져 있는 것은 아니다. 당신은 "일 년에 백 권은 읽어야 하지 않겠느냐?"는 말을 들으면 놀라서 펄쩍 뛸지도 모르겠다. "일 년에 백 권을 읽으려면 일주일에 두 권씩은 읽어야 하는데, 이 바쁜 세상에 그게 가능해요?"라고 반문할 수도 있다. 하지만 '일 년에 천 권' 읽는 작가들도 많다. 모르긴 해도, 그들은 당신보다 더 바쁘다. 그래도 해마다 그만큼씩 묵묵히 읽는다. 물론 그 책들을 다 정독하지는 않을 것이다. 그리고 모든 책을 다 정독할 필요도 없다. 읽다 보면 영 아니다 싶어서 절반도 못 읽고 내려놓는 책도 많다. 책이 마음에 들지 않으면 중간에 집어 던질 줄도 알아야 한다. 그래야 일단은 '많이' 읽을 수 있다. 내 경험에 비추어 말하자면, 열 권을 읽으면 그중에 한 권 정도만 정독할 만한 책이었다. 그렇다면 나머지 아홉 권을 읽었던 시간은 낭비란 말인가? 그렇지 않다. 그 아홉 권을 읽었기에 마음에 꼭 드는 한 권을 만날 수 있었던 것이다.

다시 변영주 감독의 에피소드 하나. 어느 날 임권택 감독이 변영주 감독에게 "국악 좋아하냐?"라고 물었다. 변영주가 별로 좋아하지 않는다고 말하자, 임권택은 "게으르기 때문이다."라며 핀잔을 주었다. 발끈한 변영주는 그날 이후 석 달 동안 내리 국악만 들었는데, 그러다 알게 되었다고 한다. 자신이 가야금을 좋아하고 꽹과리는 싫어한다는 것을……. 변영주는 이러한 현상을 '취향의 확산'이라고 말한다. 싫어하는 것 속에도 좋아하는 것이 있을 수 있으니까, 이것저것 다 느껴 봐야 한다는 것이다.(변영주, 「프랑스 작가주의 영화의 고전 〈400번의 구타〉」, 공지영 외, 『나의 고전 읽기』, 북섬, 2006, 129~130쪽)

매일 먹던 것만 먹고, 입던 옷만 입고, 만나던 사람만 만나고, 다니던 길로만 다니는 사람이 있다. 그래서는 안 된다는 거다. 인생에 '헛짓'이 필요하듯이 독서에 '헛독'도 필요하다. 싫어하는 취향의 책 중에도 좋아하는 책이 있을 수 있으니! 귀여니만 읽지 말고 박완서도 읽어야 한다. 박완서만 읽지 말고 귀여니도 읽어야 한다. '폭식'으로 '취향의 확산'을 경험하라.

범의 굴에 들어가야 범을 잡는다

나는 어떤 경제학 전문 잡지를 구독하고 있느냐는 질문을 받은 적이 있다. 나로서는 전부 다 읽고 있다고 대답하는 수밖에 없었다. (중략) 타인의 연구를 읽지 않음으로써 독창적인 사람도 있지만, 이것은 흔히 남에게 보이기 위한 겉보기 독창성으로 슘페터가 '주관적 독창성'이라고 비꼬아 불렀던 바로 그것이다. (중략) 타인의 업적에 관계없이 매일 아침마다 자기 차바퀴 발명에 나서는 자는 자기 차를 발달시키기는커녕 결국 허영심을 발달시키게 된다.(노구찌 유끼오, 이송희 옮김, 『초발상법』, 학원사, 2000, 39~40쪽)

『초발상법』의 저자 노구치 유키오는 경제학자 새뮤얼슨의 글을 인용하면서, 자신도 현상 논문을 심사할 때면 "주관적 독창성"에 빠진 논문을 심심찮게 보게 된다고 말한다. 이를테면 "경제학의 지금까지의 이론은 모두 잘못된 것이다. 이를 극복하는 기본 대원칙을 발견했다."라는 식의 논문 말이다. 하지만 그런 논문은 대개 "그 분야에 대해서는 옛날부터 전문적인 논의가 이루어지고 있음에도 불구하고 본인만이 전혀 모르고 있는" 글일 뿐이라고 그는 말한다. 모든 학문의 발전은 그 분야의 수많은 학자들이 오랜 시간에 걸쳐 십시일반으로 보탠 연구 결과가 차곡차곡 쌓여서 이루어진다. 따라서 어느 한 분야를 공부하려면 기본적으로 그 분야의 역사를 훑어보는 게 순서다.

(여기서는 단순히 '작가 지망생'이 아닌, '소설가 지망생'이라는 특정 분야에 한정해서 이야기를 풀어 나가겠다. '작가'는 '분야'라고 하기엔 다소 광범위하므로 그에 속한 하나의 구체적인 장르인 '소설'을 예로 들겠다는 것이다. 당신이 '소설가 지망생'이 아니더라도 이 글을 읽는 데 문제는 없다. 단순히 내가 설명하기 편해서 '소설'을 택한 것뿐이다. 당신은 그 자리에 자신이 쓰고자 하는 장르를 집어넣고 생각하면 된다.)

소설에도 역사가 있다. 그런데 '문학사'를 열심히 들여다보는 소설가 지망생의 수는 점점 줄어들고 있다. 논문을 쓰는 학자들은 그러지 않는다. 자기 분야의 역사와 연구 동향에 무지하면 '주관적'으로 '독창적'인 논문이 나올 것이라는 사실을 알기에 남들이 써 놓은 논문을 부지런히 찾아 읽는다. 그러나 이상하게도 요즘 소설가 지망생들은 그렇게 하지 않는다. 소설과 학문은 전혀 다른 세계일까? 학문과 달리 소설은 그저 자기만의 생각을 풀어내기만 하면 되는 것일까? 그렇지 않다. 논문에 논문만의 형식이 있듯 소설에도 소설 고유의 형식이 있다. 물론 그 안에서 여러 스타일로 나뉘기는 하나, 그걸 아우르는 공통된 기반이 분명히 있다. 소설은 시, 수필, 희곡, 논픽션, 신문 기사 등과 구분되는 특징이 있으므로, 소설을 쓰려는 사람은 소설만의 특성을 충분히 파악해야 제대로 된 소설을 쓸 수 있다.

흔히들 독서를 '간접 경험'이라고 말한다. 그러나 소설가 지망생에게 독서는 간접 경험이 아니라 '직접 경험'이다. 인물 묘사는 어떻게 하는지, 배경 묘사는 어느 정도면 적당한지, 행갈이는 어떤 식으로 하는

지, 효과적인 장면 전환은 어떻게 하는지, 대사로 인물의 성격을 어떻게 드러내는지, 사건을 전개할 때 유의해야 할 점은 무엇인지, 1인칭과 3인 칭은 어떻게 다른지, 작가가 작품 속에 개입하는 것이 옳은 일인지 아닌 지……. 이러한 것들은 다양한 소설을 자기 눈으로 읽어 보지 않고는 배울 수 없다. 최소한 수천 시간은 읽는 데에만 (직접!) 쏟아 부은 경험이 있어야 비로소 소설 쓰는 힘이 길러진다. 수영을 배우기 위해 물속으로 들어가듯이, 소설을 쓰려면 소설 속으로 들어가야 한다. 그리고 오랫동안 눈으로 허우적허우적 헤엄을 쳐 봐야 한다. 다른 방법은 없다.

30년 동안 독방에 갇혀서 소설만 읽은 사람은 소설을 쓸 수 있다. 그러나 30년 동안 100가지 직업을 가지고, 100명의 이성과 사귀고, 100개국을 여행했더라도 그동안 소설을 읽지 않았다면 결코 소설을 쓸 수 없다. 실생활의 경험이 중요하지 않다는 말이 아니다. 많은 시간을 투자하여 소설을 읽은 경험이 그에 못지않게, 아니 그 이상으로 중요하다는 말이다. '문청(文靑)'들 중엔 간혹 자신만의 '뚜렷한 소신' 때문에 다른 작가들의 소설을 읽지 않는 사람이 있다. 왜 그러냐고 물어보면 '영향을 받는 게 두려워서'라고 대답한다. 자신만의 '개성'과 '독창성'이 사라질까 봐 걱정된다는 것이다. 이런 사람이 빠지기 쉬운 함정이 바로 '주관적 독창성'이다. "독창성이란 다른 텍스트들과의 완전한 결별에서 탄생하지 않는다"는 사실을 모르니까 그런 말을 하는 것이다.

모든 글은 자신만의 독창성을 추구한다. 프랑스의 시인 퐁주(Ponge)의 말처럼 "모든 작가는 그 이름에 값하는 자라면, 여태까지 씌어졌던 모든 것에 대항해서 써야 한다." 그러나 그 독창성이란 다른 텍스트들과의 완전한 결별에서 탄생하지 않는다. 오히려 독창성은 다른 텍스트들과의 관계 속에서 탄생한다. 줄리아 크리스테바는 "모든 텍스트는 인용의 모자이크로 구축되어 있으며 텍스트는 또 다른 텍스트를 흡수 변형한 것이다."라고 했다. 독창성은 다른 텍스트의 적이 아니라 동료이다.(박민영, 『즐거움의 가치사전』, 청년사, 2007, 330쪽)

'독창성'을 운운하려면 적어도 남들이 지금까지 그 분야에서 어떠한 성과를 이루어 왔는지 파악하고 있어야 한다. 학자들이 고전 논문이건 최신 논문이건 열심히 찾아 읽는 것처럼 말이다. 그러한 수고도 하지 않으면서 '남들과 다른 작품을 쓸 거야.'라고 생각하는 것은 과대망상에 가깝다. 문학사도 읽지 않고, 그렇다고 현재 활동 중인 작가들의 신작도 챙겨 읽지 않고 써내는 글이 '독창적'일 확률은 매우 낮다. 간혹 한 세대에 한 명 정도 나올까 말까 하는 천재들은 써낼지도 모른다. 그러나 나는 지금, 자신을 천재라고 생각하는 사람들을 대상으로 이 글을 쓰고 있는 게 아니다. '독창성'을 논하기 전에 그 독창성이 '주관적 독창성'인지 아닌지 판단할 수 있을 정도의 다독(多讀)은 반드시 필요하다.

물론 다독이 언제나 좋은 것만은 아니다. 때에 따라서는 오히려 해가 될 수도 있다. 한창 부지런히 글을 써야 할 시기에 독서만 하고 있는 소설가 지망생도 많기 때문이다. 쓰는 것은 어렵고 읽는 것은 쉬우니, 소설 공부 핑계 삼아 계속 읽어 대기만 하는 것이다. 아주 좋지 않은 습관이다. 그럼에도 다독은 중요하다! '주관적 독창성'에 빠지지 않기 위해서다. 강준만의 말을 들어 보자.

공부를 하면 할수록 '저자의 죽음'이라는 말에 공감하게 된다. 몰랐거나 어설프게 알았을 때가 좋았다. 어떤 주장을 나만의 독창적인 생각으로 확신할 수 있었으니까 말이다. 그런데 책을 많이 읽다 보면 나 혼자 스스로 했던 생각을 이미 누군가 엇비슷하게나마 했었다는 걸 알게 된다. 결국 나는 책을 많이 읽지 못한 나의 게으름을 나의 독창성으로 착각한 셈이다.(강준만, 『글쓰기의 즐거움』, 인물과사상사, 2006, 4쪽)

어느 분야든 공부를 하면 할수록 더 어렵게 느껴지는 법이다. "몰랐거나 어설프게" 알았을 때는 만만하게 보였는데, 막상 해 보면 그렇지 않다. 당신 주위에 소설을 써 보겠다고 덤벼든 사람들이 꽤 있을 테지만, 그들 중에 정말로 소설을 쓰는 사람은 거의 없다. 또는 소설이라고 내놓은 결과물을 보면 거개가 수준 이하다. 그 사람 생각엔 재미있는 이야기를 풀어 놓기만 하면 그걸로 '소설'이 되는 줄 아는 것이다. 그러나 '이야기'와 '소설'은 다르다. 아무리 재미있는 이야기라도 소설로서의 요건을 갖추지 못하면 소설이라고 쳐 주지 않는다. 그런 지적을 당신이 그에게 해 주었다고 하자. 그가 과연 당신의 말을 수긍할까? 어쩌면 속으로 불쾌하게 생각할지도 모른다. 누가 뭐래도 제 눈에는 자신이 쓴 글이 분명히 '소설'로 보이기 때문이다. 소설을 두루 읽지 않고 소설을 쓰면 바로 이렇게 되는 것이다. '주관적 독창성'이라는 증상에는 다독 이외에는 약이 없다.

독서가 정말 중요한 까닭은 우리가 독서를 통하여 창작의 과정에 친숙해지고 또한 그 과정이 편안해지기 때문이다. 책을 읽는 사람은 작가의 나라에 입국하는 각종 서류와 증명서를 갖추는 셈이다. 꾸준히 책을 읽으면 언젠가는 자의식을 느끼지 않으면서 열심히 글을 쓸 수 있는 어떤 지점에 (혹은 마음가짐에) 이르게 된다. 그리고 이미 남들이 써먹은 것은 무엇이고 아직 쓰지 않은 것은 무엇인지, 진부한 것은 무엇이고 새로운 것은 무엇인지, 여전히 효과적인 것은 무엇이고 지면에서 죽어가는 (혹은 죽어버린) 것은 무엇인지 등등에 대하여 점점 더 많은 것들을 알게 된다. 그리하여 책을 많이 읽으면 읽을수록 여러분이 펜이나 워드프로세서를 가지고 쓸데없이 바보짓을 할 가능성도 점점 줄어드는 것이다.(스티븐 킹, 김진준 옮김, 『유혹하는 글쓰기』, 김영사, 2002, 183쪽)

글쓰기를 위한 몸 만들기

글은 엉덩이로 쓰는 것이다 • 명절 때도 나는 일해 • 구슬이 서 말이라도 꿰어야 보배 • 읽고, 베끼고, 쓰고 • '질'보다는 '양'이 먼저다 • 쌀통에 쌀부터 채워라 • 손가락으로 사유하라 • '재능'보다는 '땀'이 소중하다 • '보는 것만 고수'가 되지 마라

글은 엉덩이로 쓰는 것이다

누가 뭐래도 소설은 곧 노동의 산물인 까닭에, 엉덩이가 가벼우면 볼 장 다 본다. 시시한 체험에서 얻은 배움인데, 일본 스모의 몽골 출신 요코즈나 아사쇼류의 그것마냥 거대할 필요는 없다. 볼품없이 빈약하면 빈약한 대로, 의자와 찰떡궁합을 이루어 은근과 끈기로 버티는 힘이 우선 당차야 한다. 그래야 무엇이 나와도 나온다고 믿는다.(최일남, 『어느 날 문득 손을 바라본다』, 현대문학, 2006, 22~23쪽)

소설가 최일남의 말이다. 요컨대 엉덩이가 무겁지 않으면 작가로 성공하기 힘들다는 말이다. 당신은 어떤 타입인가? 한번 의자에 앉으면 서너 시간은 괴로움 없이 죽치고 앉아 있는가, 아니면 30분도 앉아 있기 힘들어 몇 번이나 엉덩이를 들썩들썩하는가. 전자라면 작가가 되기에 아주 유리한 기질을 타고난 것이다. 가수로 치자면 절대 음감을 가지고 있는 것과 맞먹는 귀중한 재능이다. 그런 분들에겐 내가 딱히 더 해 줄 말이 없다. 지금껏 해 오던 대로 앞으로도 쭉 엉덩이를 무겁게 유지하면 된다. 문제는 후자의 경우다. 가벼운 엉덩이는 작가가 되기에 치명적인 약점이다.

애석하지만 나도 엉덩이가 가벼운 축에 속한다. 30분은커녕 10분도 한자리에 앉아 있기 힘든 성격이다. 생각을 한곳에 집중하기가 너무 힘들고, 그런 집중의 상태를 오래 유지하지도 못한다. 나는 10여 년 전부터 오로지 글을 잘 써 보겠다는 일념으로 온갖 참고 서적을 뒤적여 가며 글쓰기 능력을 키워 보려고 노력해 왔다. 아마도 동년배 중에 나만큼 글쓰기 관련 책을 많이 읽은 사람은 없을 것이다. 나는 그 수많은 책들의 조언에 따라 안 해 본 방법이 없다. 그리고 대부분의 방법은 단순히 머리로만 이해하는 것이 아니라 몸에도 새겨 넣었다. 그런데 딱 하나 체득하지 못한 게 있다. 한 시간 이상 의자에 엉덩이를 붙이고 앉아 있는 것이다. 그렇게 10여 년을 노력했건만······.

피아니스트 지망생은 세월이 오는지 가는지도 모른 채 피아노를 붙들고 앉아서 지문이 닳도록 건반을 두드려야만 직업적인 피아니스트가 될 수 있다. 피아노 실력을 늘리는 다른 방법은 없다. 이것은 모든 형태의 '기능'을 익히는 기본적이고 유일한 방법이다. 글쓰기 능력도 다르지 않다. 글은 '재능'만으로 쓸 수 있는 게 아니다. '기능'을 익히지 않으면 결코 좋은 글을 쓸 수 없다. 내 생각에 좋은 글을 쓰기 위해서는 '재능'은 20, '기능'은 80 정도 필요한 것 같다. 그런데 직접 글을 써 보지 않으면 '기능'은 결코 한 뼘도 늘지 않는다. 풍부한 인생 경험? 방대한 독서량? 그것도 물론 중요하다. 그러나 그것은 어디까지나 20점짜리 과목에 대한 공부다. 남들 10점 맞을 때 나는 20점 맞으면 기쁘긴 하겠지만, 시험 공부에도 전략이 필요한 법이다. 20점짜리 과목 공부한답시고 80점짜리 공부를 등한시하면 바보다. 남들 80점 맞을 때 50점 맞으면 결국 총점은 내가 낮다.

 나는 글을 쓰면서 늘 일종의 창조의 기쁨을 느낀다. 처음에는 주로 단어와 문장을 찾는 즐거움이 많았지만, 가장 큰 문제는 엉덩이와 의자를 서로 친하게 관계를 유지시켜주는 일이었다. 내가 처음 글을 쓸 때는 20대 초반으로, 그 시기는 도무지 앉아 있기 힘든 나이였다. 나의 동년배들은 마음대로 돌아다니는데 혼자 붙박이처럼 앉아 있는 모습을 상상해보라. 그것은 극도의 인내심 없이는 불가능한 일이다. 그렇게 계속 앉아서 글을 써내려가다가 갑자기 아름다운 언어를 찾게 되면, 이제까지의 지난했던 노동이 희열과 흥분으로 대체되면서 모든 원망을 순식간에 무화시켜버리고, 붙박이처럼 앉아 있는 것 자체가 무궁한 즐거움으로 바뀐다.(위화, 최용만 옮김, 『영혼의 식사』, 휴머니스트, 2008, 203쪽)

『허삼관 매혈기』의 작가 위화의 말이다. 그도 20대에는 "엉덩이와 의자를 서로 친하게 관계를 유지시켜주는 일"이 무척 힘겨웠던 모양이다. 왜 아니었겠는가. 그 안쓰러운 풍경이 눈에 선하다. 아울러 나의 갑갑했던 20대 시절을 떠올려 보니 등허리에 식은땀이 괸다. 다시는 그 시절로 돌아가고 싶지 않다! 어쨌든 위화와 같은 명망 있는 작가도 젊은 시절에는 나처럼 '가벼운 엉덩이'였다니 조금 위안이 되기는 한다. 그러나 그가 꾸준히 걸작들을 쏟아 낼 수 있었던 것은 역시나 고통 없이 "혼자 붙박이처럼 앉아" 있을 수 있게 된 이후의 일일 테니 좋아할 일만도 아니다. 그렇다. 글은 엉덩이로 쓰는 것이다! 이 말을 꼭 하고 싶은데, 그런 말을 떳떳이 할 만한 처지가 못 되는 것 같아 다소 겸연쩍다. '무거운 엉덩이'에 관한 재치 있는 구절 하나를 인용하는 것으로 무안함을 달랜다.

초심자나 직업적 작가나 과정은 마찬가지다. 첫 단어부터 시작해서 단어들을 하나씩 계속 붙여나가는 게 바로 글쓰기다. 그런 식으로 하다 보면 초고를 완성하게 된다. 오스트레일리아의 소설가 브라이스 코트니(Bryce Courtenay)는 성공의 비결을 '무거운 엉덩이'라고 말했다. 엉덩이를 바닥에서 떼지 말고 글을 써라. 글쓰기는 앉아서 하는 작업이다. 정말 다행이 아닌가? 앉아서 하는 더 나쁜 일도 있으니 말이다.(스티븐 테일러 골즈베리, 남경태 옮김, 『글쓰기 로드맵 101』, 들녘, 2007, 45쪽)

명절 때도 나는 일해

 농부는 보통 해뜨기 전에 일어나 아침 밥 먹기 전에 논 한 번 둘러보고 들어오지요. 일이 없어도 삽을 메고 들로 나갑니다. 들에서 무언의 대화를 나누다가 어두워지면 집으로 들어와 쉬지요.

'벼는 농부의 발소리를 듣고 자란다'고 합니다. 나는 농부의 유전자를 물려받아서인지 일이 있건 없건 규칙적으로 책상 앞에 앉는 편입니다. 정확하게는 앉으려고 하는 편이지요.(성석제, 「벼는 농부의 발소리를 듣고 자란다」, 김창남 엮음, 『꿈꾀끼꼴깡』, 미래를소유한사람들, 2008, 182쪽)

소설가 성석제의 말이다. 글쓰기에 관한 멋진 비유라고 생각한다. 앞에서 얘기했던 '글은 엉덩이로 쓰는 것이다'와 함께 묶어서 기억해 두자. 그러니까 글을 잘 쓰기 위한 최고의 훈련법은 다음과 같이 한 문장으로 정리할 수 있겠다. '매일 규칙적으로 책상 앞에 한 시간 이상 엉덩이를 붙이고 앉아 있어라!' 이걸 체득하지 못하면 나머지 이러쿵저러쿵하는 조언들은 그저 귀 간지러운 말장난일 뿐이다. 말로는 무슨 소린들 못하랴? 머리로 알고 있는 것과 몸으로 실천하는 것은 전혀 다른 차원의 얘기다. 나는 당신이 이 책을 읽고 머리가 아닌 몸이 변하기를 바라며 글을 쓰고 있다.

"내가 지금도 매일 일하거든. 명절 때도 나는 일해. 설 때도 아침에 자식들 세배만 받고 바로 시나리오를 쓴다. 지금 영화할 시나리오가 서른 권은 넘어. 젊은 사람들 분발해야 돼."(김영진, 『평론가 매혈기』, 마음산책, 2007, 147쪽)

1998년에 불의의 화재 사고로 타계한 김기영 감독이 남긴 말이다. 젊은 관객들을 중심으로 그의 작품 세계에 대한 재발견이 한창 이루어지던 시점이라 그의 죽음은 더욱 여러 사람을 안타깝게 했다. 그래서 그런지 몰라도 "젊은 사람들 분발해야 돼."라는 말이 예사로 들리지 않는다. 당신은 명절 때 뭘 하는가? 명절에도 글을 쓰는가? 팔순 노인도 "아침에 자식들 세배만 받고 바로" 글을 썼다지 않는가. 명절에도 글을 쓰라는 건 단순히 비유적인 표현이 아니다. 실제로 명절에도 글을 써야 한다. 성공한 작가들은 다들 그렇게 한다. 자기 입으로 말하기 멋쩍어서 겉으로 드러내지 않을 뿐이지.

예전에 인터뷰 기자들에게 나는 크리스마스와 독립기념일과 내 생일만 빼고 날마다 글을 쓴다고 말하곤 했다. 거짓말이었다. 내가 그렇게 말한 이유는 일단 인터뷰에 동의한 이상 반드시 '뭔가' 말해줘야 하기 때문이었고, 기왕이면 좀 그럴싸한 말이 낫기 때문이었다. 그리고 얼간이 같은 일벌레로 보이기는 싫었기 때문이었다(그냥 일벌레라면 또 모를까). 사실 나는 일단 글을 쓰기 시작하면 남들이 얼간이 같은 일벌레라고 부르든 말든 하루도 빠뜨리지 않고 쓴다. 크리스마스와 독립기념일과 내 생일도 예외일 수 없다(어차피 내 나이쯤 되면 그 지긋지긋한 생일 따위는 싹 무시하고 싶어지게 마련이다). 그리고 일하지 않을 때는 아예 아무것도 안 쓴다. 다만 그렇게 완전히 손놓고 있는 동안에는 늘 안절부절못하고 잠도 잘 오지 않아서 탈이다. 나에게는 일하지 않는 것이야말로 진짜 중노동이다. 오히려 글을 쓸 때가 놀이터에서 노는 기분이다. 글을 쓰면서 보냈던 시간 중에서 내 평생 가장 힘들었던 세 시간도 나름대로 꽤 재미있었다.(스티븐 킹, 김진준 옮김, 『유혹하는 글쓰기』, 김영사, 2002, 186~187쪽)

스티븐 킹도 명절에 글을 쓴다고 '커밍아웃'하고 있다. 그는 뭐가 아쉬워서 '빨간 날'에도 일을 할까? 아마 그의 지인들은 지금 이 순간 그에게 이렇게 충고하고 있을 것이다. "돈도 벌 만큼 벌었을 텐데 쉬엄쉬엄 해도 되잖아." 그러나 그는 충고를 받아들일 생각이 없는 모양이다. 여전히 왕성한 창작력을 과시하며 활동 중이니 말이다. 그가 끊임없이 작품을 생산할 수 있는 비결은 단 하나다. 매일 규칙적으로 작업실의 문을 열고 들어가 책상 앞에 앉는 것이다. 다른 방법은 없다. 세계적인 작가도 그렇게 부지런을 떠는데, 지금 당신의 모습은 어떤가. 오늘부터 당신에게 명절은 없다. 일 년 열두 달 하루도 빠짐없이 책상 앞에 앉아 글을 써라. 기꺼이 "얼간이 같은 일벌레"가 되어라.

"작가란 오늘 아침에 글을 쓴 사람이다."(로버타 진 브라이언트, 승영조 옮김, 『누구나 글을 잘 쓸 수 있다』, 예담, 2004, 58쪽)

글쓰기에 관한 조언 중에 내가 가장 좋아하는 말이다. 종이에 써서 책상 앞에 붙여 두자.

구슬이 서 말이라도 꿰어야 보배

일을 열심히 하기 위해서는 건강을 돌보아야 한다. 레닌이 유배지에서 하루에 팔굽혀펴기를 2백 회씩 했던 것처럼 하지는 못할망정 스스로 몸을 돌보아야 한다. 그러기 위해서는 기계처럼 살아야 한다. 규칙적으로 기계적으로 글을 써야 한다. 어설프게 몸과 마음을 다 동원해서 글을 쓰다가는 내 몸은 곧 망가질 것이다. 그리고 규칙적으로, 기계적으로 글을 쓰는 경지에 다다를 때야 참된 소리가 나온다고 생각한다. 글은 익혀서 쓰는 것이 아니라 꽉 짜인 우리에 뚫어 놓은 구멍으로 삐져나오는 돼지의 살을 자르듯이 잘라 내는 것이다.(이효인, 『영화여 침을 뱉어라』, 예건사, 1995, 21쪽)

이 글 역시 앞에서와 마찬가지로 '규칙적인 글쓰기'에 관한 내용이다. 내가 같은 이야기를 여러 번 반복하는 이유는 그만큼 중요하기 때문이다. 단순히 머리로만 읽고 넘길 것이 아니라, 반드시 몸에 습관으로 붙여야 한다. 그렇지 않다면 이 글을 읽고 있는 당신은 시간 낭비만 하고 있는 셈이다. 위의 글은 영화 평론가 이효인의 산문집에 들어 있는 한 구절이다. 그렇다. 글이라는 건 '규칙적'으로 '기계적'으로 써야 한다! 그러기 위해서는 날마다 책상 앞에 앉아야 한다. 당신이 하루에 책상 앞에 앉아 있는 시간이 한 시간도 안 된다면 문제는 심각하다. 만약 그렇다면 당신이 지금 배워야 할 것은 글쓰기가 아니다. 한 시간 동안 엉덩이를 붙이고 가만히 앉아 있는 것부터 배워야 한다.

당장에 글은 쓰지 않아도 좋다. 그저 펜과 공책을 앞에 두고 한 시간 동안 가만히 앉아 있는 연습을 해 보자. 생각보다 쉽지는 않을 것이다. 의자에서 엉덩이를 떼고 싶은 오만 가지 이유가 떠오를 것이다. 커피 한 잔 마시고 싶다, 화장실 가고 싶다, 손톱은 언제 이렇게 길었나, 휴대 전화 문자가 온 것 같은데…… 30분쯤 지나면 당신은 급기야 불만을 터뜨릴 수도 있다. "이게 무슨 바보 같은 짓이지? 나는 산책을 할 때, 친구들과 수다를 떨 때, 책을 읽을 때, 설거지를 할 때 아이디어가 잘 떠오른단 말이야!" 물론 그럴 것이다. 나도 괜찮은 아이디어는 자전거를 탈 때 가장 많이 떠오른다. 그렇지만 강조하여 말하건대, '아이디어'는 '글'이 아니다!

당신의 머릿속에는 글이 될 만한 아이디어가 수십 가지나 있을 수 있다. 수백 가지인들 없겠는가. 그러나 글을 쓰는 데 수백 가지 아이디어는 필요하지 않다. '하나'만 있으면 된다. 글을 쓴다는 건 그 한 가지 아이디어를 눈에 보이는 결과물로 만드는 과정이다. 눈에 보이지 않는 수백 가지 아이디어를 가진 사람을 작가라고 부르지는 않는다. 작가란 단 한 편이라도 완결된 원고를 손에 쥐고 있는 사람을 말한다. 원고를 만드는 일은 머리가 아니라 몸을 쓰는 일이다. 그러한 몸을 '규칙적'이고 '기계적'으로 만들어야 많은 양의 원고를 꾸준히 만들어 낼 수 있다. 벼락치기로 글을 쓰는 버릇을 들여선 안 된다. 하루에 한 시간씩 매일 쓰는 습관을 길러야 한다. 그런데 안타깝게도 먹고살기에 바쁘다 보니 도저히 하루에 한 시간의 짬을 낼 여유가 없다. 그렇다면 좋다. 한 시간이 안 되면 30분이라도 내라. 그 대신 한 달에 25일 이상은 꼭 책상 앞에 앉겠다고 다짐해라.

언제 몇 시간 집필하든, 자기 신체의 기능과 에너지의 사이클에 맞춰, 규칙적으로 집필하지 않으면 안 된다. 마음이 내켰을 때 집필한다는 따위의 작가는 작가로서 성공할 수 없을 뿐만 아니라 인간으로서도 성공하지 못한다고 생각한다(성공이라고 하는 것은 금전적인 면만을 말하고 있는 것은 아니다).(미국추리소설작가협회, 고정기 옮김, 『추리소설 쓰는 법』, 보성사, 1987, 73쪽)

장르 소설 작가 존 맥도널드의 말이다. 창작론뿐 아니라 인생론으로서도 새겨들을 만하다. 끝으로 '규칙적인 글쓰기의 중요성'에 관해서 내가 가장 인상 깊게 읽었던 글을 소개한다. 헤이즈 제이콥스가 쓴 『논픽션 쓰는 법』의 한 대목이다. 나는 10년 전쯤에 이 글을 읽었는데, 그 후 해마다 한 번씩은 반복해서 읽으며 마음을 다잡고 있다. 그만큼 내게는 인상적인 글이다. 저자가 '더디게' 얻은 깨달음을 당신은 '하루빨리' 얻길 바란다.

나는 글쓰는 이들에게 집필을 일과로 할 것을 권한다. 글쓰기를 직업으로 삼은 이들뿐 아니라 부업 정도로 삼고 있는 이들에게도 집필을 일과로 할 것을 권한다. 먼저, 집필 시작 시각과 마치는 시각을 정해 놓은 후, 어떤 방해가 있든 유혹이 있든 상관없이, 매일 글쓰기를 일과로 삼고 그 시간을 지키면 많은 글을 써낼 수 있게 된다. 집필의 무드가 잡힐 때를 기다린다든가, 어떤 '영감'이 떠오를 때를 기다린다든가, 또는 탈고 예정일에

육박할 때까지 기다렸다가 비로소 일에 뛰어들어 갑자기 파고드는 것보다, 훨씬 더 많이 써낼 수 있게 된다. 이탈리아의 소설가 알베르토 모라비아(Alberto Moravia)는 이렇게 말한다. "영감이란 떠오를 때도 있고 떠오르지 않을 때도 있는 것인데, 그 영감을 나도 믿기는 한다. 그러나 영감이 떠오르기를 기다리기 위해 쉬고 있는 일은 없다. 나는 매일 글을 쓴다." 대부분의 성공한 작가들도 이와 똑같은 말을 할 수 있을 것이다.

내가 직장 생활을 하면서 한편으로는 자유기고가가 되어 보려고 노력하던 때의 일이었다. 글을 쓰려고 노력하기 시작한 지 몇 년이 지났는데도 글다운 글을 한 편도 못 써내고 있었다. 이제야 깨달아 알게 된 사실인데, 그때 그럴 수밖에 없었던 것은, 나 자신이 규칙적인 노력을 못했기 때문이었다. 저녁에 돌아오면 글을 써 보려고 부단히 노력을 했었는데도, 피곤하여 쓸 수가 없었다. 토요일과 일요일이 되면 시간은 많았다. 그러나 그때는 그때대로, 어쩔 수 없이 사람 만나는 일들을 해야 했고, 그때그때 부득이한 일거리가 생기곤 했고, 글쓰는 일보다 더 매력 있는 일들로 꽉 차곤 했다. 몇 달이 그대로 지나가 버리기가 일쑤였고, 원고는 늘어나지 않았다. (노트 해 놓은 것이나, 아이디어를 적어 놓은 것이나, 토막토막 타자 쳐 놓은 것을 글이라고는 할 수 없다. 부단히 틀림없는 원고를 생산해 내야 한다. 문제는 원고에 있다. 단어들을 엮어 나가고 문장 형태를 드러내고, 단락 하나하나를 완성하면서, 한 페이지 한 페이지 앞뒤를 연결시켜 놓은 타자 친 종이들, 그것들을 이어서 작은 단원들을 구성하고, 각 부를 구성하고, 토막글을 완성하고, 장을 완성시켜 나가는 원고를 생산해야만 그것이 바로 글쓰는 작업이다.)

그러다가 드디어 잊을 수 없는 어느 날 저녁이 되었다. 비로소 방법이 떠오른 것이다. 그렇게 깨달음이 더디었다니, 그 방법을 생각해 내는 데 그토록 오랜 세월의 잉태 기간이 필요했다니, 실로 세계 신기록이 아닐 수 없었다. 간단한 생각이 떠오른 것이다. 즉, '저녁엔 글이 안 되니 아침에 써 보는 것이 어떨까?'

한번 그렇게 해 보기로 했다. 사발시계의 종 울리는 시각을 평상시보다 한 시간 빠르게 맞추어 놓았다. 그리고는 다음날 아침, 그 종소리를 듣고 일어나서 책상 앞으로 갔다. 그리고 한 시간 동안 작업을 했다. 작업을 하고 나서 출근 시간이 되자 직장에 나갔다. 그 다음날도, 또 그 다음날도 계속해서 그렇게 했다. 3개월이 지나는 동안 단 하루도 어김없이 그렇게 하기를 규칙적으로 했다. 그랬더니 드디어 열두어 편의 원고가 씌어져서, 이제는 여러 곳에 그 원고들을 보내 보았다. 그리고 나서 3개월이 더 지났을 즈음, 드디어 원고 하나가 전국적인 잡지에 처음으로 실리게 되었다. 다름 아닌『하퍼즈 Harper's』지가 내 단편 하나를 채택한 것이다. 그날 나의 집 앞의 우편함 곁에 우뚝 선 나는……. 아니다. 그렇게까지 자세힌 이야기를 여기에 늘이놓을 필요는 없을 것이다.(헤이즈 B. 제이콥스, 김병원 옮김, 『논픽션 쓰는 법』, 보성사, 1987, 16~17쪽)

읽고, 베끼고, 쓰고

80살이 된 바이올리니스트가 있었다. 그는 당대 최고의 대가였다. 하지만 나이 80살에도 매일 연습하는 것을 게을리 하지 않았다. 어느 기자가 그에게 물었다.

"선생님은 왜 그 나이에도 매일 힘들게 연습을 하십니까?"

바이올리니스트는 이렇게 대답했다.

"당신도 해봐. 나이 80이 되어도 연습하면 할수록 늘어."(이주노, 『나는 영원한 춤 꾼이고 싶다』, 랜덤하우스중앙, 2005, 204쪽)

기자의 우문(愚問)에 대가의 현답(賢答)이다. 기자는 딱 자기 수준에서 질문을 했다. 그의 질문을 다시 읽어 보라. 그는 80살 된 바이올리니스트에게 왜 그 나이에도 "매일 힘들게" 연습을 하느냐고 묻는다. 그러니까 그의 머릿속엔 '연습은 사람을 힘들게 하는 것'이라는 전제가 콱 박혀 있다. '연습'이라는 것은 목표를 달성하기 위해서 꼭 참고 겪어 내야 할 일시적인 과정쯤으로 이해하고 있는 것이다. 이에 반해 대가의 입에서는 "힘들게"라는 단어가 흘러나오지 않는다. 그저 "연습하면 할수록 늘어."라고 답할 뿐이다. 나는 노인이 연습을 "힘들게" 여기지 않을 거라고 확신한다. 오히려 연습을 무척 즐기지 않을까? 팔순 나이에도 연습 자체를 즐길 줄 아는 태도가 그를 대가로 만들었을 것이다.

한 분야에서 일가를 이룬 대가들의 공통점은 연습 과정 자체를 즐길 줄 안다는 것이다. 뒤집어 말하면, 한 어린이가 어떤 분야에서 수준급 실력자로 성장할 '싹수'가 있는지 없는지는 연습을 대하는 태도만 봐도 알 수 있다. 당신의 아이나 조카를 유심히 살펴보라. 예컨대 피아노 학원에 다녀오면, 학원 가방을 구석에 팽개쳐 놓고 다음 날 학원에 갈 때까지 일절 열어 보는 일이 없지는 않은가. 큰돈 주고 피아노까지 사들였는데, 건반 뚜껑 위에는 먼지만 부옇게 쌓이고 있지는 않은가. 그렇다면 그 아이는 피아니스트로 성공할 '떡잎'은 아니라고 봐도 크게 틀리지 않다. 제아무리 유명한 강사에게 비싼 레슨비 들여서 체계적으로 교육을 받아도 혼자 연습할 줄 모르는 아이는 피아니스트가 될 재목이 아니다. 괜한 부모 욕심이 아이에게 스트레스만 주는 꼴이다.

"피할 수 없으면 즐겨라."라는 말이 있다. 그러나 세상을 살면서 피할 수 없는 일은 생각보다 그리 많지 않다. 조금 과장해서 말하자면, 하루 세 끼 굶지 않기 위해 하는 일을 제외하고는 전부 피할 수 '있는' 일들이다. 그래서 나는 이 말을 썩 좋아하지 않는다. 인생의 참된 행복을 깨닫지 못하도록 (본의 아니게) 논점을 흐리고 있기 때문이다. 대신에 우리는 이런 의문을 가져야 한다. 사람들이 하나같이 '피할 수 없다'고 말하는 일들이 정말로 그런 것일까? 그렇게 따져 보면, 저 말을 뒤집어서 패러디한 "즐길 수 없으면 피하라."라는 말이 훨씬 더 소중한 지침으로 다가온다. 이는 작가 지망생들에게도 고스란히 적용될 수 있는 말이다. 만약 독서나 필사와 같은 습작 과정이 전혀 즐겁지 않다면 작가가 되려는 생각은 아예 접는 게 좋다. 즐길 수 없으면 피하라는 말이다.

습작도 연주나 운동처럼 '기능'을 연습하는 과정에 가깝다. 기능을 연습한다는 것은 가장 기본적인 동작을 끝없이 반복한다는 말과 같다. 농구 선수가 하는 연습이란 결국 바스켓 안에 정확하게 공을 던져 넣는 것이다. 10년 전에 하던 연습을 오늘도 똑같이 한다. 10년 후에도 선수 생활을 하고 있다면 똑같은 연습을 할 것이다. 문외한의 눈에는 이 선수가 불쌍해 보일 수도 있다. 그러나 정작 그 선수는(정말 농구를 사랑하는 선수라면) 매일 하는 연습 시간이 지겹게 느껴질 리 없다. 왜냐고? 남들 눈에는 잘 안 보일지 몰라도 본인은 스스로 느끼기 때문이다. 연습하면 할수록 실력이 는다는 것을! 글쓰기 연습도 마찬가지다. '읽는다→베낀다→쓴다'라는 단순한 과정을 반복하다 보면 조금씩 필력이 늘어난다는 것을 분명히 느낀다. 그 맛에 습작을 하는 것이다!

당신은 10년 전에 하던 습작을 오늘도 해야 한다. 10년 후에도 꾸준히 하겠다는 결심도 서야 한다. '읽고 베끼고 쓰는' 단순한 과정이 지겨운 사람은 작가보다는 적성에 맞는 다른 길을 찾아보는 게 낫다. "즐길 수 없으면 피하라." 세상에는 작가보다 더 재미있는 직업이 수두룩하다. 인생을 고행하는 수도승처럼 살 필요는 없지 않은가. 언제 얻게 될지, 어쩌면 평생 얻을 수 없을지도 모를 '작가'라는 미래의 타이틀만 보고 '힘들게' 습작하고 있는 분들은 미안하지만 그만 펜을 내려놓자. 당신은 작가가 될 만한 재목이 아니다. '작가'는 별다른 목적 없이 '읽고 베끼고 쓰는' 것 자체를 좋아하는 사람이 택할 직업이다. 다음의 일화를 읽고 나서 '썩소'가 아닌 '미소'를 짓게 되는 사람이 진짜 작가 지망생이다.

 몇 년 전에 난 여행 경험이 많은 기타리스트와 긴 대화를 나누었다. 그 사람 말로는 60년대로까지 거슬러 올라가도, 누구 못지않게 연주를 잘했다고 한다. 그는 카를로스 산타나에서 랜디 캘리포니아, 지미 헨드릭스, 지미 페이지까지 온갖 사람과 무대에 함께 섰단다. 그러나 그에게 가장 많은 걸 가르쳐준 기타리스트는 그가 풋내기일 때 만났던 한 나이든 블루스 연주자였다고 한다. 어떻게 연주하는지 가르쳐달라고 부탁했더니 이렇게 대답해주었다고 한다.

"난 자네에게 내가 알고 있는 모든 걸 15분 만에 가르쳐줄 수가 있네. 그러면 자네가 해야 할 건 집에 돌아가서 15년 동안 연습하는 거야."(데릭 젠슨, 김정훈 옮김, 『네 멋대로 써라』, 삼인, 2005, 22쪽)

'질'보다는 '양'이 먼저다

나는 한 달에 노트 한 권은 채우도록 애쓴다. 글의 질은 따지지 않고 순전히 양만으로 내 직무를 판단한다. 그러니까 내가 쓴 글이 명문이든 쓰레기이든 상관없이 무조건 노트 한 권을 채우는 일 자체를 중요하게 생각하는 것이다. 만약 매달 25일이 되었을 때 노트가 다섯 장밖에 채워져 있지 않다면, 나는 나머지 5일 동안 전력을 다해 나머지 노트를 꽉 채우고야 만다.(나탈리 골드버그, 권진욱 옮김, 『뼛속까지 내려가서 써라』, 한문화, 2000, 59쪽)

스무 살 때 가장 인상 깊게 읽었던 구절이다. 『뼛속까지 내려가서 써라』의 저자 나탈리 골드버그의 말이다. 이 책은 2000년에 나왔는데, 내가 읽은 것은 1991년에 다른 출판사에서 나온 『당신도 작가가 될 수 있다』라는 번역본이었다. 물론 『뼛속까지 내려가서 써라』도 나중에 읽었다. 어쨌든 내가 하고 싶은 말은 이거다. "무조건 한 달에 노트 한 권을 채워라!" 이 한마디가 나의 20대를 통틀어 한순간도 뇌리에서 떠난 적이 없다. 그만큼 공감하는 바가 컸고, 스스로 실천해 보려고 무던히도 애썼다. 물론 실패한 달도 많았다. 매달 노트 한 권을 의무적으로 채우는 일은 결코 쉬운 일이 아니었다. 나의 '가벼운 엉덩이'도 한몫했다.

그럼에도 나는 '무조건 한 달에 노트 한 권 채우기'가 습작의 한 방법론으로서 잘못됐다고 생각해 본 적은 한 번도 없다. 실천하기가 쉽지 않아서 그렇지, 일단 습관을 들이기만 하면 이보다 더 나은 글쓰기 연습은 없다고 확신한다. 그래서 20대 내내 때론 성공하고 때론 실패하면서 계속 시도해 왔던 것이다. 결국 20대에는 내 몸에 붙이지 못했지만, 30대가 끝나기 전에는 꼭 체득해서 제2의 천성으로 만들고 싶다. 이 훈련의 요체는 한마디로 글의 '질'보다는 '양'을 공략 대상으로 삼는 것이다. 글의 질에 대해서는 '묻지도 않고 따지지도 않는다'. 그저 월말이 되면 글자가 빼곡한 노트 한 권이 내 앞에 놓여 있는가만 본다. 무얼 적든 내용은 상관없다. 쓰고 싶은 걸 쓰면 된다.

이 연습을 할 때 주의할 점은 글을 쓰면서 생각을 너무 많이 하지 말라는 것이다. 그저 생각에 떠오르는 문장을 있는 그대로 받아 적기만 하면 된다. 그리고 그 문장에 이을 만한 두 번째 문장을 재빨리 갖다 붙여라. 세 번째, 네 번째 문장도 마찬가지다. 완벽한 문장이 아니어도 상관없다. 맞춤법도 너무 신경 쓰지 마라. 심지어 말이 안 되는 소리라도 괜찮다. 중요한 것은 '양'이지 '질'이 아니다. 당신은 노트 한 권을 월말까지 채워야 한다. 600원짜리 대학 노트 한 권에 속지가 25장쯤 들어 있다. 매일 한 장씩 꼬박꼬박 쓰면 한 달에 노트 한 권을 글로 채울 수 있다. 문제는 그게 말처럼 쉽지 않다는 거다. 한 장(두 쪽)을 쓰는 데 보통 20분쯤 걸린다. 매일 20분씩 이 훈련을 빼먹지 않고 하는 사람은 정말 '의지의 한국인'이다. 대부분의 사람들은 흔히 5일 정도는 열심히 하다가 흐지부지하고 만다. 만약 당신이 이 훈련을 하고 싶으면 어떻게 해서라도 월말이 되기 전에 노트 한 권을 글로 채워야 한다. 나탈리 골드버그의 말처럼 "매달 25일이 되었을 때 노트가 다섯 장밖에 채워져 있지 않다면" 남은 5일 동안 스무 장을 채워 넣어야 하는 것이다.

이렇게 쓴 노트를 차곡차곡 불려 나가자. 자식 입에 밥 들어가는 걸 보는 어미와 자기 논에 물 들어가는 걸 보는 농부와 책꽂이에 연습 노트가 늘어나는 걸 보는 작가 지망생의 심정은 같은 것이다. 세상에 그보다 더 뿌듯한 일이 어디 있으랴! 물론 그 속에 들어 있는 알맹이는 대부분이 '쓰레기'일 수 있다. 그러나 신경 쓰지 마라. 지금은 그저 노트를 불려 나가는 일만 생각하라. 일 년 정도를 묵묵히 실행해 보자. 그렇게 해서 일 년 후에 열두 권의 노트가 눈앞에 놓여 있게 되면 당신은 목표를 달성한 것이다. 그런데 그다음엔 뭘 하지? 손에 빨간 펜 하나를 쥐고 열두 권의 노트를 처음부터 다시 읽어 보는 거다. 그렇다. 민망할 것이다. 그 심정 나도 안다. 그래도 꾹 참고 찬찬히 읽어 보자. '이 대목은 괜찮네!' 하는 부분이 반드시 보일 것이다. 노트 한 권에 한 장일 수도 있고, 한 단락일 수도 있고, 한 줄일 수도 있다. 그런 부분이 보이면 밑줄을 치자. 그렇게 열두 권을 다 읽어 보면 생각 없이 마구 쏟아 낸 글이지만 완전히 '쓰레기'만은 아니라는 것을 알게 된다. 조금만 다듬으면 한 편의 시나 에세이로 발전할 것 같은 부분도 눈에 띈다.

노트를 채울 때에는 글을 쓴다는 생각보다는 친구와 수다를 떤다는 느낌을 갖는 것이 좋다. 카페에서 친구와 수다를 떨 때 어떻게 하는가. 한 가지 주제만 가지고 심각하게 토론하지는 않는다. 이 이야기를 하다가 저 이야기로 넘어갔다가 전혀 엉뚱한 이야기도 하는 식이다. 그와 같이 순간순간 떠오르는 생각을 노트에다 '떠들기만' 하면 된다. 친구를 만날 때 이야깃거리를 미리 준비해서 나가는 사람은 없다. 그러한 부담감을 가져야 하는 상대라면 친구가 아닐 것이다. 친구는 아무런 생각 없이 '그냥' 만나러 간다. 그런데 막상 만나서 수다를 떨다 보면 그렇게 재미있을 수가 없다. 생각지도 못했던 이야기가 줄줄 쏟아져 나온다. 그게 바로 수다의 매력이다. 딱히 할 말이 있어서 떠드는 게 아니라 떠들다 보면 할 말이 생긴다! 당신도 노트를 붙들고 수다를 한번 떨어 보라. 쓰기 전에는 아무런 생각도 없었는데 쓰다 보면 괜찮은 생각들이 흘러나올 것이다.

습작생은 처음부터 한 가지 생각에 너무 깊이 빠져들면 안 된다. 그 '생각'이란 게 실은 시답잖은 경우가 대부분이기 때문이다. 글의 질과는 상관없이 양적으로 많이 써 보는 일이 반드시 앞서야 한다. 그래야 좋은 아이디어를 건질 확률이 높아진다(할 말이 있어서 수다를 떠는 게 아니라 수다를 떨다 보면 할 말이 생긴다!). 간혹 이런 사람들이 있다. 작가가 되고 싶은 마음에 생전 처음으로 단편 소설을 한 편 썼다. 그런데 제 눈에는 그 글이 무척 마음에 드는 거다. 아이디어도 좋고 문장도 그만하면 괜찮은 것 같다. 그래서 다른 글을 더 써 보겠다는 생각은 하지 않고 일 년 내내 그 글만 고치고 다듬으면서 주물럭거린다. 그리고 연말에 신춘문예에 투고하고 나서 결과를 기다린다. 좋은 소식이 오지 않으면 깨끗이 포기하고 다른 글을 쓸 생각을 해야 하는데, 미련이 어디 쉽게 버려지나. 다시 일 년 동안 또 그 글을 가지고 주물럭거리며 하릴없이 앉아 있다. 혹시 당신, 찔리지 않는가?

워크숍을 진행하다 보면 허섭하기 짝이 없는 쓰레기를 작품이랍시고 들이밀며 이렇게 물어오는 사람이 많다. "저한테 시나리오 작가의 재능이 있는 것 같습니까?" 나는 냉랭하게 대답한다. "나도 몰라. 네가 1만 신 정도 쓰고 나면 너 스스로 판단할 수 있을 거야." 잔인하고 냉소적이라고? 천만에! 전혀 그렇지 않다. 사실 이 정도는 '선수'들 사이에서는 상식에 불과하다. 나 역시 그런 소리를 들은 적이 있다. 구닥다리 NICON FM2를 들고 다니며 사진을 배우던 시절이었다. 첫 출사에서 필름 6통을 쓴 나는 그중에서 나름대로 괜찮다고 생각되었던 사진을 10장쯤 인화하여 선생님께 보여드리며 이렇게 물었었다. "저한테 재능이 있나요?" 나의 사진 선생님은 피식 웃더니 이렇게 답했다. "한 삼천 롤쯤 찍어보면 자네 스스로 알게 될걸세, 36방짜리로."(심산, 『한국형 시나리오 쓰기』, 해냄, 2004, 281쪽)

초심자들은 입 다물고 '양'을 불리는 데에나 신경을 쓰라는 것이다. "1만 신"도 써 보지 않고, "삼천 롤"도 찍어 보지 않고, 시나리오가 이렇다느니 사진이 저렇다느니 떠들지 말라는 것이다. 내가 하고 싶은 말도 마찬가지다. 당신이 내게 이메일로 자기가 쓴 글을 보여 주며, 작가가 될 재능이 있는지 물었다고 치자. 내가 뭐라고 대답할 것 같은가. 나는 이렇게 되물을 것이다. "그동안 쓰신 글의 '양'이 얼마나 됩니까? 보내 주신 글 말고 다른 습작품은 몇 편이나 가지고 계신가요? 그걸 모두 묶으면 '책 열 권' 정도의 '양'이 됩니까? '질'은 묻지 않겠습니다. '양'이 그 정도 되느냐 말입니다." 이 말은 이 글의 핵심과 관련하여 이렇게 한 문장으로 바꿀 수도 있다. "당신은 연습 노트를 50권쯤 가지고 있나요?" 50권이라고 하니까 굉장히 많은 것 같은데, 하루에 20분만 투자하면 4년 만에 채울 수 있는 양이다. 그 정도도 써 보지 않고 글쓰기에 대해 논한다는 건 얼마나 민망한 일인가. 다음과 같은 말이 당신에겐 어떻게 들리는가. 죽도로 머리를 한 방 맞은 것 같지는 않은가.

검도에서 '머리!' 한 번을 정확히 때리기 위해 몇 번의 죽도를 휘두르는가? 하루에 500번씩 매일 휘두른다. 열흘이면 5,000번, 1년이면 182,500번이다. 그런 연습을 수년 동안 해야 정확한 한 번의 '머리!'가 나온다. 하물며 글쓰기는 말해 무엇하랴. 일주일에 원고지 30장도 쓰지 않으면서 어떻게 책이 나오길 바라는가?(명로진, 『인디라이터』, 해피니언, 2007, 35쪽)

쌀통에 쌀부터 채워라

글쓰기를 시작하기 전에 영감이 오기를 기다린다면, 정신이 번쩍 들 만한 통찰력을 기대한다면, 당신은 어리석을 뿐 아니라 작가와 인연이 없는 사람이다.

일단 써라. 글을 쓴다는 물리적 행위 자체가 상상력을 해방시킨다. 동작으로 아름다움을 드러낸다는 의미에서 글쓰기는 춤이나 스포츠와 같다. 소설의 문체와 관련된 기법 중에 의식의 흐름이라는 것이 있는데, 초고를 쓸때에도 구사해볼 만한 전략이다. 머릿속에 흐르는 말들을 멈추지 말고 손가락의 움직임을 통해 흘러나가도록 하라.

적어도 처음 단계의 글쓰기는 쉽다. 단어들을 하나하나씩 써 나가면 된다. 영감은 대개 문장 중간에 떠오른다. 잉크 자국을 따라가다 보면 자연스럽게 당신의 뮤즈가 노래를 시작할 것이다.(스티븐 테일러 골즈베리, 남경태 옮김, 『글쓰기 로드맵 101』, 들녘, 2007, 21~22쪽)

앞서 '무조건 한 달에 노트 한 권 채우기'에 대해서 말했는데, 그에 관한 얘기를 조금 더 해 보자. 내가 제시한 방법론에 의구심을 가진 사람도 있을 것이라 생각하기 때문이다. 상대가 미심쩍게 생각하는 것에 대해 확신을 심어 주지 못한 채 무조건 해 보라고 말하면 내 입만 아플 뿐이다. 거듭 말하지만, 나는 당신의 "머리가 아닌 몸이 변하기를 바라며" 글을 쓰고 있다.

글쓰기를 시작하는 데 가장 큰 적은 '완벽주의'다. '완벽한 준비'가 되지 않은 상태에서 글을 쓰면 무슨 큰일이라도 나는 줄 아는 작가 지망생이 의외로 많다. 필요한 자료는 모두 구해서 책상 옆에 쌓여 있어야 하고, 쓰려는 글의 개요와 목차는 미리 짜여 있어야 하고, 너저분한 책상은 깔끔하게 정리되어 있어야 하고, 키보드를 두드릴 때 신경 쓰이지 않게 손톱은 짧게 깎여 있어야 하고……. 그러나 정작 준비를 끝내고 나면 글을 쓰고 싶은 욕구도 덩달아 끝나 버리게 된다. 이와 비슷한 경험을 한 번쯤은 해 보았을 것이다. 시험 잘 쳐 보겠다고 의욕에 불타서 일주일 내내 예상 문제를 뽑아 노트에 (색색의 펜을 사용하여) 일목요연하게 정리를 했건만, 어느새 내일이 시험 날이더라! 시험 칠 '준비'와 '공부'를 구분하지 못해서 벌어진 '참사'다. 글 쓸 준비와 글쓰기 자체를 착각해도 똑같은 '비극'이 벌어질 수 있다.

'생각'도 글을 쓰기 위한 준비 단계에 포함하는 사람들이 많은데, 그래선 안 된다. 글을 생각의 결과물로 여기는 사고방식은 버려라. 생각은 글을 쓰면서 하라. 말을 할 때는 다들 생각과 동시에 입술도 움직이면서, 글을 쓸 때는 왜 생각을 다 끝내고 손가락을 움직이려고 하나. 오늘부터는 그러지 말자. 노트나 키보드 위에 손을 올려놓고 생각하라. 머릿속에 떠오르는 문장을 더하고 빼는 일 없이 재빠르게 글자로 바꾸어라. 이렇게 생각을 글로 바꿔 놓으면, 그 글이 다시 나의 시야로 들어와 뇌를 자극해서 더 좋은 생각이 떠오른다. 그렇게 떠오른 생각을 다시 노트나 화면에 옮겨 놓자. 이런 과정의 반복이 바로 글쓰기다! 누구나 생각은 한다. 작가와 작가가 아닌 사람의 차이점은 딱 하나다. 펜을 손에 쥐고 생각하느냐 안 그러느냐의 차이뿐이다.

　물론 지면(또는 화면)에 생각을 쏟아 놓는 일은 글쓰기의 1단계일 뿐이다. 2단계와 3단계가 아직 남았다. 그러나 1단계가 없으면 2단계와 3단계도 없다. 쌀이 있어야 밥을 지을 것 아닌가. 진밥이 될까 된밥이 될까 하는 고민은 나중에 해도 된다. 일단 쌀부터 들여놓고 나면 그 후의 자질구레한 고민은 그저 행복한 고민일 따름이다. 쌀통(노트)에 쌀(글)부터 채울 궁리를 하라! 쌀 속에 돌도 들어 있고 쌀벌레도 들어 있을 수 있지만 그게 무슨 대수인가. 돌은 골라내고 벌레는 잡으면 된다. 돌 없고 벌레 없는 쌀을 구해야 한다고 '백날' 걱정만 하고 있어 보라. 진밥보다 된밥을 먹고 싶다고 '천날' 희망만 늘어놓고 있어 보라. 당신은 이런 잔소리만 듣게 될 것이다. "그런다고 쌀이 나오냐 밥이 나오냐!"

손가락으로 사유하라

'글은 생각 없이 써야 한다.' 이 말은 이렇게 바꿔볼 수 있다. '글은 손으로 써야 한다.' 머리가 아니라 손이다. 이때 손은 단순히 글쓰기를 수행하는 신체의 일부를 말하지 않는다. 그것은 머리를 굴리느라 휘어져버리기 전에 솟구쳐오르는 언어들을 다침 없이 드러내주는 글쓰기의 진정한 주체다. 손이 머리에 복종하고 만다면 글에는 반드시 어떤 억지가 끼어들기 시작한다. 그러나 머리가 손에 복종하면 가슴에서 솟구치는 언어를 지킬 수 있다. 결국 머리 안에 손이 들어 있는 게 아니라 손 안에서 머리가 들어 있어야 한다. 생각 없이 쓰라는 말은 이런 뜻이다.(이왕주, 『철학, 영화를 캐스팅하다』, 효형출판, 2005, 298~299쪽)

생각 없이 글을 쓰라니? 의문을 제기할 사람도 있을 것이다. "글쓰기의 가장 고전적인 명제가 '다독(多讀), 다작(多作), 다상량(多商量)'인데, '다상량'은 생각을 많이 하라는 말 아니냐?" 하고 반문할 사람도 있을 터이다. 그러나 '생각 없이 글을 쓰라'는 말은 나만의 중뿔난 주장이 아니다. 글깨나 쓴다는 많은 '글쟁이'들이 입을 모아 하는 말이다. 위에 인용한 '철학자' 이왕주의 말부터가 그렇지 않은가. 철학자라면 생각(유식하게 말하자면 '사유')하는 일이 주 밥벌이인 사람이다. '생각'한 걸로 강의도 하고 책도 써서 먹고산다. 그런 철학자가 "글은 생각 없이 써야 한다."라고 주장한다. 그렇다면 그 말 속엔 당신이 모르는 업무상의 비밀

(?)이 들어 있지 않을까? '진리'처럼 받아들이고 있는 '다상량'이라는 종래의 상식을 한번쯤 뒤집어 생각해 봐야 하지 않을까?

그에 앞서, 철학자의 말을 들었으니 미학자의 말도 한번 듣고 넘어가자. '미학자' 진중권은 인터뷰에서 "선생님께 글쓰기는 주로 사유의 수단인가요?"라는 질문에 이렇게 답했다.

> "생각과 글은 달라요. 생각은 잠재성의 영역에 속하는 반면 글쓰기는 실현이기 때문에 현실성 영역으로 옮겨가요. 글 자체에 논리가 있어서 생각과는 전혀 다르게 흘러가기도 하죠. 쓰다보면 안다고 믿었던 걸 모르는 경우가 있고 몰랐다고 생각했던 걸 알고 있는 경우가 있어요. 그래서 손가락으로 사유한다고 말하는 거죠."(김혜리, 『그녀에게 말하다』, 씨네21, 2008, 270~271쪽)

그것 보라. 생각과 글이 다르긴 정말 다른 모양이다. 그런데 이는 우리가 학창 시절의 작문 시간에 듣던 말과는 상반되는 얘기다. 우리가 가장 많이 들었던 말은 이렇다. "생각한 대로 쓰세요." 말 자체만 놓고 보자면 틀린 얘기는 아니다. 그러나 이런 말을 들으면 항상 다음과 같은 의문이 생기게 된다. "그런데 생각한 대로 쓰면 되는데, 왜 글쓰기가 어려운 거죠?"

이상하지 않은가? 누구나 생각은 한다. 생각은 하는데, 그걸 글로 옮겨 적기는 왜 이렇게 힘든가? '생각과 글은 다르기' 때문이다. '다상량'이 글을 잘 쓰게 해 주지 않는다는 사실을 빨리 깨달아야 한다. 나도 한

때 생각이라면 '한 생각' 했다. 내가 쓴 글들이 하나같이 성에 차지 않아서, 3년 정도 책 읽고 생각만 하면서 글은 한 자도 쓰지 않았던 적이 있다. 지금은 무척 후회한다. 시간을 돌릴 수 있다면 '쓰는' 일에 좀 더 많은 시간을 투자할 것이다. 물론 생각이나 독서가 나쁜 것은 아니다. 안 하는 것보다는 낫다. 하지만 가슴에 손을 얹고 반성해 보건대, 그 시절에 내가 했던 '생각'이나 '독서'는 글을 쓰지 않을 '핑계'에 지나지 않았다. 글은 쓰기 싫고, 그렇다고 아무것도 하지 않으면 불안하니까 일종의 알리바이로서 '생각'과 '독서'에 빠져 지냈던 것이다.

다시 말하지만, 글쓰기를 시작하는 단계에서 가장 먼저 버려야 할 것은 '완벽주의'다. '아직 준비가 덜 됐어.' '내 실력이야 내가 더 잘 아는데, 뭐.' '몇 년 더 독서로 내공을 쌓아야 될 것 같아.' 이런 생각이 글쓰기의 가장 큰 적이다. 좀 못 쓰면 어떤가? 쓰다가 완성하지 못하면 어떤가? 남들한테 보여 주지 않으면 그만 아닌가? 나도 역량 부족으로 쓰다가 포기한 글이 많다. 남이 볼까 창피해서 노트를 쓰레기통에 버린 적도 있다(갈기갈기 찢어서!). 작가들은 자의식이 강하기 때문에 남 앞에 미흡한 글을 내놓기를 꺼린다. 물론 습작 시절에는 여기저기 보여 주면서 조언을 듣는 것도 좋은 방법이다. 그렇게 할 수 있으면 그렇게 해라. 그러나 나는 못한다. 내가 못하는 걸 남에게 하라는 조언은 차마 못하겠다. 대신에 이렇게 말하겠다. 생각만 하지 말고 많이 써 보라. 써 놓은 게 영 조잡하다 싶으면 갖다 버려라. 갈기갈기 찢어서!

너무 많이 생각하지 말고 일단 써라. 쓰면서 자신의 글을 분석하거나 평가하지는 마라. 맞춤법은 옳은가 그른가, 비문은 있나 없나, 단락의 연결은 매끄럽게 되었나, 논리성에 허점이 있지는 않은가……. 그런 건 나중에 다 써 놓고 검토해도 된다. '가슴에서 꺼내라'라는 광고 카피처럼, 가슴에 손을 넣어 그냥 꺼내라. 펄떡펄떡 살아 있을 때 잽싸게 꺼내라. 생각을 많이 할수록 글은 생기가 떨어진다. 우리의 사고 속엔 수많은 고정관념이 빼곡히 들어차 있기 때문이다. '고정관념'은 바꿔 말하면 '남들이 내게 주입해 놓은' 생각이다. 내 머릿속이 온전히 내 것이라고 생각하면 착각이다. 우리는 글을 쓸 때 '이것은 이래서 안 돼. 저것은 저래서 안 돼.'라며 무의식적으로 검열을 하게 되어 있다. 따라서 초고를 쓸 때에는 거의 '자동기술(automatism)'에 가까울 정도로 '생각 없이' 쓰는 게 중요하다.

내가 생각할 수 있는 것은 남들도 생각할 수 있다. 철수 머리나 영희 머리나 '거기서 거기'라는 말이다. 초현실주의 예술가들은 그런 점을 뛰어넘고자 했다. 어차피 그 머리가 그 머리니까 차라리 '우연'에 작품을 맡겨 버렸던 것이다. 미술로 치자면 '액션 페인팅' 같은 것이 예다. 액션 페인팅이라는 게 말이 거창해서 그렇지 별거 아니다. 초등학교 때, 세숫대야에 물감을 풀어 놓고 종이로 찍어 내는 놀이를 해 보지 않았는가. 그런 거다. 물론 그렇다고 초현실주의 시인들처럼 환각 상태로 글을 쓰라는 말은 아니다. 그러한 마음가짐이 어느 정도는 필요하다는 것이다. 참신한 글이란 '쓰기 전엔 자신도 미처 생각지 못했던 글'이다. 당신도 지금껏 글을 써 오면서 "신이시여, 제가 정말 이 글을 썼단 말입니까?" 하고 만족했던 적이 한두 번은 있을 것이다. 그런 글은 대개 자신이 써 놓고도 어떻게 썼는지 잘 설명하지 못한다. 쓰다 보니 그렇게 되었을 뿐이다.

글쓰기는 단순히 생각을 '확인'하는 행위가 아니다. 그렇다면 글쓰기만큼 지겨운 일도 없다. 글쓰기의 진정한 즐거움은 '발견'에 있다. 나는 이렇게 말하길 좋아한다. "당신은 당신이 쓴 글의 작가가 아니다. 최초의 독자다." 이것저것 따지지 말고 지금 당장 책상 앞에 앉아서 써라. 혹시 아는가? 오늘 저녁에 정말 내 생애 최고의 한 페이지를 쓸 수 있을지? 써 보기 전엔 어떤 결과가 나올지 아무도 모른다. 내 머리도 모른다!

플래너리 오코너는 「단편 소설 쓰기」라는 에세이에서 다음과 같이 말했다. 이 글은 레이먼드 카버에게 "적잖은 충격"을 주었는데, "그것이 나만의 비밀이라고 생각했고, 또한 거기에 대해 약간의 불안감을 느끼고 있었기 때문"이라고 한다. 더불어 그는 "커다란 안도감"도 느꼈다고 한다. 당신에게도 "적잖은 충격"과 "커다란 안도감"을 주었으면 좋겠다.

이 작품을 쓰기 시작했을 때, 나는 목발을 짚은 철학 박사가 이 작품 속으로 들어가게 되리라는 사실을 알지 못했다. 어느 날 아침 문득 정신을 차리고 보니, 나는 어느 정도 알고 있던 두 여인에 대한 묘사 부분을 쓰고 있었는데, 내가 미처 깨닫지 못하는 사이에 그 둘 가운데 한 여인에게 목발을 짚은 딸을 만들어 주고 말았다. 중간에 나는 성경책 판매원을 끼워 넣었는데, 나에게는 내가 그 사람을 어떻게 하려는 건지에 대해 아무런 생각이 없었다. 그가 목발을 훔치는 장면의 10줄 위를 쓸 때만 해도, 나는 그가 목발을 훔치게 되리라고는 생각도 하지 못했다. 그러나 그제서야 나는 이

야기가 그렇게 진행될 수밖에 없었다는 사실을 깨달았다.(레이몬드 카버, 안종설

옮김, 『부탁이니 제발 조용히 해줘』, 집사재, 1996, 34~35쪽)

'재능'보다는 '땀'이 소중하다

           "이야기를 꾸려가면서도 억지스럽다는 생각은 들었어요. 정말 어렵대요."

"억지지. 어렵다는 소리는 하나마나한 소리고. 글이 억지라면 좀 어폐가 있을 테지만 문장이 못 따라가니까 이야기나 아이디어가 스스로 억지를 불러들여서 그래. 생각을 쫓아서 글을 쓰는 게 아니라 글이 생각을 명료하게 만들어 가는 경지를 터득해야겠지. 물론 내 말도 아니고, 자꾸 써 보면 알아져, 글이 생각을 불러들인다는 걸."(김원우, 「벙어리의 말」, 『젊은 천사』, 세계사, 2005, 160~161쪽)

김원우의 소설집 『젊은 천사』에 실린 중편 「벙어리의 말」의 한 대목이다. 지방 대학의 문창과 교수와 그의 제자가 대화를 나누는 장면이다. 사회생활을 하다가 뒤늦게 대학에 들어온 늦깎이 제자에게 별다른 관심을 보이지 않던 교수는 그녀가 제출한 습작품들을 읽어 나가면서 점차 그녀에게서 소설가로서의 자질을 발견하게 된다. 그는 제자의 당선을 확신하며 신춘문예에 응모하라고 권하지만 그녀는 결국 낙선한다. 그런 와중에 그가 형편없다고 평가했던 다른 제자에게서 신춘문예에 당선되었다는 전화를 받게 되는데……. 이것이 소설의 주 내용이다. 이 작품을 꼭 읽어 보길 바란다. 돈 내고도 듣기 힘든 문창과 한 학기 수업 내용이 책 속에 들어 있다. 소설이면서 동시에 소설 작법(또는 문장 작법) 지침서이기도 하니 아껴 가면서 읽어라.

다시 인용문으로 돌아가자. 제자는 (자신이 쓴 글이) 자기가 생각해도 이야기가 좀 억지스럽게 느껴졌다고 털어놓는다. 그러자 스승은 문장이 내용을 따라가 주지 못해서 그런 거라고 진단을 내린다. 그리고 "생각을 쫓아서 글을 쓰는 게 아니라 글이 생각을 명료하게 만들어가는 경지를 터득"하라고 조언한다. 요컨대 문장력을 높이라는 소리다. 그렇다면 문장력은 어떻게 높이는가. 스승은 뚜렷한 답은 제시하지 않고 원론적인 답변만 내놓는다. "자꾸 써 보면 알아져." 물론 무작정 써 보기만 한다고 문장력이 느는 것은 아니다. 많이 쓰는 것과 더불어 믿을 만한 사람에게 첨삭을 받아야 제대로 는다. 하지만 이 책의 독자들은 대부분 그러한 여건에 있지 않을 터이다. 도대체 누구에게 첨삭을 받는단 말인가? 첨삭은 커녕 '작가 지망생'이라는 말도 민망해서 주변에다 못하고 있는데.

개인 지도를 받을 상황이 안 되는 사람은 다른 작가들이 쓴 좋은 문장을 머릿속에 '본보기'로 많이 저장해 두는 방법을 쓰는 수밖에 없다. 그 문장들과 자신이 쓴 문장을 비교함으로써 자신의 문장력이 현재 어느 정도인지 가늠할 수 있는 것이다. 남의 글을 많이 읽고 필사도 해 보라는 이유가 그 때문이다. 큰 틀에서 보자면 "자꾸 써 보면 알아"진다는 말은 대체로 옳다. 한 번 써 본 것과 열 번 써 본 것에는 별다른 차이가 없겠지만, 열 번 써 본 것과 백 번 써 본 것에는 분명히 차이가 있다. 일 년 전과 지금의 나는 별다른 차이가 없겠지만, 십 년 전과 지금의 나는 분명히 차이가 있다. 데릭 젠슨의 『네 멋대로 써라』라는 책에 이런 일화가 나온다. 어떤 작가가 인터뷰에서 "글쓰기가 갈수록 좀 쉬워집디까?" 라는 질문을 받았는데, 그의 대답이 이랬다. "아뇨, 하지만 더 나아는 집니다."(데릭 젠슨,

김정훈 옮김, 『네 멋대로 써라』, 삼인, 2005, 91쪽)

여기서 이야기의 방향을 조금 틀어 보자. 언젠가 박미선이 토크쇼에서 이런 이야기를 했다. 어느 날, 그녀는 김자옥과 밥을 먹기로 했다. 식당에 먼저 도착한 그녀는 미리 주문을 해 놓으려고 김자옥에게 문자 메시지를 보냈다. "뭐 드실래요?" 잠시 후에 답장이 왔다. "우동." 그녀는 우동을 주문해 놓고 기다렸고, 얼마 후에 김자옥이 도착했다. 그런데 김자옥이 말하길, 사실 자기가 먹고 싶었던 것은 '우동'이 아니라 '짜장면'이었다고 한다. "짜장면을 드시고 싶으면 짜장면을 시키지 그러셨어요?"라고 박미선이 묻자, 김자옥은 이렇게 대답했다. "근데 아무리 '짜장면'을 쓰려고 해도 쌍지읒을 어떻게 쓰는지 모르겠더라구."(여기서 눈치 없이 "자장면이 바른 표기인데……."라며 따지지는 말자).

그런데 나는 왜 이 대목에서 뜬금없이 문자 메시지 얘기를 꺼내는가? '기술'에 대해서 말하고 싶어서다. 문자 메시지를 보내는 것도 엄연히 하나의 기술이다. 기술은 시간과 공을 들여 익혀야만 비로소 내 것이 된다. '짜장면'을 쓰고 싶으면 쌍지읒을 쓰는 법을 익혀야 한다. 그렇지 않으면 먹기 싫어도 만날 '우동'만 먹어야 한다. 문자 메시지를 보내는 것은 '단순 기술'이다. 남녀노소 불문하고 배우는 데 크게 어렵지 않다는 말이다. 이러한 단순 기술일수록 투자한 노력과 성취도는 정비례한다. 특별한 재능이 필요한 게 아니라, 많이 써 본 사람일수록 더 잘하게 된다. 〈생활의 달인〉이란 프로그램에서 '달인'들이 보여 주는 기술도 대부분 이런 단순 기술이다. "먹고살려고 묵묵히 하다 보니 어느새 달인이 되어 있더군요."

글쓰기는 '단순 기술'만은 아니다. 타고난 재능도 제법 비중을 차지한다. 대개 어렸을 때 백일장에 나가서 상도 좀 받고 하던 아이가 커서도 계속 글을 쓰게 된다. 이 책의 독자들도 자신에겐 글쓰기 재능이 어느 정도 있다고 믿을 것이다. 쑥스러워 겉으로 내놓고 말하지는 않겠지만 말이다. 자신에게 재능이 있다는 믿음은 중요하다. 그게 없다면 정말 힘들다. 우리가 습작을 하는 이유는 '나는 재능이 있다. 하지만 그 재능을 내보일 수 있는 기술이 아직 부족하다.'고 느끼기 때문이다. 자신의 '재능'에 대한 의구심은 오늘 날짜로 접자. 당신은 분명 글쓰기 재능이 있다. 소주병 뒹구는 탁자 위에 눈물 콧물 쥐어바르며 엎어져 있는 일은 관두자. 그런 고민 할 시간이 있으면 책상 앞에 앉아 '기술'을 연마하는 일에 더욱 힘써라.

당신이 상상하는 것을 세상에 내놓기 위해서는 기술이 필요하다. 사실처럼 보이는 허구의 세계를 창조하기 위해서는 단어를 이용해야 하고, 노을 속의 건초 더미를 표현하기 위해서는 물감의 색과 질감을 선택해야 하며, 맛있는 요리를 만들기 위해서는 다양한 재료를 혼합해야 한다. 그런 기술을 타고나는 사람은 없다. 그것은 연습을 통해, 반복을 통해, 뼈를 깎는 고통과 뿌듯함을 동시에 가져다주는 배움과 반성의 혼합 과정을 통해 발달한다. 아울러 그 일에는 시간이 걸린다. 심지어 모차르트 같은 사람도 그 모든 선천적 재능과 음악에 대한 열정, 아버지의 헌신적인 가르침이 있었는데도 24개의 미숙한 교향곡을 완성한 후에야 후세에 길이 남을 25번 교향곡을 작곡할 수 있었다. 만약 예술이 우리가 우리 마음속에서 보는 이미지를

세상과 연결해주는 다리라면, 기술은 그 다리를 짓는 방법이다.(트와일라 타프,

노진선 옮김, 『천재들의 창조적 습관』, 문예출판사, 2005, 22쪽)

미국의 저명한 안무가 트와일라 타프의 말이다. '천재'라고 평가받
는 모차르트에게도 그 뒤에는 엄청난 노력이 숨어 있었다. 모차르트의
전기를 읽으면 그가 얼마나 노력파였는지 알 수 있다. 특히 그가 기술을
습득하기 위해 선택한 방법은 다른 작곡가들의 곡을 모방하는 것이었
다. 그가 천재라면 '모방의 천재'였던 것이다. 세상 어디에도 타고난 재
능만 가지고 성공할 수 있는 분야는 없다. 그 분야에서 밥 벌어먹고 살기
위해 요구되는 특정한 기술을 반드시 익혀야 한다. 그런데 그 기술이라
는 것은 대부분 '단순 기술'이다. 단순 기술을 배우는 데에는 속성 코스
가 없다. 오히려 '고급 기술'은 지름길이 있지만 말이다. 시청자들이 〈생
활의 달인〉을 보고 감동하는 것은 바로 그들의 피와 땀(잔머리로는 결코
획득할 수 없는 '단순 기술'의 통달!)에 높은 점수를 주었기 때문이다. 작가
지망생에게 요구되는 단순 기술은 문장력이다. 문장력의 향상은 흘린
땀의 양에 비례한다.

어느 소설가는 작품을 발표할 때마다 베스트셀러가 되지만, 그에 비
례해서 비판도 많이 받는다. 그 비판의 일부분은 '문장력'에 관한 것이
다. 소설을 읽는데 내용만 좋으면 됐지 문장력 좀 나쁜 게 무슨 상관이냐
는 반론도 나올 수 있다. 맞다. 충분히 그렇게 생각할 수 있다. 사람마다
책에서 얻고자 하는 게 다르기 때문이다. 그렇지만 문장의 주술 호응,
맞춤법, 띄어쓰기 같은 '단순 기술' 영역에서 실수가 잦다면 그 작가는

비판을 받아 마땅하다. 당신은 '인기 작가'가 되고 싶은가, '존중받는 작가'가 되고 싶은가? 인기 작가가 되고 싶으면 단순 기술에는 그다지 신경 쓰지 않아도 된다. 그저 자신의 '문재(文才)'를 드러내 보이기만 해도 충분히 인기를 얻을 수 있다(〈전국노래자랑〉에서 인기상은 노래 실력보다는 자신의 '끼'를 유감없이 발휘한 사람에게 돌아간다). 그러나 작가로서 '존경'까지는 아니더라도 '존중'을 받고 싶으면 땀 좀 흘릴 각오를 해야 한다. 독자들은 '재능'보다는 '땀'을 더 존중한다. 물론 그 땀은 엉덩이와 의자 사이에 고인다.

만화로써 일가를 이룬 오선생 같은 분도, 좀 이상한 얘기지만 일을 하다가 문득 윤리의 위기 같은 걸 느낄 때가 있다, 라고 내게 말씀하시는 때가 있다. 윤리의 위기라는 거창한 말을 쓰고 있지만, 내가 보기에는 작은 실패담이라고나 할 수밖에 없는 일인데, 당사자에겐 퍽 심각한 문제인 모양이다. 이야기인즉, 하얀 켄트지를 펴놓고 먼저 연필로 만화 초(草)를 뜬다. 그리고 나면 펜에 먹물을 찍어 연필 자국을 덮어 그리는데, 직선을 그려야 할 경우에 어쩐지 손이 떨려서 그만 자를 갖다대고 그려버릴 때가 가끔 있다는 것이다. 그렇게 해서 다 그리고 난 뒤에 작품을 보고 있노라면 어쩐지 자꾸 그 직선 부분에만 눈이 가고, 죄의식이 꿈틀거린다는 것이다. 그리고 독자들이 이렇게 외치는 소리가 들리는 듯하다고 한다. 그건 당신의 선이 아니다. 그것은 직선이라는 의사밖에는 가지고 있지 않은 자(尺)의 선이다. 당신은 우리를 속이려고 하는구나, 라고.(김승옥, 「생명연습」, 『무진기행』, 문학동네, 2004, 53쪽)

90

김승옥의 데뷔작인 「생명연습」의 한 대목이다. 화자와 친분이 있는 신문 만화가 '오선생'과 관련된 에피소드다. 사정 모르는 사람에게는 이 이야기가 시답잖게 들릴 수도 있다. 그러나 당신은 망치로 뒤통수를 얻어맞은 것처럼 충격을 느껴야 한다. 자기가 원하는 선을 마음먹은 대로 그을 수 없는 것은 만화가(화가)에게 최대의 수치다. 단순 기술을 습득하는 일을 게을리 했다는 뜻이기 때문이다. 당신은 "어쩐지 자꾸 그 직선 부분에만 눈이 가고, 죄의식이 꿈틀거린다"는 그의 심정에 얼마나 공감하는가? 작가에게 직업 윤리가 있다면 그것이 무엇인지 생각해 보라. 그렇다. 자신의 문장에 책임을 지는 것이다(자를 대지 않고 직선 긋기!). 그리고 자신에게 그 부분이 부족하다고 느끼면 당연히 "죄의식이 꿈틀"거려야 한다. 그들이 보기엔 "작은 실패담"이지만 당신에겐 "윤리의 위기"로 다가와야 한다. 그게 작가가 가져야 할 최소한의 자의식이다.

물론 대개의 독자는 작가의 글을 그렇게 섬세하게 읽어 주지 않는다. 자를 대고 긋든 직접 긋든, 직선만 그어져 있으면 그만이라고 여기는 사람도 많다. 그래서 '자의식'이라는 표현을 쓰는 것이다. 자의식은 남들이 알아주건 알아주지 않건, 나 자신이 정한 기준에 따라 가치 판단을 내리도록 고민에 빠뜨린다. 이처럼 깐깐한 자의식은 요즘과 같은 부박한 시대에 작가가 존중받기 위해 내밀 수 있는 마지막 카드다. 세상이 아무리 대충대충 흘러가는 분위기라도 작가는 문장에 대해서만큼은 지나칠 정도로 꼼꼼쟁이가 되어야 한다. 다시 한 번 묻겠다. 당신은 '인기 작가'가 되고 싶은가, '존중받는 작가'가 되고 싶은가?

미켈란젤로가 시스티나 성당의 천장 벽화를 그릴 때의 일이다. 벽화는 넓이가 183평방미터나 되는 대작이었다. 하루는 그가 사다리 위에 올라가서 천장 구석에 인물 하나를 꼼꼼하게 그려 넣고 있었다. 한 친구가 그 모습을 보고 이렇게 물었다.

"이보게, 그렇게 구석진 곳에 잘 보이지도 않는 걸 그려 넣으려 그 고생을 한단 말인가? 그렇게 열심히 그려봤자 도대체 누가 알겠나?"

미켈란젤로가 대답했다.

"내가 알지!"(안상헌, 『내 삶을 만들어준 명언노트』, 랜덤하우스코리아, 2005, 65쪽)

'보는 것만 고수'가 되지 마라

'보는 것만 고수'라는 말이 있다. 예민한데 게으른 족속들한테 일어나는 현상이다. 너무나 다양하고 많은 체험으로 보는 감각만 일류라는 얘긴데, 보는 것만 일류가 되어서는 머리만 큰 아이로 남아 있을 공산이 크다. 다시 한 번 〈매트릭스〉의 로렌스 피시번의 명대사를 언급하자면 '케이크를 보는 것과 맛보는 것은' 커다란 차이가 있기 때문이다. 혹시 예민하고 게으른 족속들 중에 실재는 없고 보는 감각만 일류인 친구들이 있다면, 그래서 괴롭다면, 조금만, 조금만 더 움직여보라고 말하고 싶다.(김지운, 『김지운의 숏컷』, 마음산책, 2006, 40쪽)

영화감독 김지운의 말이다. '보는 것만 고수'인 사람들은 주위에서 쉽게 찾아볼 수 있다. 그들은 영화 한 편을 보고 나오면, 그 영화의 장단점에 대해서 한 시간 이상 떠들 수 있다. 감독의 연출 의도도 쉽게 '캐치'해 낸다. 그뿐 아니라 미술, 조명, 음악, 편집 등에 대한 감식안도 남달라서 잘된 부분과 그렇지 못한 부분을 귀신같이 집어낸다. 보통의 관객들은 영화를 보고 나오면 '재미있었다'라거나 '재미없었다'라고 평가를 내리는 게 고작인데, 그들은 '캐릭터 구축에 실패했다', '후반부의 편집이 늘어지더라', '음악이 화면과 잘 붙지 않는다'와 같은 구체적인 표현을 써 가며 평가를 내린다.

고백하자면 나도 영화를 볼 때는 그런 편이다. 요새는 잘 보지 않지만, 그래도 일 년에 다섯 편쯤은 극장에 가서 본다. 매주 신작들은 꾸준히 개봉되는데, 보고 싶은 작품이 없다. 영화들이 도무지 내 성에 차지 않는다. 간혹 좋아하는 감독의 작품이 개봉돼도 내가 살고 있는 지방에서는 상영하지 않는 경우가 대부분이다. 이래저래 매년 영화를 보는 횟수가 점점 줄고 있다. 영화에 관심이 없어서가 아니라 기대치가 너무 높기 때문에 고만고만한 영화는 아예 처음부터 눈길이 가지 않는다. 나는 영화를 볼 때 혼자 가서 본다. 그야말로 영화만 보러 가는 것이다. 괜히 다른 사람과 같이 가서 영화 감상에 방해를 받고 싶지 않다. 나에게 영화는 '킬링타임'용이 아니다. 시간을 죽이기 위한 영화는 애초에 보지 않는다.

이 정도면 나도 영화에 대해선 '보는 것만 고수'라고 할 수 있다. 영화인들이 보면 딱 밥맛없어할 부류다. 그럴 일은 없겠지만, 내가 영화인을 만나 영화에 대한 평소의 생각을 피력한다면, 그의 입에선 곧바로 비아냥거림이 흘러나올 것이다. "그렇게 불만이시면 본인이 직접 만들어 보시든가요." 그러면 어떻게 대응해야 할까? 생각해 보지 않아서 모르겠다. 내가 굳이 그런 고민을 할 필요가 없다는 게 다행이다. 왜냐하면 나는 영화인과 그런 대화를 나눌 일도, 영화판에 뛰어들어서 영화를 직접 만들 일도 없으니까. 앞으로도 나는 그저 '보는 것만 고수'인 영화 감상자로 살아갈 것이다.

그러나 '글쓰기'라는 분야로 넘어오면 이야기는 달라진다. 나는 영화를 감상하듯이 글을 단순히 보고 즐길 수만은 없는 처지다. 남의 글을 읽는 것은 물론이지만 동시에 나의 글도 남 앞에 내놓아야 하기 때문이다. 따라서 '보는 것만 고수'인 아무개가 어떤 글에 대해(내가 영화에 대해 그렇게 하듯이) 하기 쉬운 말로 따따부따하는 걸 들으면 기분이 썩 좋지 않을 것 같다. 그리고 자연스레 이런 말도 덧붙이리라. "잘 썼네 못 썼네 구시렁거리지 말고, 그럼 본인이 직접 써 보시든가요." 물론 나도 다른 작가가 쓴 형편없는 글을 읽으면(게다가 그 글이 대중적인 성공까지 거두면) 속에서 '천불'이 난다. 그러나 원색적인 비난은 스스로 자제하게 된다. 물론 비판할 때도 있지만 그마저도 점점 내키지 않는다. 본격적으로 글이라는 걸 써 보니 (아무리 '허섭스레기'처럼 보여도) 한 편의 글을 완성한다는 것은 '장난'이 아니라는 걸 알았기 때문이다.

독서광 중에 '보는 것만 고수'인 사람들이 의외로 많다. 어릴 때부터 책을 많이 읽은 터라 지식도 풍부하고, 좋은 글과 나쁜 글을 판별하는 자신만의 감식안도 갖고 있다. 그런데 정작 자기 글을 써 보라고 하면 A4 한 장도 못 채워서 진땀을 흘리기 일쑤다. 이는 책을 많이 읽으면 글쓰기 능력도 저절로 좋아질 것이라는 생각이 그저 착각일 뿐임을 뜻한다. 물론 독서가 글쓰기에 도움이 안 되는 것은 아니다. 실은 꽤 많은 도움이 된다. 그러나 그 도움이라는 것이 운동 선수로 치면 기초 체력 운동에 해당하는 정도다. 반드시 해야 하는 연습이기는 하지만, 그렇다고 그것만으로 운동 선수가 될 수는 없다. 야구 선수는 배팅 연습을 해야 하고, 축구 선수는 슈팅 연습을 해야 한다.

당신은 '작가 지망생'이다. '독서광'이 아니란 말이다. 책을 날마다 예닐곱 권씩 읽는 것은 독서광에겐 자랑거리일 수 있다. 그러나 작가 지망생에겐 그렇지 않다. 물론 작가 지망생에게도 다독(多讀)이 필요하다.

나는 누구보다도 다독의 중요성을 강조하는 사람이다. 그러나 책을 읽는 시간이 글을 쓰는 시간을 방해할 정도가 된다면 독서 습관에 문제가 있는 것이다. 당신은 '책에 미친 바보'가 되어서는 안 된다. 생활의 우선순위를 분명히 정하고 실천해라. 하루 일과를 보내면서 작가 지망생이 저지르는 가장 큰 실수가 뭔지 아는가? 몸의 컨디션이 가장 좋은 시간에 책을 읽는 것이다! 작가 지망생에게 이보다 더 안 좋은 습관은 없다. 뭐가 잘못되었는가? 그렇다. 컨디션이 최고일 때는 글을 써야 한다!

당신은 매일 할 일의 우선순위를 정할 때 '글쓰기'를 가장 높은 자리에 올려놓아야 한다. 그 외의 일들은 '기타 등등'으로 묶어서 그 밑에 뭉뚱그려 놓아야 한다. 직장인이든 학생이든 백수든 마찬가지다. 이쯤에서 이 말을 다시 한 번 새겨 두자. "작가란 오늘 아침에 글을 쓴 사람이다." 어떤 핑계를 대든 오늘 한 글자도 쓰지 않았다면, 당신은 오늘 하루를 '공친' 것이다. 하루가 허무하게 날아간 것이다. 하루 종일 책을 읽었다고 해도 마찬가지다. 독서를 글을 쓰지 않은 '알리바이'로 삼지 마라. 글을 쓰지 않은 건 글을 쓰지 않은 것일 뿐이다. 독서가 무조건 글쓰기에 도움이 될 것이라는 생각은 버려라. 잘못된 독서 습관만큼 글쓰기에 치명적인 것도 없다.

오래 전 아버지는 내게 경고하곤 했다. "독자는 글을 읽는 사람이고 작가는 글을 쓰는 사람이야." 지금껏 〈워싱턴 포스트〉의 서평 기자 겸 에세이 작가로서 나는 나 자신을 주로 독자라고 생각해 왔다. 교양을 꽤 갖추고 열광적인 마음을 가진 독자이자 소설, 시집, 지성사 등의 책에서 아주 흥분되는 사항과 본질적 사항을 잘 집어내는 독자. 그렇지만 아버지의 말을 더 잘 알아듣고 아버지가 이렇게 소리쳤을 때 더 적극적으로 반응했더라면 좋았을 걸 하는 생각이 든다. "그렇게 책에다 코만 처박지 말고 뭔가 유익한 일을 좀 해라." 그래요, 아버지. 당신은 제게 말씀해 주신 것처럼 늘 옳지는 않았지만 그래도 틀린 적은 없었지요.(마이클 더다, 이종인 옮김, 『오픈 북』, 을유문화사, 2007, 383쪽)

『오픈 북』의 저자 마이클 더다의 말이다. 그의 아버지 말씀이 참으로 멋지다. 한 번 더 인용하자. "독자는 글을 읽는 사람이고 작가는 글을 쓰는 사람"이다. 당신의 목표가 독서광이라면 부지런히 책을 읽어서 '보는 것만 고수'가 되어도 상관없다. 책을 읽고 그저 즐기기만 하면 되지, 굳이 힘들게 글을 쓸 필요는 없다. 미식가가 되기 위해서 반드시 요리사가 될 필요는 없는 것처럼 말이다. 그러나 당신이 작가 지망생이라면 많이 읽는 것만 가지고는 안 된다. 책 한 권 읽을 시간이 생기면, 그 시간에 A4 한 장짜리 글부터 써야 한다. 글을 다 써 놓고 시간이 남으면 그때 책을 읽어라. '쓰기'와 '읽기'의 우선순위를 뒤바꿔 보낸 세월만큼 당신이 작가가 되는 날은 현재에서 멀어진다.

3 부

글은 이렇게 쓰는 것이다

베끼기부터 시작하라 • 아는 만큼 정직하게 써라 • 경험이 없으면 쓰지 마라 • 학의 다리가 길면 잘라라 • 절반은 전체보다 낫다 • 형식에 복종하라 • 원고를 나누면 원고가 나온다 • 오늘 쓸 양만 생각하라 • 인용도 실력이다 • 정답은 하나뿐이다

베끼기부터 시작하라

나는 우리 세대 광고인들을 위해 아이디어 하나를 제안하고 싶습니다. 더 좋은 해답을 찾기까지는 흉내를 내라는 것입니다. 나는 5년 동안 보브 게이지를 흉내 냈습니다. 심지어 문장의 줄 간격까지 말입니다. 보브는 원래 폴 랜드(Paul Rand)를 흉내 냈는데 랜드는 처음에 치홀드(Tschichold)라는 독일의 활자 전문가를 흉내 냈습니다.(데이비드 오길비, 최경남 옮김, 『광고 불변의 법칙』, 거름, 2004, 149쪽)

독일의 탁월한 아트 디렉터인 헬무트 크론의 말이라고 한다. 그가 누군지는 자세히 모르겠지만, 그의 '제안'으로 미루어 보건대 배움이 뭔지 제대로 알고 있는 사람 같다. '학습'을 군더더기 없이 한마디로 정의하자면 '남의 것 베끼기'다. 개성이니 주관이니 창의성이니 하는 것에 대한 생각은 일단 머릿속에서 지워야 한다. '남의 것 베끼기'도 충분치 않은 상태에서 '개성, 주관, 창의성'에 대해 논하는 건 멋쩍은 일이다. '개성'이라고 해서 자신의 내부 어딘가에서 샘물 솟듯이 저절로 솟아나는 게 아니다. 인생을 살아 오는 동안 보고, 듣고, 읽었던 경험들이 몸속으로 들어와 비벼져서 현재의 당신을 이루고 있는 것이다. 역설적으로 들리겠지만, 정말 개성 있는 인간이 되고 싶으면 많은 외부적 경험을 내 안에 축적해야만 한다.

잘라 말해서, '남의 것 베끼기'를 고역으로 여기는 사람은 그 분야에서 성공할 가능성이 거의 없다. 헬무트 크론처럼 자신이 좋아하는 선배의 작품을 놓고 "심지어 문장의 '줄 간격'까지" 베껴 볼 정도의 탐구심과 호기심을 가진 사람만이 성공할 수 있다. 모방을 두려워하는 정신에선 창조성도 기대하기 어렵다. 모방을 두려워하는 태도에 이미 창조성의 본질이 무엇인지 전혀 감을 못 잡는 무지함이 드러나 있다.

"사람들은 내가 쉽게 작곡한다고 생각하지만 이건 실수라네. 단언컨대 친구여, 나만큼 작곡에 많은 시간과 생각을 바치는 사람은 없을 걸세. 유명한 작곡가의 음악 치고 내가 수십 번에 걸쳐 꼼꼼하게 연구하지 않은 작품은 하나도 없으니 말이야."(트와일라 타프, 노진선 옮김, 『천재들의 창조적 습관』, 문예출판사, 2005, 21쪽)

창조적 인간의 전형으로 일컬어지는 모차르트가 친구에게 보낸 편지에서 했던 말이다.

모차르트, 피카소, 셰익스피어. 이름만 들어도 주눅이 드는 이 창조의 화신들이 선배들의 작품을 연구하기 위해 투자한 노력과 시간이 어느 정도인지는 그들의 전기를 읽어 보면 쉽게 확인할 수 있다. '베끼기' 없이도 천재로 추앙받는 부류는 요절한 예술가들뿐이다. 한두 작품 정도는 그야말로 내 안에 잠재된 것만을 끌어내어 걸작을 만들 수도 있을 테니까. 그래서 요절한 예술가들에게는 항상 공통적으로 따라다니는 물음이 있다. '과연 그들이 일찍 죽지 않았더라면 계속해서 창조성을 발휘했을까?' 만약에 그가 '노력하는 천재'라면 그럴 가능성이 크다. 그러나

'게으른 천재'라면 창조성은 단발로 그칠 공산이 더 크다. 그렇게 따져 보면, '천재'라는 명성을 얻은 요절한 예술가들 중에는 요절했기 때문에 '천재'가 된 예술가도 있다는 말이 된다. '게으른 천재'가 만년까지 살아서 작품 활동을 계속했다면 '한때 천재로 불렸던'이라는 수식어로 바꿔 달았을 것이다.

천재들도 기를 쓰며 하는 베끼기를 당신 같은 범재나 나 같은 둔재가 하지 않는다는 것은 말이 안 된다. 그런데 이 말을 요즘의 예술가 지망생들이 얼마나 진지하게 받아들일지는 의문이다. 시대에 걸맞지 않은 고리타분한 이야기나 한다고 '꼰대' 취급을 받을지도 모르겠다. 그만큼 요즘은 체득이니 연습이니 숙달이니 하는 훈련 과정의 가치가 많이 떨어졌다. 심지어 그런 과정을 창의성 발현의 가장 큰 적으로 생각하는 사람도 많다. 누가 내게 "어떻게 하면 글을 잘 쓸 수 있나요?" 하고 물어본다면 나는 이렇게 답하겠다. "당신이 좋아하는 작가가 쓴 글의 한 대목(A4 용지 한 장쯤 되는 분량)을 골라 외워 보세요. 더듬거리며 외우는 건 제대로 외우는 게 아닙니다. 마치 김건모가 〈잘못된 만남〉이라는 노래를 부를 때처럼(난 너를 믿었던 만큼 내 친구도 믿었기에) 주르륵 흘러나오도록 외워야 정말 외운 것입니다. 그렇게 하실 의향이 있습니까?" 그러면 선뜻 그러겠다고 할까? 아마 아닐 것이다. 처음에는 그렇게 외워 왔다고 치자. 두 번째, 세 번째도 역시 똑같은 숙제를 내준다면? 그는 다시는 내 앞에 나타나지 않으리라.

 언젠가 20년쯤 경력을 가진 디자이너를 만나서 〈비법〉

을 물은 적이 있는데, 그의 입에서 나온 말은 〈베껴라〉였다. 베끼라니, 표절을 하라는 말인가? 그런 뜻은 아니었다. 초보자가 대단한 걸 만들어보겠다고 덤벼봤자 땀만 빼고 시간만 낭비되니 잘된 것을 보고 그대로 따라 해보는 일을 되풀이해야 기본을 익힐 수 있다는 거였다. 똑같은 물체를 두고 그대로 그린다 해도 그리는 사람마다 그림은 다르다. 초보자가 내놓은 그림과 숙련자가 내놓은 그림, 대가가 내놓은 그림은 아주 다르다. 어떤 대가의 그림은 전혀 엉뚱하기까지 하다. 그러면 그 대가는 처음부터 그런 엉뚱한 그림을 그렸을까? 그건 아니다. 그는 수없이 많은 데생을 했었다.

철학 공부도 마찬가지다. 철학 공부에서 베끼는 것은 철학사를 여러 차례 읽는 것이다. 힐쉬베르거의 『서양철학사』(이문출판사)가 너무 두껍다면 얇은 것이라도 골라서 열심히 되풀이해서 읽는 것이다. 베끼기를 할 때는 베낄 책을 잘 골라야 한다. 일테면 서양 근대철학사를 공부하려면 최소한 코풀스턴의 철학사를 잡아야 한다.

철학 공부를 베끼기에서 시작하라니 의아해할 수도 있다. 철학사 따위는 무시하고 〈내 철학〉을 하겠다고 나선다면 굳이 말릴 생각은 없다. 그러나 베끼기 없이 〈내 철학〉 해봤자 남는 건 처치할 길 없는 거만과 아무런 맥락 없이 여기저기 흩어져 있는 현란한 단어들뿐이다. 이런 사람들은 철학을 공부한 사람조차 알아듣지 못할 말들을 지껄이기 마련이고 남들이 자기 말을 못 알아듣는 건 자신의 철학이 그만큼 심오하기 때문이라는 도취에 빠지며 급기야는 도사가 된다. 이런 도사들은 기본적인 데이터베이스가 부족하기 때문에 자신이 접하는 모든 문제를 자신이 읽은 몇 안 되는 책 속에 나온 말로만 설명할 뿐이며, 세상의 모든 문제를 자기가 좋아하는 학자의 관점에서만 바

라보려 한다. 이런 도사는 철학 공부하는 사람 중에만 있는 건 아니다.(강유원,

『몸으로 하는 공부』, 여름언덕, 2005, 181~182쪽)

　　『몸으로 하는 공부』의 저자 강유원의 말처럼 '도사'가 되지 않기 위해서도 베끼기를 게을리 하면 안 된다. 베끼기를 통해서 '데이터베이스'를 탄탄히 다진 상태여야만 글 한 줄을 쓰더라도 독자에게 가서 꽂히는 것이다. 독자는 당신이 '도사'인지 아닌지 금방 알아본다. 독자가 당신을 '도사'라고 규정(?)해 버리면 그야말로 '게임 끝'이다. 당신이 아무리 멋지고 그럴듯한 글을 써낸다고 한들 독자의 마음을 조금도 움직일 수 없다. 당신은 "처치할 길 없는 거만과 아무런 맥락 없이 여기저기 흩어져 있는 현란한 단어들"로 글을 채울 생각은 없을 것이다. 그런데 베끼기를 하지 않으면 자신도 모르게 그렇게 된다. 기억하라. '필사 천국 도사 지옥'!

아는 만큼 정직하게 써라

사람들은 내게 만화 잘 그리는 법을 묻곤 한다. 그러면 나는 화장실 낙서처럼 그리라고 주문한다. 화장실 낙서는 재미있다. 정직하기 때문이다. 익명으로 그린 그림이기에 자기의 내면과 성적욕구에 솔직하다. 그림이 세련됐는가 아닌가는 나중 문제다. 글도 마찬가지라고 생각한다. 작가가 중학교 1학년이라면 그에 맞는 자신의 이야기를 정직하게 쓰고 그림을 그리면 최소한 또래들은 재미있게 본다. 그런데 그림 좀 잘 그린답시고 여기저기서 인용해 고등학생처럼 꾸미면 정작 고등학생들은 절대 보지 않는다. 중학생은 무슨 말인지 몰라서 못보고 고등학생은 같잖아서 안보는 식이다.(이현세, 『신화가 된 만화가 이현세』, 예문, 2006, 249쪽)

만화가 이현세의 말이다. 그는 살아오면서 "어떻게 하면 만화를 잘 그릴 수 있나요?"라는 질문을 수도 없이 받았을 것이다. 그러니 제대로 대답을 해 주기 위해 그만큼 고민도 많이 했을 터. 그가 내놓은 대답이 '정직'이다. "화장실 낙서"처럼 정직하게 그림을 그리거나 글을 쓰라고 충고한다. '정직하라'는 말이 그저 '거짓말하지 말라'는 뜻만은 아닐 게다. 살다 보면 직접적으로 거짓말을 하지 않고도 본의 아니게 정직하지 못할 때가 있다. 자신의 깜냥으로 책임질 수 있는 범위를 넘어선 말이나 행동을 한다면 그것 역시 정직하지 못한 것이다. 벤처 사업가로 손꼽히는 '컴퓨터 전문 주치의' 안철수는 이렇게 말한 적이 있다. "고객에게 정

직해지는 법은 간단하다. 그것은 지킬 수 있는 약속만 하는 것이다."(인철
수, 『영혼이 있는 승부』, 김영사, 2001, 128쪽)

당신도 독자에게 "지킬 수 있는 약속"만 해야 한다. 글쓰기가 그래서
힘든 거다. 글 쓰는 과정 자체의 스트레스는 따지고 보면 별거 아니다.
그보다 더한 고통은 '내가 정말 이런 글을 쓸 자격이 있는가?' 하는 회
의가 자꾸 든다는 거다. 예를 들어 보자. 남녀평등에 관한 글을 쓰려고
하니, 집에서 설거지를 한 번도 해 본 적이 없다. 환경 문제에 대해 쓰고
싶은데, 걸어서 15분 거리에 있는 직장을 자가용으로 출퇴근한다. 정부
의 무능함에 대해서 논하고 싶지만, 지난 선거 때 투표를 하지 않았다.
이런 식으로 자기 검열을 해 나가다 보면 결국 떳떳하게 쓸 수 있는 소재
는 지극히 제한적일 수밖에 없다.

이럴 때 독자에게 "지킬 수 있는 약속"만 하는 방법은 두 가지다. 첫
째는 내가 실천하지 않는 부분에 대해서는 철저히 입을 다무는 것이다.
"저는 그 주제에 대해 논할 자격이 없습니다." 하고 미리 못을 박아라.
그렇다고 당신을 비난할 사람은 아무도 없다. 세상에는 당신 아니라도
그 주제에 대해서 글을 쓸 사람은 많다. 둘째는 그 주제에 대해 글을 쓰
고 싶으면 스스로 자격을 갖추려고 노력해야 한다는 것이다. 설거지를
하고, 대중교통을 이용하고, 투표를 해야 한다. 그러고 나서 글을 써라.
그러지 않고 쓴 글은 모두 독자에 대한 기만일 뿐이다.

사람이 동물과 다른 점은 '부끄러움'을 안다는 것이다. 내 말(글)과
행동에 괴리가 있으면 남들이 지적하기 전에 스스로 창피함을 느껴야
한다. 그러한 기제(機制)가 제대로 작동하지 않는 사람은 작가가 되어서

는 안 된다. 타이프라이터 앞에 앉은 원숭이는 그저 신기한 구경거리일 뿐이다. 당신은 '원숭이 지망생'이 아니라 작가 지망생이다. 정직에 대한 강박, 자기 검열에 대한 집착, 언행일치에 대한 엄격함 등을 갖출 자신이 없으면 다른 직업을 알아보는 게 좋다. 타인을 향해 자신의 '메시지'를 전하지 않아도 되는 직종은 무수히 많으니 그런 분야를 찾아가면 된다. 안철수의 말을 살짝 바꿔서 글쓰기 지침으로 삼자. "독자에게 정직해지는 법은 간단하다. 그것은 지킬 수 있는 말만 하는 것이다."

경험이 없으면 쓰지 마라

얼마 전 어느 기자로부터 "25년 동안 강연 전문가로 활동하면서 얻은 가장 큰 교훈이 있다면 무엇입니까?" 라는 질문을 받았다. 나는 두 번 생각할 것도 없이 이렇게 대답했다.

"경험담이 없다면 다 말장난이라는 겁니다."(샘 혼, 이상원 옮김, 『엘리베이터 스피치』, 갈매나무, 2008, 164쪽)

'비즈니스 커뮤니케이션 전문가' 샘 혼의 말이다. 그는 25년 동안 '말 잘하는 법'에 대해 강연해 온 사람이다. 화법에는 도가 튼 사람이라고 할 수 있다. 그런 그가 말하기에서 가장 중요하게 여기는 것이 바로 '경험'이다. 경험의 종류엔 '직접 경험'과 '간접 경험' 두 가지 형태가 있을 텐데, 그가 말하는 것은 물론 '직접 경험'이다. 책에서 읽거나, 남의 얘기를 전해 듣거나, 인터넷에서 검색해 본 '간접 경험'을 말하는 게 아니다. 그는 "경험담이 없다면 다 말장난"이라는 말로 '직접 경험'의 중요성을 강조하고 있다. 다소 극단적으로 들리는 그의 단언은 말하기뿐 아니라 글쓰기에도 중요한 '교훈'이다.

경험만큼 글쓰기에 중요한 자산은 없다. 제아무리 치밀한 논리와 현란한 수사를 동원해서 쓴 글도 작가의 소소한 체험담이 가진 감화력에는 비할 바가 못 된다. 경험이 뒷받침되지 않은 '논리'와 '수사'는 자칫 말장난으로 치부될 수도 있다. 예를 들어 한 대학교수가 이렇게 말했다고 치자. "이제 우리나라도 고등학교만 졸업하면 굳이 대학을 가지 않아도 먹고살기에 걱정 없는 그런 나라가 되어야 합니다." 참으로 멋진 말이다. 그런데 이 말을 한 교수 자신은, 대학 졸업자인 것은 물론이고 외국 대학에서 박사 학위를 따서 교수가 되었다. 그리고 그의 자식들도 모두 현재 대학생이거나 대학 졸업 후 직장에 다니고 있다. 요컨대 그에게는 고등학교 졸업장만 들고 사회에 나와 부대껴 본 경험이 전혀 없는 것이다. 자식들도 마찬가지고. 그러니 그의 얘기가 백번 천번 옳더라도 독자의 반응은 냉담할 수밖에 없다. '악플'이나 받지 않으면 다행이다.

제가 배낭여행으로 40~50개국 여행을 했는데요. 처음 10개의 나라를 가면 그 나라의 다른 점이 보여요. 예를 들면 버스를 타잖아요. 어떤 나라는 토큰을 내요. 어떤 나라는 현금으로 내요. 어떤 나라는 카드로 내고, 어떤 나라는 핸드폰으로 찍어요. 처음 외국을 나가면 동전 하나까지도 신기해서 '이런 동전을 쓰네' 하고. 처음에 다른 나라를 가면 모두 다르게 보여요. 조그만 차이도 너무 신기해요. 여행 초기의 흥분이기도 한데, 점점 나라 수가 늘어나면 어느 순간부터는 같은 게 보여요. 나라 수가 20개가 넘어가고, 30개가 넘어가면 같은 게 보이기 시작해요. 무슨 얘기냐 하면 '버스 탈 때 돈 낸다' 이건 다 똑같아. 어딜 가나. 그러니까 현상이 아니라 본질을 보게 되는 거죠. 사람 사는 곳이라면 으레 통하기 마련인 본질이 있어요.(지승호, 『열정 바이러스』, 바른지식, 2008, 43~44쪽)

'딴지일보 총수' 김어준의 말이다. 요지는 '사람 사는 거 다 똑같더라'는 것이다. 따지고 보면 별말 아니다. 사람 사는 게 다 거기서 거기라는 말은 누구라도 할 수 있다. 그런데 왜 그의 말은 평범한 내용이 평범하게 들리지 않는 걸까? 그건 그가 '직접' 배낭을 메고 40~50개국 여행을 다녀 본 후에 내린 결론이기 때문이다. '사람 사는 거 다 똑같다'라는 말은 누구든지 할 수 있지만, 대개의 사람들은 생활 반경이 지극히 한정되어 있기 때문에 '사람 사는 거'에 대한 일반론을 내놓기엔 다소 체험이 부족하다. "당신이 사람들을 얼마나 많이 만나 봤다고 그런 소리를 하느냐?"라는 반문이 들어오면 답할 말이 궁색해진다. 그러나 적어도 김어준에게는 그런 '딴지'를 걸 사람이 없을 듯하다. 세계를 40~50개국이나 돌아다녀 본 사람은 세계 인구의 0.1퍼센트도 안 될 것이다. 그는 아주 특별한 경험을 했다. 그러니 "사람 사는 곳이라면 으레 통하기 마련인 본질이 있어요."라는 그의 말을 우리는 그저 수긍하며 들을 수밖에 없다. 경험이 가지는 권위는 그만큼 막강하다.

그렇지만 경험이라고 해서 거창하게 생각할 필요는 없다. 김어준처럼 40~50개국을 여행 다닌 것만 경험이 아니다. 그렇게 따지면 글은 특별한 경험을 가진 사람만 써야 한다는 말이 된다. 그러나 일상의 자잘한 경험만으로도 충분히 훌륭한 글을 쓸 수 있다. 그러므로 "저는 글로 쓸 만한 에피소드가 없어요. 날마다 집과 학교(또는 직장)를 왔다 갔다 반복할 뿐인걸요."라는 핑계로 글쓰기를 게을리 해서는 안 된다. 경험은 결코 '스케일'이 중요한 게 아니다. 글을 쓰기 위한 경험이 마치 '지금 여기'가 아닌 '다른 어딘가'에 있는 것처럼 생각하지 마라. 당신의 직장, 당신의 학교, 당신의 집에서 당신은 이미 충분히 많은 경험을 하고 있다.

어떠한 경험을 하느냐보다 더 중요한 것은 그 경험을 어떻게 해석하느냐이다. 바로 여기에서 글을 잘 쓰는 사람과 못 쓰는 사람이 갈린다. 내 말이 거짓말 같은가? 그렇다면 다음 글을 한번 보자.

P대리가 택시 기사인 그의 아버지에 대해 얘기했다. 부쩍 건강이 나빠진 당신에게 아무리 병원에 가자고 해도 '내 몸은 내가 제일 잘 안다'라며 몇 년째 진통제로 때우신다고 한다. 그는 제 아버지가 '판피린 중독'이라고 말했으며 나는 그 말을 들으면서 마음이 아팠다.

P대리의 말이 생각나 밤에 집에 와서 슬쩍 엄마, 아버지 주무시는 큰 방에 들어가 보니 엄마, 아버지 베개 옆에도 판피린, 펜잘 따위 진통제가 널려 있다. 나는 한 번도 이걸 눈치 채지 못했다. 아마 나의 부모님도 오래된 지병들을 판피린과 펜잘로 하루하루 견뎌내고 있었을 것이다. 판피린과 펜잘이 이렇게 슬퍼 보인 적이 없었다. 아마도 우리 부모님 세대가 대부분 진통제 중독 세대일 것이다. 대한민국의 조잡한 근대화를 통과하면서 고된 육체노동과 기계 앞에서 느끼는 소외감과 인간적인 고독을, 판피린과 펜잘로 이겨온 사람들.

그러니까 결국 자본주의는 진통제 체제이다. 병을 없애는 게 아니라 병을 잠깐 망각하는 체제. 병의 원인을 찾지 않고 밖으로 드러난 징후들만 그때 그때 극복하는 체제. 사람들이 진통제를 먹지 않으면 견딜 수 없는 체제. 나는 자본주의가 싫고, 이 고독한 지옥의 사무 노동이 싫다.(김준, 『소심한 김대리 직딩 일기』, 철수와영희, 2007, 30쪽)

세 단락짜리 짧은 글이지만, '판피린'에 얽힌 사소한 경험에서 '자본주의 체제'의 본질에 대한 통찰력을 끌어내는 솜씨를 보라. 당신도 이런 글을 쓰고 싶지 않은가?

학의 다리가 길면 잘라라

최대한 간결하게 표현하라. 단어만으로 충분하다면 굳이 문장을 쓰지 말고, 세 단어로 할 수 있는 말을 네 단어로 늘여 쓰지 말라. "사람의 다리 길이가 어느 정도면 적당하냐"는 질문을 받았을 때 에이브러햄 링컨은 "땅에 닿을 만큼"이라고 대답했다.(프랭크 런츠, 채은진·이화신 옮김, 『먹히는 말』, 쌤앤파커스, 2007, 27쪽)

'미국 공화당의 미디어 전략가이자 언어 코치'인 프랭크 런츠의 말이다. 굳이 그의 말을 빌리지 않더라도 문장을 간결하게 쓰라는 것은 글쓰기의 상식이다. 문제는 그것을 실행에 옮기기가 생각처럼 쉽지 않다는 점이다. 머리로는 충분히 이해하고 있는데 몸이 따라 주지 않는다. 따라서 문장을 간결하게 쓰기 위해선 의식적으로 노력해야 한다. 한 문장 한 문장 쓸 때마다 신경을 바짝 써라. '문장이 늘어지고 있구나.' 하는 자각이 들면 거기서 끊어라. 한 문장이 길어질 것 같으면 두 문장으로 쪼개라. 쉼표를 써서 두 문장을 한 문장으로 연결하지 마라. 쉼표는 문장 운용에 노련한 '타짜'들의 전유물이다. '초짜'인 당신은 '쉼표'라는 문장 부호를 머릿속에서 아예 지워 버려야 한다.

누누이 강조하지만, 글쓰기에서 가장 중요한 것은 '독자 중심주의'다. 글쓰기는 당신이 펜을 놓는 순간 끝나는 게 아니다. 독자가 당신이 쓴 글을 읽고 이해해야 비로소 끝난다. 그런데 독자가 당신의 메시지를 제대로 전달받지 못했다면? 독자를 탓할 것 없다. 백 퍼센트 당신이 글을 잘못 썼기 때문이다. 블로그를 운영하다 보면 이런 경우가 심심찮게 일어난다. 내가 올린 글과 '핀트가 맞지 않는' 댓글이 달리는 것이다. 심지어 내 의도와 정반대로 이해하고 있는 댓글도 보인다. 이럴 때 단순히 그 댓글을 단 사람의 착각이라고 여겨서는 안 된다. 자신이 쓴 글을 다시 찬찬히 읽어 보라. 분명히 어딘가 고개를 갸웃거리게 할 만한 부분이 있다. 오해를 살 만하니까 사는 것이다. 이와 같은 오해는 글이 '장황하게' 늘어져서 생기는 경우가 많다. '간결하게' 썼다면 겪지 않았을 일이다.

처음에는 정치법에 따른 문장을 쓰도록 하라. 문장에서의 정치법이란 문장을 이루는 성분을 순서대로 바르게 배열하는 일을 말한다. "나는 매미들이 발악적으로 울어대는 오솔길을 혼자 걷고 있었다."라고 쓰기 전에 "나는 오솔길을 걷고 있었다."라는 문장을 먼저 쓰도록 하라. 바둑에 비유하자면 정석부터 익히는 습관을 기르자는 말과 동일하다. 바둑에서 정석은 참으로 중요하다. 정석을 등한시하면 기력이 향상되지 않는다. 문장에서도 마찬가지다. 정치법을 등한시하면 문장력이 향상되지 않는다. 처음부터 꾸미는 단어들을 남발하면 문장이 어색해지거나 내용 전체를 망쳐버릴 가능성이 짙다.(이외수, 『글쓰기의 공중부양』, 동방미디어, 2006, 87쪽)

소설가 이외수의 말처럼 "나는 오솔길을 걷고 있었다."와 같은 '정석'부터 익혀야 한다. "나는 매미들이 발악적으로 울어대는 오솔길을 혼자 걷고 있었다."와 같은 문장은 피해라. 정치법을 작가 지망생 시절에 철저히 훈련해 두지 않으면 평생 고생한다. 잘못된 문장 습관을 고치기는 담배 끊기보다 힘들다. 과장이 아니다. 수십 년 동안 활동해 온 작가가 초기에 쓴 글과 현재에 쓴 글을 갖다 놓고 비교해 보라. 데뷔 시절에 저질렀던 실수를 현재에도 여전히 저지른다. 등단 초기부터 비문(非文)에 대해 숱한 지적을 받았던 소설가는 요즘에도 여전히 지적을 받는다. 그런 지적을 계속 받는데도 고치지 못하는 것은 그 비문이 머릿속에 완전히 들러붙어 버렸기 때문이다. 그런 잘못된 패턴의 문장이 아니면 생각을 전개할 수 없는 것이다. 똥 눌 때 담배를 피우는 습관을 들이게 되면 나중엔 담배를 피우지 않고선 똥을 못 누게 되는 것과 마찬가지다.

비문을 피하는 가장 손쉬운 방법은 단문으로 쓰는 것이다. 대개의 비문은 한 문장 속에서 주술 관계가 엉키는 형태로 나타난다. "나는 오솔길을 걷고 있었다."라는 식으로 간결하게 쓰면 비문이 되려야 될 수도 없다! 게다가 '독자 중심주의'의 관점에서 봐도 글은 단문으로 써야 한다. 단문으로 쓰면 작가가 문장력을 뽐내기엔 많은 제약이 생긴다. 그러나 독자는 가독성이 좋아 읽기에 편하다. 생각 있는 작가라면 글을 쓸 때 무엇을 먼저 고려해야 할지 쉽게 판단할 수 있을 것이다. 강은교 시인의 산문집에서 한 대목을 인용한다. 그녀가 어느 언어학 교수에게 들었다는 말이다. 왜 복문이 아닌 단문으로 글을 써야 하는지에 대한 재미있는 이야기다.

어제 저녁엔 한 언어학 교수와 밤길을 달리며 이야기— 아니 강의를 들었다. 언어학적으로 보면 영어가 어려운 것은 복문(複文) 때문이라고. 그것을 깨닫는 데 30년이 걸렸다,고. 단문(短文)으로 말이 되지 않는 것이 없다고. 아무리 긴 문장이라도 분석해 들어가면 몇 개의 단문을 that라든가 but로 이어놓은 것이라고. (중략) 성경에도 단문과 복문이 나오는데, 인간이 「선악과」를 따먹기 전에는 다 단문으로 말했다고.

그러던 것이 「선악과」 이후에는 복문을 쓰게 됨을 볼 수 있다고. 그러니까 복문은 죄와 관계가 깊다고. 무언가 변명거리가 많을 때 문장은 기술을 요하게 되고, 그것은 「이리 꼬이고 저리 꼬이는」 복문으로 된다고…….(강은교, 『사랑법─그 담쟁이가 말했다』, 솔과학, 2004, 245~246쪽)

절반은 전체보다 낫다

저술가는 독자의 시간과 노력, 그리고 무엇보다 인내력을 낭비시켜서는 안 된다. 이처럼 양심적인 태도로 글을 쓸 때만이 나름대로의 가치를 인정받게 되고, 독자의 신뢰도 얻게 될 것이다. 무의미한 문장을 더 써넣는 것보다 차라리 좋은 문장이라도 문맥상 거슬린다면 과감히 잘라내는 편이 훨씬 낫다. "절반은 전체보다 낫다"는 헤시오도스(기원전 8세기경의 그리스의 서사시인)의 격언은 바로 이런 경우를 두고 한 말이다.(아르투르 쇼펜하우어, 김욱 옮김, 『쇼펜하우어 문장론』, 지훈, 2005, 120~121쪽)

철학자 쇼펜하우어의 말이다. 그도 '독자 중심주의'자였던 모양이다. 저술가는 독자를 괴롭혀서는 안 된다는 문장관이 마음에 든다. 얼마나 많은 저술가들이 배배 꼬인 문장으로 우리의 인내력을 시험하고 있는가. 막상 읽어 보면 별 내용도 아니면서! 당신은 "양심적인 태도"로 글을 써야 한다. 문장 가지고 장난쳐서 독자를 힘들게 하지 마라. 쉽게 쓸 수 있는 글을 어렵게 쓰지 말고, 짧게 쓸 수 있는 글을 길게 쓰지 마라. 그런데 쉽게 쓰라는 말은 대개의 작가 지망생들이 공감할 테지만, 짧게 쓰라는 말에는 고개를 갸우뚱할 수도 있을 것이다. 사실 '짧다'의 기준은 상당히 모호하다. A4 한 장짜리인데 길다는 지적을 받을 수도 있고, 100장짜리인데 짧다는 평가를 들을 수도 있다.

글의 길고 짧음을 작가 스스로 판단하기는 어렵다. 그 판단은 독자가 한다. 독자가 지루함을 느꼈다면 A4 한 장이라도 긴 글이다. 그래서 많은 작가들이 글을 다 쓰고 나면 지인들에게 읽히고 조언을 구하는 것이다(물론 이때 냉정하게 판단해 줄 수 있는 사람에게 읽혀야 제대로 된 피드백을 받을 수 있다). 그들이 당신의 글을 (내용은 좋은데) 지루하다고 평가한다면 대체로 글이 길기 때문이다. 물론 길다는 것에 대한 객관적 기준은 어디에도 없다. 그들은 모두 길다고 말하는데 당신은 전혀 길지 않다고 생각할 수도 있다. 당신은 그들의 반응에 심한 저항감을 느낄지도 모른다. '내 글에 대해서 나보다 더 잘 아는 사람이 어디 있단 말인가? 나는 꼭 해야 할 말만 했을 뿐이다!'

그러나 이런 경우 대부분 틀린 쪽은 당신이다. 그들이 옳다! 그들은 언제나 옳다! 속은 무척 쓰리겠지만 그 사실을 겸허히 받아들여야 한다. 그들의 조언에 귀를 기울여야 한다. 류승완 감독이 〈아라한 장풍대작전〉을 개봉하기 전에 동료 감독들을 불러다 놓고 시사회를 가졌을 때의 일이다. 영화를 본 감독들의 공통된 반응은 후반부의 액션 장면이 너무 기니까 줄이라는 것이었다. 그러나 류승완 감독은 그들의 조언을 받아들이지 않았다. '액션 영화 키드'인 그는 액션 장면에 대해서만큼은 누구보다도 잘 안다고 자신했을 것이다. '도대체 뺄 장면이 어디 있단 말인가? 명색이 액션 영환데 막판에 그 정도 분량은 보여 줘야지.' 그리고 액션 장면을 찍으며 고생했던 시간들이 스쳐 지나갔을 것이다. '내가 그때 그 신을 찍느라고 얼마나 힘들었는데 아깝게 뺀단 말인가.'

결국 영화는 감독의 고집대로 후반부 장면을 줄이지 않고 개봉했다. 그 결과는? 흥행에서 큰 재미를 보지 못한 것으로 알고 있다. 관객들의 반응도 시사회를 본 감독들의 반응과 비슷했다. "마지막 대결 신이 너무 길어요!" 사실 말을 돌려서 '길다'는 것이지 그 말의 속뜻은 '지루하다' 는 것이다. 아무리 길어도 지루하지 않으면 길다는 소리가 나오지 않는 다. 〈라이언 일병 구하기〉의 초반 전투 장면이 길다고 불평하는 사람은 없지 않은가. 류승완 감독에게 시간을 거슬러 시사회실로 돌아갈 수 있 는 기회가 주어진다면 그는 어떤 선택을 할까? 잘은 모르겠지만, 똑같은 기회가 와도 자기 뜻대로 하지 않을까? 자신이 전문가라고 생각하는 분 야에 대해 누군가의 조언을 받아들인다는 게 그만큼 힘든 일이다. 물론 영화나 소설처럼 '예술' 분야는 자기 고집대로 하는 것도 어느 정도는 필요하다. 모두가 '예' 할 때 '아니요' 해서 예술사에 이름을 남긴 예술 가도 많다.

그러나 당신은 예술을 하려는 것이 아니다. 물론 '예술'적인 문장을 구사하고 싶은 욕구도 철철 넘치겠지만, 최우선 목표는 어디까지나 '메 시지' 전달이다. 메시지가 우선이고 예술은 그다음이다. 메시지는 간결 함을 좋아한다. "불씨가 남아 있을 수 있으니 불을 끄고 나면 반드시 재 차 살펴보자."라고 쓰는 것보다는 "꺼진 불도 다시 보자."라고 쓰는 게 백번 낫다. 메시지 전달력과 문장 길이는 반비례한다. 한 단어면 충분할 것을 한 문장으로 늘이지 마라. 한 문장으로 충분할 것을 한 단락으로 늘 이지 마라. 한 단락으로 충분할 것을 한 장(章)으로 늘이지 마라. 절반은 전체보다 낫다.

 석사논문을 권필의 한시로 준비하고 있을 때 일이다. 첫

구절을 '텅 빈 산에 나뭇잎은 떨어지고 비는 부슬부슬 내리는데'로 번역을 해서 스승께 보여드렸다. 논문의 여기저기를 펼치시던 스승의 눈길이 하필 이 구절에 와서 딱 멎었다.

"넌 사내자식이 왜 이렇게 말이 많으냐?" 다짜고짜 말씀하셨다. "네?" 선생님의 손가락이 원문의 빌 공(空)자를 짚으셨다. "이게 무슨 자야?" 나는 당황했다. "이게 무슨 자냐구?" "빌 공잡니다." "거기에 '텅'이 어디 있어?" 그러더니 '텅 빈 산'에서 '텅'자를 지우셨다. "'나뭇잎'이나 '잎'이나. 그놈 참 말 많네. '떨어지고'의 '떨어'도 떨어내!" 다시 쉴 틈도 없이 "부슬부슬 했으면 됐지 '내리는데'가 왜 필요해? 부슬부슬 올라가는 비도 있다더냐?" 하시며 마지막 펀치를 날리셨다.

이렇게 해서 '텅 빈 산에 나뭇잎은 떨어지고 비는 부슬부슬 내리는데'의 22 자가 '빈 산 잎 지고 비는 부슬부슬'의 11자로 딱 반이 줄어들었다. 정신이 번쩍 들었다. 아찔했다. 나는 KO패를 당한 채 아무 소리도 못하고 선생님의 연구실을 나왔다.(정민, 『스승의 옥편』, 마음산책, 2007, 19~20쪽)

형식에 복종하라

저는 형식주의자적인 측면이 있어서 스스로 형식상에 제한을 두는 편이에요. 예를 들어 '부메랑 인터뷰'는 대사만으로 질문할 수 있도록 스스로 옴짝달싹할 수 없는 상황 속으로 넣는 거예요. 자유로운 글쓰기도 어려운데 왜 그런 제한을 둘까. 이상하죠? 그런데 그런 제한이 오히려 창의적인 동력이 될 때가 있어요. 시가 그렇잖아요. 십몇 년을 영화 리뷰를 썼는데 가끔 (영화평론을) 요리 레시피로 쓴 적도 있고, 약 설명서로 쓴 적도 있어요. 그런 식으로 우스꽝스러운 짓을 해요.(http://blog.naver.com/lifeisntcool/130025791848)

영화 평론가 이동진이 인터뷰에서 한 말이다. 그의 말처럼 "형식상에 제한을 두는" 것은 글쓰기에 많은 도움이 된다. 결코 "우스꽝스러운 짓"이 아니다(그도 진심으로 그렇게 생각하지는 않을 것이다). 언뜻 생각하기에는 "네 마음대로 써 봐라." 하고 자유롭게 쓰도록 내버려 둘수록 개성 넘치는 글이 나올 것 같지만, 천만의 말씀이다. 오히려 형식적으로 바짝 제한을 두면 그것을 돌파해 나가는 과정에서 창의적인 글이 나오는 것이다. 며칠 전에 텔레비전에서 〈낮술〉이라는 저예산 영화의 감독이 하는 이야기를 들었다. 그 영화의 제작비가 천만 원 정도 들었다고 하는데, 그 정도면 '저예산'이 아니라 '초저예산'이다. 그래서 대부분의 장면은 낮에 찍었다고 한다. 조명을 쓸 돈이 없었기 때문이다.

바로 그러한 부족함이 영화에 신선한 기운을 불어넣지 않았을까? 돈이 부족하니 그걸 극복하기 위해서는 '어쩔 수 없이' 기발한 아이디어를 내놓을 수밖에 없었을 테니까. 만약 제작비가 충분했다면 전혀 다른 영화가 나왔을지도 모른다. 높은 개런티를 주고 인기 스타를 캐스팅하고, 촬영이 원활하도록 세트장도 짓고, 충분한 조명을 써서 밤 장면도 많이 찍고, 잘나가는 영화 음악가에게 OST 작업도 맡기고……. 그랬다면 현재의 〈낮술〉처럼 관객과 평단으로부터 좋은 평가를 받았을까? 아니다. 고만고만한 작품이 되었으리라. '조명 설치할 돈도 없는데 무슨 영화를 찍는단 말인가.' 하고 포기하지 않고, '조명이 없으면 낮에만 찍으면 되지, 뭐.' 하고 발상을 전환하는 순간 그 영화만의 독특한 미학이 탄생한 것이다.

글도 마찬가지다. "형식상에 제한"을 두고 쓴 글이 자유롭게 쓴 글보다 독자에게 더 강한 인상을 남긴다. 광고 카피가 그렇지 않은가. 메인 카피는 한 줄이다. 아무리 상품의 장점에 대해서 이러쿵저러쿵 떠들고 싶어도 무조건 한 줄 안에 밀어 넣어야 한다. 광고에 꼭 반영해 달라고 광고주가 열 마디를 던져 주고 가면, 카피라이터는 그걸 한 마디로 압축해서 토해 내야 한다. 남의 돈 먹기 쉬운 일 아니다. 어쨌든 결과적으로 보면 열 마디보다는 한 마디가 더 강력한 힘을 발휘한다. 형식적인 제한을 극복해 나가는 과정에서 최상의 선택이 이루어진 것이다. 이것은 '광고 카피'라는 특수한 글쓰기에만 적용되는 말이 아니다. 일반적인 글쓰기에도 해당하는 말이다. 노련한 필자일수록 글의 형식적인 측면을 중요시한다. 틀을 미리 짜 놓고 내용을 틀에다 부어 넣는 것이다. 글쓰기의 초짜인지 타짜인지는 글을 읽어 보지 않고도 판별이 가능하다. 타짜가 쓴 글에서는 일정한 형식미가 느껴진다.

나도 글을 쓸 때 형식을 고려하면서 쓴다. 이 책도 마찬가지다. 혹시 눈치 채지 못했는가? 내가 쓴 글은 대부분 한 단락의 분량이 비슷하다! 위의 세 단락만 봐도 금세 알 수 있지 않은가. 다른 글들도 마찬가지일 것이다. 나는 이 책을 쓰기 전에 한 단락의 분량을 미리 정했다. 나는 그렇게 "형식상에 제한"을 두고 글을 쓰고 있다. 이는 무척 피곤한 일이다. 글을 '자연스럽게' 쓰다 보면 내가 원하는 만큼의 분량이 되지 않아도 행갈이를 해야 할 경우가 있다. 사실은 모든 단락을 쓸 때마다 그렇다 (지금 쓰고 있는 이 단락도 마찬가지다). 그러나 나는 반드시 한 단락의 분량을 일정하게 채워야만 다음 단락으로 넘어간다. 나의 이런 강박 증세를 이해하지 못한다면 당신은 글쓰기 초짜다. 글의 형식미에 대한 감이 아직 없는 것이다.

내가 단락마다 분량을 일정하게 유지하는 이유는 간단하다. 독자에게 정돈되고 안정감 있는 느낌을 주고 싶기 때문이다. 내 글을 읽고 (내용과 관계없이) 깔끔하다는 느낌을 받는 독자가 있다면 나의 형식적 실험은 성공한 것이다. 물론 글쓰기에서 단락마다 분량을 일정하게 유지해야 한다는 법은 어디에도 없다. 당신은 단락 쓰기에 대해 나와 다른 생각을 가질 수도 있다. 아무튼 나는 지금과 같은 형식을 택했고, 실행에 옮기고 있다. 굳이 내 방식을 따를 필요는 없다. 당신은 당신만의 방식으로 "형식상에 제한"을 두면 된다. 글에 일정한 제한을 두는 법은 여러 가지다. 복문은 쓰지 않겠다. 어려운 한자어는 쓰지 않겠다. 글 한 편에 토박이말 하나는 반드시 넣겠다. '~적(的)'은 쓰지 않겠다. 접속 부사 없이 글을 쓰겠다. 피동형 문장은 철저히 피하겠다. 형용사와 부사는 무조건 빼겠다. 뭐든지 상관없다. 자신이 좋아하는 것은 넣고 싫어하는 것은 빼면 된다.

요즘은 많은 작가 지망생이 자신의 글을 블로그에 발표한다. 환영할 만한 일이다. 누구의 눈치도 볼 것 없이 자신의 생각을 가감 없이 표현할 수 있게 되었으니 말이다. 그러나 '가감 없이' 글을 쓸 수 있다는 게 꼭 장점만은 아니다. 그것은 블로그 글쓰기의 치명적인 단점이기도 하다. 블로그에 올리는 글은 대개 글보다 말에 가깝다. 글로 쓰여 있기는 하지만 실은 말을 하고 있는 것이다. 말과 글은 엄연히 다르다. "말하듯이 글을 쓰라."는 명제도 어디까지나 글이 가진 기본 특성을 해치지 않는 한도 내에서의 얘기다. 당신은 작가 지망생이므로 '글쓰기'를 연습해야 한다. 그런데 '글'이라는 형식에 대한 고민을 하지 않으면, 아무리 많이 써도 필력이 좀처럼 늘지 않는다. 글을 블로그에만 써 버릇하면, 정작 공적인 매체에 글을 써야 할 때 쩔쩔매는 수가 있다.

블로그에 자유롭게만 글을 쓰던 사람이라면, 10매 등 일정한 분량에 자신이 생각하는 바를 논리적으로 쓰는 게 결코 쉬운 일이 아니다. 논리를 축약해야 하는 경우가 다반사고, 예로 드는 장면이나 대사 같은 것들도 제한된다. 그래서 블로그에 익숙한 필자들은 앞부분에 자기 생각을 죽 늘어놓다가, 결국 제대로 논증을 하지도 못하고 서둘러서 끝내버리는 경우가 많다. 필자가 기자로 있을 때, 인터넷에서 글을 잘 쓰는 사람을 발굴해서 글을 맡겨보았지만 상당수의 사람이 그 한계를 뛰어넘지 못했다. 길게 자유롭게 쓰면 글이 재미있고 설득력도 있지만, 한정된 분량 안에서는 두서없고 사변적인 말만 가득한 글이 되어버리는 것이다.(김봉석, 『영화보다 흥미진진한 영화 리뷰 쓰기』, 랜덤하우스코리아, 2008, 143쪽)

문화 평론가 김봉석의 말이다. 아마 뜨끔(!)하는 사람 많을 것이다. 물론 블로그에 "길게 자유롭게" 쓰는 글도 좋다. 그런 글을 쓴다는 게 문제라는 게 아니라, 그런 글만 쓴다는 게 문제라는 거다! 정말 작가가 되고 싶으면 형식적인 제한이 있는 글쓰기를 연습해야 한다. 예컨대 영화 리뷰를 써서 블로그에 올리더라도, 반드시 '원고지 10매' 분량에 맞춰서 써 보는 거다. 9매도 11매도 안 된다. 딱 10매! 서론-본론-결론의 분량도 아예 딱 못을 박자. 서론(2매)-본론(6매)-결론(2매). 이렇게 쓰인 글을 머릿속으로 그려 보라. 어떤가? 안정감이 느껴지지 않는가? 보기 좋은 떡이 먹기도 좋다는 말은 글에도 적용된다. 보기 좋은 글이 읽기도 좋다! 그리고 독자는 이런 형식미가 느껴지는 글에 (본인이 의식을 하든 못하든) 더 신뢰를 느끼게 된다. 한용운 시인은 이렇게 말했다. "남들은 자유를 사랑한다지마는, 나는 복종을 좋아하여요." 형식에 복종하는 글을 써라.

원고를 나누면 원고가 나온다

예전에 하야시야 타츠사부로 선생(교토대학 인문연 소장)에게 원고 청탁을 한 적이 있다. 일본의 고대에서 근세까지 연구 영역이 넓어 그 방면에서는 일인자라 할 만한 존재였다. 어느 날 선생에게 '어떻게 그렇게 쓰십니까'라고 물은 적이 있다. 꼬집어 말하려고 한 건 아니었는데 돌이켜보면 예의에 벗어난 질문이었다. 선생의 대답은 콜럼버스의 달걀이었다. 예컨대 200자 원고지 800매를 한꺼번에 쓰는 건 불가능하다. 그러나 800매를 열 개의 장으로 나누고(한 장이 80매가 된다) 한 장을 네 개의 절로 나눈다(한 절은 원고지 20매가 된다). 매일 밤 20매를 목표로 써 나아가면 40일 만에 쓸 수 있다. 즉 원고를 나누면 언젠가 원고가 나온다는 말이다.(와시오 켄야, 김성민 옮김, 『편집이란 어떤 일인가』, 한국출판마케팅연구소, 2005, 115쪽)

편집자이자 작가인 와시오 켄야의 말이다. 그는 한 역사 연구가에게 어떻게 하면 그토록 많은 원고를 쓸 수 있느냐고 물었다. 그러자 그 '선생'이 내놓은 대답의 요지는 간단했다. 원고를 나누면 언젠가 원고가 나온다! 참 멋진 말 아닌가. 글쓰기에 대해 이보다 현실적인 조언이 어디 있겠는가. 컴퓨터 모니터 위에 작게 써 붙여 놓으면 좋겠다. 글을 쓰기 위해 모니터 앞에 앉을 때마다 마음의 고삐를 다잡을 수 있도록 말이다. 작가는 '많은' 글을 쓰는 사람이다. 아무리 글이 좋아도 고작 몇 편밖에 쓰지 않았으면 그는 작가가 아니다. 일관된 주제 아래 엮어 낸 원고가 최소한 책 한 권 분량(원고지 800매 이상)은 되어야 작가라고 할 수 있는 것이다. 따라서 '작가'가 되고 싶으면 두 가지 조건을 갖춰야 한다.

첫째, 800매 분량을 채울 수 있을 만큼 잘 아는 분야(언덕!)가 있어야한다. 내가 지금 '글쓰기'를 주제로 글을 쓰고 있는 것처럼 말이다. 그렇다고 "내겐 이렇다 할 비빌 언덕이 없어."라고 푸념할 필요는 없다. 언덕은 이미 가까운 곳에 있다. 당신이 비비지 않고 있을 뿐이다. 자신의 지식과 경험을 과소평가하지 마라. 대단한 전문 지식이 아니어도 괜찮다. 앞서 말했듯이 '무엇'을 경험하느냐보다는 그 경험을 '어떻게' 해석하느냐가 더 중요하다('판피린' 기억나는가?). 그래도 정 못 찾겠으면, 가장 간단한 방법인 서평이나 영화평을 써도 되지 않는가? 『춘향이는 그래도 운이 좋았다』, 『호란의 다카포』, 『조제는 언제나 그 책을 읽었다』, 『그녀의 프라다 백에 담긴 책』, 『사랑하고 있다고, 하루키가 고백했다』, 『뒤적뒤적 끼적끼적』 같은 책을 읽고 힌트를 얻어 보라.

둘째, 책상에 앉아 실제로 800매를 써야 한다. 800매 분량을 글자로 채우기 위해서는 한 문장 한 문장 꾸역꾸역 써 나가는 수밖에 없다. 그걸 피할 도리는 없다. 주위에 이런 사람이 있을 것이다. "내가 이러저러한 주제로 글을 쓰기 위해 10년 동안 모은 자료가 라면 박스 하나 분량이야." 그의 말은 무엇을 뜻하는가. 10년 동안 자료를 수집했다는 것은 말 그대로 10년 동안 자료만 수집했다는 뜻이다. 달리 말하면, 10년 동안 글은 한 줄도 쓰지 않았다는 얘기다. 열심히 자료 모은 것은 칭찬할 만한 일이나 그것만으로 작가가 될 수는 없다. 그 자료를 토대로 800매 분량의 원고를 엮어 내야 비로소 작가가 되는 것이다. 그런데 이 과정엔 자료를 수집하는 차원과는 또 다른 노력이 필요하다. "작가란 참 좋은 직업이다. 글을 써야 한다는 점만 제외한다면."이라는 우스갯말이 괜히 나온 게 아니다.

생각하면 한숨부터 나온다. 어느 세월에 800매를 쓴단 말인가. 내가 정말 그 분량을 채울 수는 있는 걸까. 이런 불안과 공포가 수시로 밀려든다. 그럴 때 '선생'의 조언을 떠올려 보라. 원고를 나누면 언젠가 원고가 나온다! 그는 "매일 밤 20매를 목표로 써 나아가면" 40일 후엔 800매의 원고가 나오게 된다고 말한다. 800매라는 미래의 숫자는 머릿속에서 지우고, 오늘 써야 할 20매에만 집중한다는 것이다. 물론 매일 밤 20매를 쓰는 것도 그와 같은 베테랑 필자들이나 가능한 일이다. 초짜인 당신에게 '매일 20매'는 상당히 버거운 양이다. 당신에게 딱 적절한 글쓰기 양은 '매일 2매'다. 내가 지금 쓰고 있는 글의 한 단락이 원고지 2매다. 그러니까 당신은 하루에 한 단락만 쓰면 되는 것이다. 하루에 한 단락만 쓰면 400일(1년 1개월) 후에 800매의 원고가 당신의 손에 쥐어지게 된다!

수영이라는 스포츠에는 분명한 구획이 필요하다. 손끝이 풀의 벽에 닿는다. 그와 동시에 그는 돌고래처럼 수중에서 몸을 날려서, 순간적으로 몸의 방향을 바꾸고, 발바닥으로 힘껏 벽을 찬다. 그리고 나머지 200미터에 돌입한다. 그것이 턴이다.

만일 수영 경기에 턴이 없고, 거리 표시도 없다고 한다면, 400미터를 전력으로 헤엄치는 작업은 틀림없이 구원이 없는 암흑의 지옥일 것이다. 턴이 있기 때문에 그는 그 400미터를 두 개의 부분으로 나눌 수 있는 것이다. '이것으로 적어도 절반은 끝났다'라고 그는 생각한다. 그러고 나서 그 나머지 200미터를 다시 절반으로 나눈다. 그는 '이것으로 4분의 3이 끝났다'라고 생각한다. 그리고 다시 절반……하는 식으로 긴 노정은 자꾸만 세분화되어 간다. 거리가 세분화되면서 의지도 역시 세분화된다. 그러니까 '어쨌든 이다음의 5미터를 헤엄쳐 버리자' 하는 식이다. 5미터를 헤엄치면 400미터의 80분의 1이 줄어들게 된다. 그렇게 생각함에 따라 그는 물속에서 어떤 때는 구토하고 근육의 경련을 일으키면서도, 최후의 50미터를 향해 전력을 다할 수 있는 것이다.(무라카미 하루키, 유유정 옮김, 「지금은 없는 공주를 위하여」, 문학사상사, 1996, 8~9쪽)

무라카미 하루키의 단편 소설 「풀 사이드」의 한 구절이다. 책 한 권 분량의 글을 쓰기가 두렵고 힘들 땐 자신이 수영 선수라고 '이미지 트레이닝'을 해 보라. 400미터에 출전하는 박태환이라고 생각해 보는 것이다. 우승하기 위해서 어떤 전략을 짜야 할까. 분명한 점은 400미터를 향해 처음부터 끝까지 전력을 다해 헤엄쳐 나가진 않는다는 것! 모르긴 몰라도 그의 머릿속에는 400미터라는 구간이 최소한 50미터씩 '구획'되어 있을 터이다. 좀 더 집중력을 발휘하려면 50미터도 5미터씩 쪼개서 사고할 수 있다. 세계의 일류 선수들끼리 경쟁하는 데 5미터는 1, 2위 자리를 뒤바꿔 놓을 수 있는 엄청난 거리다. 작가가 글을 쓸 때도 이러한 전략이 꼭 필요하다. 처음부터 800매를 쳐다보며 덤벼들지 마라. 그저 오늘 써야 할 2매만 생각하라. 그렇게 써 나가다 보면 어느새 100매, 200매, 400매, 800매가 되어 있을 테니. 다행스럽게도 작가는 수영 선수처럼 빠르기로 등수를 매기지는 않는다. 40일 만에 들어오든 400일 만에 들어오든, 들어오기만 하면 모두 성공이다.

오늘 쓸 양만 생각하라

E. L. 덕터로는 언젠가 이렇게 말한 적이 있다. "소설을 쓰는 것은 밤에 자동차를 운전하는 것과 같다. 당신은 차의 헤드라이트가 비춰주는 데까지만 볼 수 있을 뿐이다. 그런 식으로 목적지까지 갈 수 있다." 당신이 가려고 하는 곳을 볼 필요는 없다. 목적지를 볼 필요도 없으며, 가는 동안에 지나치는 것을 모두 다 볼 필요도 없다. 단지 당신 앞의 2~3피트 정도 앞만 보면 된다. 바로 이것이 글쓰기에 대해서, 아니 어쩌면 인생에 대해서도 내가 들은 것 가운데 가장 값진 충고일 것이다.(앤 라모트, 송정희 옮김, 『글쓰기 잘쓰기』, 중앙일보사, 1996, 48쪽)

구겐하임 문학상 수상 작가인 앤 라모트의 『글쓰기 잘쓰기』에 나오는 구절이다(이 책은 최근에 '글쓰기 수업'이라는 제목으로 재출간되었다). '덕터로'라는 특이한 이름을 가진 사람이 누군지는 잘 모르겠지만, 참으로 옳은 얘기를 했다. 멋진 말이니 한 번 더 인용하자. "소설을 쓰는 것은 밤에 자동차를 운전하는 것과 같다. 당신은 차의 헤드라이트가 비춰주는 데까지만 볼 수 있을 뿐이다. 그런 식으로 목적지까지 갈 수 있다." 이러한 느낌을 모든 글쟁이들이 공감하는지는 잘 모르겠다. 설계도를 미리 그려 놓고 글을 쓰는 작가들은 이해하지 못할 수도 있다. 사실 그런 능력이 있는 작가는(예컨대 소설가 김연수는 결말부터 확실히 정해 놓고 글을 쓴다고 한다) 그야말로 '해피'한 경우다. 그러나 내가 알기로는 미리 '설계도'를 다 짜 놓고 글을 쓰는 작가는 드물다. 못하는 것이기도 하고 안 하는 것이기도 하다.

글쓰기는 '즐거운' 암중모색이다. 그러나 개중에는 이것을 '공포'로 받아들이는 사람도 있다. 머리가 손가락을 통제하지 못하면 불안한 사람들이다. 그러한 두려움을 하루빨리 버려야 한다. 머리보다는 손가락을 믿어라. 글쓰기는 순간적인 선택의 집합이다. 우리가 쓰려는 것은 학술 논문이 아니다. 논문이라면 결론을 미리 정해 놓고 글을 써야 한다. 논문은 쓰는 도중에 결론을 바꾸지 않는다. 그러나 논문 이외의 다른 글들은 그렇지 않다. 심지어 쓰다가 결론이 바뀔 수도 있다! 쓰기 전에는 A라는 결론을 내고 싶었는데, 막상 써 보니 B라는 결론이 나오고 말았다. 그렇다면 이 글은 잘못 쓴 것인가? 그렇지 않다. B가 당신이 애초에 하고 싶었던(그러나 써 보기 전에는 인식하지 못했던) 바로 그 이야기에 가까울 공산이 더 크다. 작가의 통제를 거부하며 스스로 움직여야 좋은 글이다. 그 글을 쓴 사람을 '작가'가 아닌 '최초의 독자'로 만들어 버리는 글이 좋은 글이다.

너무 멀리 보지 마라. 다만 오늘 할 일인 '몇 단락 쓰기'에 집중해라. 나는 하루에 두 단락 정도 쓴다. 두 단락이라고 무시하지 마라. 일주일이면 열네 단락을 쓸 수 있고, 그 정도면 웬만한 칼럼 한 편 분량이 넘는다. 매일 두 단락만 "규칙적으로 기계적으로" 쓰면 일 년에 50편 정도의 칼럼을 쓸 수 있다. 그런데 누가 당신에게 일 년 안에 칼럼 50편을 쓰라고 한다면 어떤 기분이 들까? 그걸 언제 다 쓸까 암담하지 않겠는가. 그러나 매일 두 단락만 쓰면 된다고 꼬드긴다면? 솔깃할 것이다. 작업량으로 따지면야 전자나 후자나 똑같지만, 일단 심리적으로 다르게 다가온다. 홈쇼핑에서 이런 수법을 잘 써먹는다. 80만 원짜리 컴퓨터를 12개월 할부로 주겠다면, '한 달에 8만 원도 안 되네!' 하고 혹하게 되지 않던가? 결과적으로 내 주머니에서 80만 원이 빠져나가는 건 마찬가진데, 왠지 심적 부담이 덜하다. 이런 원리(?)를 글쓰기에도 적용할 수 있다.

몇 년 동안 저는 '조각 내기'에 대해 많이 배웠습니다. 저한테 '조각'이란, 무리하지 않고 다룰 수 있는 글의 양을 말합니다. 이 책의 경우는 한 장이 되겠죠. 2백자 원고지 15매 정도입니다. 물론 책 한 권이 되려면 2백자 원고지 1천 매는 있어야 하죠. 하지만 제 앞에 놓인 일은 1천 매에 달하는 원고가 아니라, 매일 쉽게 잘 쓸 수 있는 조각입니다. 마감을 기다리고 있는 책이 대여섯 권 되지만 그 생각은 하지 않습니다. 앞으로 개정판을 내야 할 책들도 있지만 앞질러 생각하지 않습니다. 오늘 해야 할 작은 조각만 생각합니다. 오늘 제 접시에는 이 작은 것만 올려놓고 있습니다. 먹기 딱 좋죠.(에릭 메이젤, 조동섭 옮김, 『일상 예술화 전략』, 마음산책, 2007, 49쪽)

미국의 심리 치료사이자 '창의력 전문가'인 에릭 메이젤의 말이다. 그의 말에 따르면, 그는 지금 해야 할 일이 산더미 같다. "마감을 기다리고 있는 책이 대여섯 권"에다가 "개정판을 내야 할 책들"까지…… 무척 스트레스를 받을 만한 상황이다. 그러나 그는 전혀 초조하게 생각하지 않는다. 앞으로 써야 할 원고에 대해서는 "앞질러" 생각하지 않는다. 그저 "오늘 해야 할 작은 조각"에만 집중한다. 이와 같은 '조각 내기'를 당신도 배워야 한다. 그것이 꾸준히 글을 쓸 수 있는 유일한 방법이다. '책한 권'이나 '글 한 편'은 머릿속에서 지워라. 너무 멀고, 너무 거창하고, 너무 부담스럽다. 대신에 다음과 같은 고민을 해라. 매일 '한 페이지'씩 꼬박꼬박 쓰겠다! 한 페이지가 버거우면 '한 단락'이라도 쓰겠다! 한 단락이 안 되면 '한 문장'이라도 쓰겠다!

물론 하루 작업량으로 얼마큼이 적당한지는 사람마다 다를 수 있다. 나는 두 단락 정도면 매일 지겨워하지 않고 글을 계속 써 나갈 수 있다. 날마다 질리지 않고 먹을 수 있는 '조각'의 크기가 두 단락이 아니라 두 페이지라면 더 좋겠지만 어쩔 수 없지 않은가. 물론 쓰려고만 들면 하루에 두 페이지 정도는 쓸 수 있다. 하지만 그렇게 '오버 페이스'로 두 페이지를 쓰고 나면 일주일에서 한 달 정도 글을 쓰고 싶은 마음이 싹 사라져 버린다. 이러한 글쓰기 방식의 문제점을 깨닫는 데 딱 10년 걸렸다. 10년 전에 깨쳤더라면 그동안 훨씬 더 많은 글을 썼을 텐데 아쉽다. 지난 10년 동안 나는 글 한 편을 단기간에 써내고 몇 달은 예사로 쉬어 버리는 패턴을 반복했다. '필'을 받아서 며칠 동안 잠 안 자고 식음 전폐하는 식으로 글을 쓰는 습관은 결코 좋지 않다. 그렇게 되면 그 후유증이 거의 한 달은 간다. 경험해 본 적이 있는 사람들은 내 말에 고개를 끄덕일 것이다.

일단 급선무는 당신이 하루에 먹을 수 있는 '조각'의 크기를 알아내는 것이다. 매일 먹어도 질리지 않을 정도의 크기 말이다. 앞서 '매일 2매'를 쓰라고 했지만, 어디까지나 나의 제안일 뿐이다. 당신이 먹을 조각의 크기는 당신이 직접 정해야 한다. 조각의 '크기'는 중요하지 않다. 세상엔 입이 큰 사람도 있고 작은 사람도 있다. 내가 먹을 수 있는 조각이 작다고 창피해하지 마라. 괜히 욕심이 앞서서 작은 입으로 큰 조각을 물었다간 입아귀만 찢어진다. 그리고 한번 정해진 조각의 크기가 평생 가는 것도 아니다. 몸이 자라면 입도 커진다. 현재의 일일 작업량이 적다고 너무 조바심하지 마라. 필력이 붙을수록 한자리에서 쓸 수 있는 글의 양은 자연스럽게 늘어난다. 노벨 문학상을 받은 오에 겐자부로도 글쓰기에 대해서는 다음과 같은 소박한 "직업상 비결"을 가지고 있다.

소설을 집필할 때의 심리 상태 조절에 대해 말한다면, 그날 써 나갈 노동력이 커버할 수 있는 부분보다 먼 곳을 보아서는 안 된다. 장편이라면 더더욱 그러하다. 오히려 다가올 일은 생각하지 말고, 하루 동안 써 나갈 수 있는 글에 대해서만 집중하는 것이 나의 직업상 비결이다.(오에 겐자부로, 김유곤 옮김, 『'나'라는 소설가 만들기』, 문학사상사, 2000, 156쪽)

인용도 실력이다

우선 글쓰기에 임하는 자세에 있어서 '창작자'가 아닌 '편집자'가 되길 권하고 싶다. 물론 윤리적인 편집자다. 보통 사람들이 느끼는 글쓰기의 고통은 의외로 과욕에서 비롯된다. 처음부터 자신이 모든 걸 다 만들어내겠다니, 그 얼마나 무모한 욕심인가. 윤리적이고 겸허한 편집자의 자세를 갖게 되면 당연히 많이 읽고 생각해야 할 필요를 느끼게 된다.(강준만, 『글쓰기의 즐거움』, 인물과사상사, 2006, 6쪽)

언론학자 강준만의 말이다. 이는 마치 자신의 글쓰기 방법론에 대한 설명(또는 해명)처럼 들리기도 한다. 아시다시피 강준만만큼 남의 글을 많이 인용하는 필자도 드물다. 그의 책을 읽다 보면 본인이 직접 쓴 본문보다 따옴표로 묶인 인용문이 더 많은 분량을 차지할 때도 있다. 이러한 '강준만식 글쓰기'는 찬사 못지않게 냉소도 많이 받는다. 방대한 자료 조사에 대해 학자로서의 성실성을 높이 사는 사람도 있고, 남이 쓴 글을 잔뜩 가져다가 이리저리 짜깁기했을 뿐이라고 비아냥거리는 사람도 있다. 나는 후자의 평가는 다소 부당하다고 생각한다. 그가 '신문 쪼가리'에 실린 글마저 인용의 형태로 본문에 집어넣는 것은 그에게 그만한 문장조차 스스로 만들어 내지 못할 정도로 필력이 없어서가 아니기 때문이다. 그는 마음만 먹으면 인용 없이도 얼마든지 글을 쓸 수 있는 필자다.

그런 그가 왜 지금과 같은 글쓰기 방식을 택했을까? 무슨 거창한 이유가 있을 것 같지는 않다. 답은 의외로 싱거울 수 있다. 그렇다. 그냥 좋은 것이다! 그에게 글 쓰는 즐거움이란 자신의 문장력을 뽐내는 데 있는 것 같지는 않다(아주 없지는 않겠지만). 그보다는 자료를 수집해서 자료들이 스스로 말하도록 적절히 배치하는 데에서 더 큰 재미를 느끼는 것 같다. 따라서 "창작자가 아닌 편집자"가 되라는 그의 말 속에는 자신의 편집자적 성향을 이해 좀 해 달라는 뜻도 포함된 것이다. 나는 그를 이해한다. 이해할 뿐 아니라, 그의 말은 글쓰기 초짜들에게 무척이나 중요한 조언이라고도 생각한다. 나도 초짜인 당신에게 "우선 '창작자'가 아니라 '편집자'가 되길" 권한다. 당신은 아직 '창작'을 운운할 단계가 못 된다. 이미 있는 자료를 가지고 '편집'하는 법부터 익혀야 한다.

나는 당신이 인용술을 익히길 바란다. 원고지 10매 분량의 칼럼 하나를 쓴다고 생각해 보자. 처음부터 끝까지 자신의 생각으로만 채우지 마라. 나중에 중견 작가가 되면 그렇게 해도 된다. 그러나 지금은 인용술을 배울 단계다. 반드시 글 한 편에 최소한 인용문 하나를 집어넣도록 하라. 크게 세 가지 이유 때문이다. 첫째, 그래야 독서를 한다! 당신은 아직 독서량이 부족하다. 인용문 찾기로 독서에 동기 부여를 하는 것이다. 목적 없는 '시간 죽이기' 독서는 이제 좀 줄이자. 당신은 오늘부터 되도록 '목적 있는' 독서를 해야 한다. 둘째, 그래야 글이 덜 지루하다! 웬만한 필력을 갖추지 않고서는 자기 문장만 가지고 독자의 눈길을 내내 붙들고 있기 힘들다. 이럴 때 적절한 인용문을 제시하면 독자는 지루함도 덜고 내용도 더 입체적으로 받아들이게 된다. 셋째, 그래야 내가 써야 할 분량이 줄어든다! 다섯 단락짜리 칼럼이라고 생각해 보라. 인용문으로 한 단락을 슬쩍 때워 버리면 당신은 네 단락만 쓰면 된다.

나도 인용술을 이용해 글을 쓰고 있다. 글 한 꼭지를 쓸 때 최소한 두세 개의 인용문이 준비되어야 비로소 글을 쓴다. 이런 인용문들은 평소의 독서를 통해 확보한다. 나는 머릿속에 몇 가지 '키워드'를 가지고 독서를 한다. '책 읽기', '글쓰기', '아이디어'. 이렇게 세 개의 키워드는 항상 내 머릿속에 박혀 있다. 무슨 책을 읽더라도(또는 텔레비전을 보거나 인터넷 서핑을 하더라도) 나는 이 키워드들을 중심으로 인용할 부분을 찾는다. 그러면 꼭 관련 서적에서만 인용문을 찾을 수 있는 게 아니란 걸 알게 된다. 오히려 그다지 관련 없어 보이는 책을 읽다가 내게 꼭 필요한 인용문을 찾기도 한다. 그리고 이처럼 엉뚱한 책에서 찾은 인용문이 더 재미있을 때가 많다. 예컨대 '글쓰기'에 관해 쓰는데 글쓰기 관련 서적에서 찾은 인용문은 재미가 조금 덜하다. 글쓰기와 무관한 여행기라든가 요리책 또는 역사책에서 찾아낸 내용을 인용하면 훨씬 더 신선한 글이 된다.

저 마당에 있는 나무도 그렇거든요. 여기서 수십 년 살았지만 정원사 불러서 손 대고 하는 걸 일체 안 했지요. 그러다 작년에 너무 험해서 한 번 잘랐습니다. 어저께 내 친구가 한 사람 왔어요. 그 사람은 시골에 집을 가지고 있는데, 나무에 대한 이야기를 많이 해주었습니다. 자기는 가지를 많이 자르는 게 마음 아프대요. 그런데 자르고 나서 바람이 잘 통하면 나무가 좋아하는 것을 자기도 느낄 수 있다고 합니다. 나무가 무작정 가지가 퍼지다보면, 곤충이나 해충도 많이 끼고, 또 썩은 가지가 생기면 박테리아가

들어가고, 이런 걸 나무가 통제 못하는데, 그것을 사람이 해주면 나무가 좋아하는 걸 자기가 느낄 수 있다는 겁니다. 그 친구도 은퇴하고 촌에서 사니까 많은 걸 배우게 된다고 생각했지요.(김우창 · 문광훈, 『세 개의 동그라미』, 한길사, 2008, 29쪽)

인문학자 김우창의 말이다. 나는 이 부분을 『세 개의 동그라미』라는 책에서 읽었다. 이 책은 김우창과 문광훈, 두 학자의 대담집이다. 요컨대 인문학 서적이다. '글쓰기'와 직접적인 관련은 없는 책이다(그렇다고 아주 없지는 않다). 어쨌든 이 책을 글쓰기와 연관해서 읽은 것은 아니다. 그냥 읽고 싶어서 읽었다. 그런데 몇 페이지 읽지 않아서 이 구절이 딱 눈에 들어왔다. 그리고 내 머릿속에 있던 '글쓰기'라는 키워드가 이 부분을 빨리 메모하라고 지시했다. 사실 이 대목은 맥락상 글쓰기와는 아무 관련 없는 얘기다. 말 그대로 그의 집 마당에 있는 나무를 보다가 친구 얘기를 한 것이다. 그런데 '글쓰기'라는 키워드를 갖고 있는 내겐 예사로 들리지 않았다. '나무'의 자리에 '문장'을 갖다 놓아 보라. 어떤가? 간결한 문장 쓰기에 관한 그럴듯한 비유 아닌가!

아마도 이 책을 읽은 사람 중에서 저 에피소드에 주목한 사람은 그리 많지 않을 것이다. 더구나 '글쓰기'와 접목해서 생각해 본 사람은 아마도 나뿐이지 않을까 싶다. 나도 '글쓰기'라는 키워드를 가지고 있지 않았다면 그냥 읽고 지나쳤을 것이다. 이처럼 키워드를 갖고 독서를 하면 남들이 주목하지 않는 부분에도 눈길이 가게 된다. 그리고 이렇게 발견한 부분이야말로 인용문으로서의 가치가 크다. 나만 할 수 있는 인용이 많을수록 글이 신선하다는 평가를 받을 수 있다. 당신도 이제부터 당신만의 키워드를 가지고 독서를 하라. 그렇게 인용할 글이 어느 정도 모이면, 그중에서 또 서로 관련 있는 것들을 두세 개씩 묶어 순서별로 배치해보라. 이 정도만 사전 준비가 되어 있어도 글쓰기에 대한 갑갑증은 훨씬 줄어들게 된다. 적어도 마른행주를 쥐어짜는 기분은 아닐 것이다.

정답은 하나뿐이다

눈으로 스쳐지나가는 어휘를 시각적 어휘(Sight Vocabulary)라고 한다. 이 시각적 어휘들은 읽는 순간 머릿속을 스쳐지나가며, 반복적인 단어가 나올 때마다 점차 머릿속에 이해가 되는데 이런 이해된 어휘들을 우리는 비로소 활용할 수 있는 것이다. 다시 말해서, 읽으면서 문맥 속에서 어렴풋이 이해할 수 있는 어휘를 '이해어휘'라고 할 수 있고, 몸에 체득이 되어 이를 자유자재로 쓸 수 있는 어휘를 '활용어휘'라고 할 수 있다.(신규철, 『한국인을 위한 자동화 영어학습법』, 경진문화사, 2006, 38~39쪽)

영어 학습법에 관한 책의 한 구절이다. '이해 어휘'와 '활용 어휘'라는 구분법에 공감하는 바가 커서 인용해 보았다. 당신이 영어 공부를 한다고 가정해 보자. '어휘' 공부를 하지 않고서 영어를 배울 수 있는 방법은 없다. 꽤 많은 시간과 노력을 투자하여 단어와 숙어를 머릿속에 집어넣어야 한다. 그러나 이때 막연히 '어휘는 무조건 많이 아는 게 장땡'이라고 22,000단어가 수록된 어휘집을 외우려고 덤벼들어서는 안 된다. 먼저 왜 영어 공부를 하려는 것인지 목적부터 분명히 해 두어야 한다. 예컨대 번역가가 되고 싶은 사람과 외국계 회사에 취직하고 싶은 사람이 필요한 어휘에는 분명한 차이가 있다. 여러 차이점이 있겠지만, '이해 어휘'와 '활용 어휘'의 차이도 그중 하나이다.

번역가는 일단 '이해 어휘' 확보가 더 중요하다고 할 수 있다. 반면에

'활용 어휘'는 상대적으로 덜 중요하다. 사실상 거의 필요 없다. 다시 말해 영어 사용자를 만나 입도 뻥긋하지 못해도 괜찮다는 말이다. 영어 작문을 못해도 된다. 영어를 읽고 '이해'만 할 수 있으면 된다. 그에게 영어는 '이해 어휘'로도 충분하며, '활용 어휘'가 절실한 쪽은 되레 한국어다. 따라서 번역가 지망생은 이러한 측면을 고려하여 공부해야 한다. 영어 '활용 어휘'나 한국어 '이해 어휘'를 중심으로 공부하는 것은 효율적이지 않다. 그렇다면 외국계 회사에 취업하고자 하는 사람은? 당연히 그에게는 번역가 수준의 '이해 어휘'는 필요 없다. 바이어를 만나 자신 있게 '토킹 어바웃' 할 수 있는 '활용 어휘'가 더 요구된다.

우리말 어휘를 따로 공부하고자 하는 사람들에게도 같은 조언이 가능하다. 한국어를 외국어처럼 생각하고 접근할 필요가 있다. 목적에 걸맞은 학습법으로 공부해야 한다. 예컨대 '독서가'와 '작가 지망생'에게 필요한 어휘의 특성은 분명히 다르다. 독서가에게 '활용 어휘'는 큰 의미가 없다. 그저 읽고 즐기는 차원이라면 '이해 어휘'의 양을 늘리는 것으로 충분하다. 책을 읽다가 '자본주의'라는 말이 나왔다 치자. 대다수의 사람들은 이 단어를 접해도 따로 사전을 찾아보지는 않는다. 그 뜻을 '대충' 알고 있기 때문이다. 정말 궁금하면 사전을 찾아서 한 번 읽어 보고 '이해'만 하고 넘어가는 정도다. "자본주의가 뭐예요?" 하고 누가 물으면 "자본주의가 자본주의지." 하고 얼버무리게 되지만, 그 뜻을 아주 모르지는 않는다. 독서를 즐기고 싶은 차원이라면 '이해 어휘'의 양만 늘려 나가도 된다.

그러나 작가 지망생은 '이해 어휘'의 양만 늘려서는 안 된다. '활용 어휘'의 양이 늘어나지 않으면 필력도 늘지 않는다. 머릿속에 든 것은 많지만 그러한 지식을 바탕으로 글을 써 보라고 하면 쩔쩔매는 사람이 많다. 남이 써 놓은 글을 읽고 이해하는 데 필요한 어휘력과 내 글을 쓰는데 필요한 어휘력에는 그만큼 차이가 많다. 작가 지망생인 당신이 글쓰기에 어려움을 느끼는 것도 '활용 어휘'가 부족하기 때문이다. '이해 어휘'는 이미 충분히 가지고 있다. 그동안 글쓰기에 도움이 되겠거니 생각하며 막연하게 '다독'을 해 왔던 사람들이라면 오늘부터라도 독서의 방법을 바꿔야 한다. 목적에 맞는 독서를 하라는 말이다. 그렇다면 당신의 목적은? 그렇다. '활용 어휘'를 늘리는 데 초점을 맞춰서 책을 읽어야 한다! 목표만 확고하면 방법론에 대해서는 금방 답이 나온다.

어떤 작가가 "문장 공부를 하려면 사전을 여러 번 완독해야 한다."라고 주장했다 치자. 당신은 이 조언을 따를 것인가? 나는 거부할 것이다. '이해 어휘'와 '활용 어휘'의 차이점을 이해한다면 그의 말은 적절치 않다는 게 금세 드러난다. 물론 읽는 게 안 읽는 것보다는 낫다. 하지만 그에 따른 시간 낭비도 엄청날 터이다. 당신이 앞으로 평생 쓰게 될 단어의 수는 사전에 들어 있는 단어의 백분의 일도 되지 않는다. 그러니 사전은 의미를 모르거나 헷갈리는 단어를 확인할 때에만 찾아보라. 매일 몇 쪽씩 꼬박꼬박 읽어 보겠다는 생각은 버려라. '걸어 다니는 사전'이 된다고 해서 제대로 된 글을 쓰게 되는 건 아니다. '잡학 박사' 소리는 들을 수 있겠지만.

당신은 (사전이 아니라) 다른 작가들이 쓴 글을 꼼꼼하게 읽어야 한다. 소설책이나 주간지 칼럼 하나를 읽어도 단어 한 개 문장 한 줄 곱씹으면서 읽어라. 매번 그렇게 하기 힘들면, 좋아하는 책을 한 권 정해서 그 책을 읽을 때만은 온 신경을 집중해서 읽어라. 진도를 많이 나가는 건 중요하지 않다. 30분 동안 딱 열 페이지만 읽는 거다. 그냥 읽지만 말고 옆에 펜과 노트를 준비해라. 지금 당신의 목적은 읽기가 아니다. 그 열 페이지 안에서 당신에게 필요한 단어를 채집하는 게 주목적이다. 마음에 드는 단어와 어구를 골라 노트에 옮겨 적어라. 기왕이면 단순히 옮겨 적지만 말고, 그 단어나 어구를 이용해 예문을 만들어 보는 것도 좋다. 그래야 기억에 오래 남으니까. 이런 식으로 가능하면 매일 30분쯤 투자해서 '나만의 어휘 사전'을 만들어라.

이 '사전'을 만들 때 정말로 유의해야 할 점이 있다. 이 노트에는 당신이 직접 써먹을 수 있는 '활용 어휘'만 담으라는 것이다! 처음에 '사전'을 만든다고 하면 과욕이 앞서서 이것저것 집어넣고 싶은 게 사람의 심리다. 절대로 그래선 안 된다. 지금 하고 있는 작업의 근본적인 목적을 잊지 마라. 당신은 글에서 실제로 써먹을 수 있는 '활용 어휘'를 골라내는 중이다. '이해 어휘' 차원으로 확장하지 마라. 사람마다 잘 쓰지 않는 단어들이 있다. 뜻은 알고 있지만 막상 쓰기가 꺼려지는 단어들 말이다. 예컨대 나는 '진정성'이라는 단어를 쓰지 않는다. 단어의 뜻은 물론 알고 있다. 다시 말해 나의 '이해 어휘'이기는 하나 '활용 어휘'는 아니다. 따라서 '진정성'이라는 단어를 내 노트에 옮겨 적을 필요는 없다.

예를 더 들자면, '처연하다'라는 단어가 있다. 언제부턴가 글쟁이들 사이에서 이 단어가 유행어처럼 쓰이고 있는데, 나는 이 단어만 들으면 닭살이 돋는다. 내 정서와 잘 맞지 않는다. '핍진하다'라는 단어도 마찬가지다. 나는 처음에 '핍진'이라는 말이 영어인 줄 알았다. 알고 보니 한자어였다. 사전을 찾으면 '핍진'이라는 단어가 몇 개 나온다. 그중 '대상을 그려 낼 때 실제에 아주 근접하게 재현해 내다'라는 의미의 '핍진'을 요즘 글쟁이들이 종종 쓴다. "그의 글은 조선 시대 사대부들의 삶을 핍진하게 그려 내고 있다."처럼 쓰는 모양이다. 아무튼 이 '핍진하다'라는 단어도 나의 '이해 어휘'는 될 수 있을지언정 '활용 어휘'는 될 수 없다. 이와 같은 단어들은 내 노트에 들어올 자격이 없다.

이 정도면 어휘를 익히는 방법에 대해서 어느 정도 설명되었을 것이다. 내가 권하는 방법을 꼭 따를 필요는 없다. 당신 자신에게 적합한 방법론은 따로 있을 수 있다. 다만 내 이야기의 본질만 놓치지 않았으면 한다. '이해 어휘'가 아니라 '활용 어휘'를 중심으로 공부하라는 것! 한 마디만 더 하자면, '활용 어휘'가 점점 늘어날수록 단어를 선택할 때 절제력을 더 갖추어야 한다. 괜스레 멋 부린 표현을 남발하여 독자들의 비웃음을 사는 일은 없도록 하라. 당신이 '활용 어휘'를 늘려야 하는 이유는 오직 하나다. 그 상황에 가장 잘 들어맞는 하나의 표현을 찾기 위해서다. 플로베르가 말한 '일물일어설(一物一語說)'의 원리를 실천하기 위해서다.

부

공든 탑은 무너지지 않는다

사소한 실수는 사소하지 않다

서양 문학 비평가들은 걸핏하면 "톨스토이인가 도스토예프스키인가?" 하는 질문을 자주 던진다. 한쪽에서는 레프 톨스토이에게 손을 들고, 다른 한쪽에서는 표도르 도스토예프스키에게 손을 든다. 19세기 러시아 문학의 최고봉이라고 할 이 두 작가를 두고 누가 더 위대한지를 따지는 것은 마치 도토리 키를 재는 것과 같아서 한낱 부질없는 일인지도 모른다.

어느 영문학자가 쓴 책의 일부분이다. 이 단락을 읽어 본 소감이 어떤가? 어딘가 좀 이상하지 않은가? 그렇다! 저자는 "도토리 키를 재는 것"이라는 적절치 못한 비유를 씀으로써 두 작가에게 큰 결례를 저지르고 말았다. 존경의 뜻을 나타내려다 되레 대상을 깎아내리고 만 것이다. 처음에 나는 저자가 잠시 착각해서 그랬던 것이려니 하고 웃어넘겼다. 그런데 이 저자가 쓴 다른 책을 읽다가 또다시 '도토리'를 발견했다.

"톨스토이인가, 도스토예프스키인가?" 하는 물음에 대하여 답하기란 쉽지 않다. '도토리 키 재기'라는 말처럼 두 사람 모두 만만한 작가가 아니기 때문이다.

두 번이나 같은 실수를 보게 되니, 이 저자는 '도토리 키 재기'의 뜻을 전혀 모르는 것이라고 확신하게 되었다. 초등학생도 하지 않는 실수를 명색이 영문학자가 저지르고 있다는 데 생각이 미치자, 나는 이 저자에 대해 다소 삐딱한 시선을 가질 수밖에 없게 되었다. '영문학자는 우리말을 잘 몰라도 돼? 우리말 공부부터 좀 하시지.' 하고 심사가 뒤틀리는 것이다. 이렇게 한번 생긴 선입견은 좀체 머릿속에서 지워지지 않는다. 나는 지금도 이 저자의 이름만 들으면 자동으로 '도토리'부터 떠오른다. 뭐 그런 사소한 실수 가지고 유난을 떠느냐고 말할 사람도 있을 법하다. 그러나 사소한 실수는 사소하지 않다! 일상에서 겪었던 기억을 떠올려 보라. 아무리 핸섬한 남자라도 양쪽 콧구멍에서 삐져나온 코털을 보고 나면 어떻던가? 그 후로는 잘생긴 얼굴도 눈에 들어오지 않는다. 글쓰기에서 사소한 실수는 더욱더 사소하지 않다. 일상에서 저지른 사소한 실수는 비교할 바가 못 된다.

소설 쓰기는 지극히 정밀한 노동이어서, 단어 하나하나에 신경 쓰기를 게을리 하면 안 된다. 낱단어 하나하나가 벽을 올리고 담을 쌓는 데 필요한 벽돌이다. 몇 장의 벽돌을 빼놓으면 담이 무너진다. 마찬가지로, 단어 하나를 소홀히 하면 담 전체를 소홀히 하는 셈이다. 하나의 낱단어를 소홀히 하면, 그래서 모든 단어를 소홀히 하는 셈이다.

하얀 한복에 김칫국물 한 방울이 떨어지면, 사람들은 김칫국물 한 방울이 더럽다 하지 않고 한복이 지저분하다고 말한다. 그까짓 얼룩 그냥 못 본 체하면 안 되느냐고 사람들에게 요구하면 안 된다. 사람들은 한복을 보지 않고 얼룩만 보기가 쉽기 때문이다.

어딘가 허술한 결점이 생기더라도 독자들이 안 보고 넘어가 줬으면 좋겠는데, 사람들의 눈에는 얼룩부터 보이고, 그래서 독자는 흠집만 골라서 보는 듯하다. 그까짓 작은 결함들쯤은 소홀히 하는 사람을 옛날에는 대범하다고 존경했다. 하지만 정밀한 과학이 지배하는 요즈음 세상에서는 빈틈없고 꼼꼼한 작은 구석들이 승부를 결정짓는다.(안정효, 『안정효의 글쓰기 만보』, 모멘토, 2006, 34쪽)

소설가이자 번역가인 안정효의 말이다. 옷을 더럽히는 데 많은 "김칫국물"이 필요한 것은 아니다. 더욱이 그 옷이 "하얀 한복"이라면 한 방울만 떨어져도 꽤 지저분해 보인다. 이런 상황을 '글'에 빗대어 생각해 보자. "하얀 한복"이란 완성도가 높은 글을 말한다. 작가라면 누구나 흠이 없는 "하얀 한복"과 같은 글을 쓰길 원한다. 여기에서 역설이 발생한다. 글의 수준이 높아질수록 완벽에 대한 독자의 기대치도 함께 높아지게 된다. 독자는 같은 실수를 해도 'B급 작가'에겐 비교적 너그러운 반면, 'A급 작가'에겐 적잖은 실망을 느끼게 된다. 작가로서는 이런 독자들의 반응이 부당하다고 느낄 수도 있다. 그러나 이런 '기대치'의 차등은 사회의 어느 분야에서나 있는 일이다. 작가의 세계에서만 유난히 가혹하게 적용되는 것은 아니란 말이다. 따라서 'A급 작가'가 되기 위해선('A급'이니 'B급'이니 하는 표현이 좀 거슬리지만 어쨌든) '사소한 실수'를 결코 사소하게 생각해선 안 된다.

"가장 좋은 것은 조금씩 찾아온다. 작은 구멍으로도 햇빛을 볼 수 있다. 사람들은 커다란 바위에 걸려 넘어지지 않는다. 사람들을 넘어뜨리는 건 오히려 작은 조약돌 같은 것이다. 오랫동안 내 좌우명이 되어온 말은 '작은 일일수록 더없이 중요한 일이다'라는 것이다."(안상헌, 『내 삶을 만들어준 명언노트』, 랜덤하우스코리아, 2005, 224쪽)

추리 작가 코넌 도일의 말이라고 한다. 비유가 인상적이다. 그의 말처럼 사람을 넘어뜨리는 건 '바위'가 아니라 '조약돌'이다. 바위는 눈에 잘 띄기 때문에 보이면 쉽게 피할 수 있다. 하지만 조약돌은 그렇지 않다. 아차 하는 순간 걸려 넘어져 무릎이 깨진다. 이런 얘기는 인생을 살아가는 데에도 중요한 조언이지만, 작가 지망생인 당신에게는 더없이 절실한 충고다. '도토리' 한 개 정도는 그래도 봐줄 만하다. 그러나 '도토리' 두 개는 곤란하다. 축구에서는 옐로카드 두 장이면 곧바로 퇴장이다.

언어에도 불량품이 있다

'워피안(Whorfian)의 법칙'이란 우리가 사용하는 언어가 우리의 사고(思考)에 영향을 줄 수 있다고 설명하는 이론입니다. 이 이론은 우리가 쓰고 있는 언어가 우리의 인식 속에서 나오는 것이기도 하지만, 반대로 우리의 언어가 우리의 인식에 영향을 줄 수 있다고 설명합니다. 즉, 곱고 바른 말을 써야 곱고 바른 생각을 할 수 있다고 설명하는 것이지요. 예컨대, '숏다리(다리 짧은 사람), 얼큰이(얼굴이 큰 사람)'처럼 서양 사람들의 외모를 기준으로 만들어진 단어들은 우리의 인식에 커다란 영향을 주어서 처음 만나는 사람의 외모를 판단할 때 그 기준으로 작용하기도 합니다. 그래서 다리가 짧거나 얼굴이 큰 사람은 매력적인 사람으로 인식되기 어려운 지경이 되었습니다.(나임윤경, 『여자의 탄생』, 웅진지식하우스, 2005, 84쪽)

사람들은 대개 언어를 사고의 표현 수단으로만 여긴다. 반대로 언어가 사고에 지대한 영향을 끼친다는 사실은 잘 느끼지 못한다. 사고와 언어는 일방적인 관계가 아니다. '워피안의 법칙'이 바로 그러한 점을 말하고 있다. "우리의 언어가 우리의 인식에 영향을 줄 수 있다"는 것이다. 바른 생각을 해야 바른 말을 쓸 수 있지만, 그 바른 생각은 먼저 바른 말을 써야만 가능하다. 처음에는 누군가가 농담 삼아 '숏다리'니 '얼큰이'니 하는 표현을 생각해 냈을 것이다. 그런데 그 말이 우리 사회에 유통되면서 언제부턴가 거꾸로 그 표현이 우리의 사고를 지배하게 되었다. 이제 '숏다리'나 '얼큰이'는 중요한 미적 판단 기준으로서 우리의 인식 속에 깊이 뿌리내렸다. 그 결과 요즘은 "다리가 짧거나 얼굴이 큰 사람은 매력적인 사람으로 인식되기 어려운 지경"에 이르렀다.

우리가 일상에서 무심코 내뱉는 말에는 많은 폭력이 들어 있다. 욕설만이 폭력은 아니다. 욕설처럼 대놓고 저지르는 언어 폭력은 오히려 덜 위험하다. '숏다리'니 '얼큰이'니 같은 장난스러운 말이 누군가에게는 더 심한 비수가 된다. 차라리 상소리를 들었다면 대거리라도 할 텐데, 상대가 웃으면서 '숏다리'라고 놀리면 거기다 대고 화를 낼 수도 없기 때문이다. 당하는 사람 입장에선 '개새끼'보다는 '숏다리'가 더 스트레스다. 혈액형과 관련된 속설도 마찬가지다. 'A형은 소심하다'라든지 'B형은 사이코다'와 같은 말들도 처음엔 장난처럼 시작되었다. 그러나 이제는 '장난이 아닌' 말이 되어 버렸다. 요즘에는 입사 시험에까지 영향을 줄 정도로 폭력적인 언어가 되어 버렸다.

탁구에는 에지볼(edge ball)이라는 것이 있다. 탁구대 끝모서리를 살짝 스치며 불규칙하게 떨어지는 공을 가리킨다. 에지볼은 노린다고 해서 칠 수 있는 공이 아니다. 이런 공은 대개 예상 밖으로 튕겨나가기 때문에 받아쳐내기가 거의 불가능하다. 그런 에지볼을 가리켜 학교의 아이들은 '조선커트'라고 불렀다. 상대의 스매싱을 받아치지 못했을 때에도 "야아, 치사하게, 조선커트잖아"라고 하거나 "자아, 내 공 한번 받아 보라구. 이번엔 조선커트로 간다"라고 하면서.

이렇듯 '조선'은 만사가 공정하지 못한 것, 조잡한 것, 어딘지 뒤끝이 씁쓸한

것, 볼썽사나운 그 무엇을 가리키는 대명사였다.(서경식, 이목 옮김, 『소년의 눈물』,

돌베개, 2004, 187쪽)

재일 조선인 2세 서경식의 어릴 적 일화 한 토막이다. "조선커트"라
니! 조선(한국)인으로서 그런 말을 듣는 기분이 어떤가? 당연히 좋지 않
을 것이다. 당신이 그 폭력적인 언어의 피해자 무리에 포함되기 때문이
다. 대부분의 사람들은 자기가 피해를 당해야 비로소 언어 폭력에 대한
문제의식이 생긴다. 당신이 일본인이라면 그 말을 그다지 민감하게 받
아들이지 않을 것이다. 역지사지해 보라. 우리가 흔히 쓰는 '중국산'이
라는 표현과 일본인들의 '조선커트'는 전혀 다를 바 없다. 요즘 텔레비
전에서 이런 장면을 자주 본다. 한 출연자가 어떤 옷이 맘에 들어 입어
보고는, 디자인도 훌륭하고 착용감도 좋은 게 이탈리아 명품 같다고 침
이 마르도록 칭찬한다. 그런데 다른 출연자가 슬쩍 옷의 상표를 들춰 보
니 'MADE IN CHINA'다. 그러면서 하는 말. "에이, 이거 중국산이잖
아." 이탈리아 명품 같다고 치켜세웠던 사람은 난처한 얼굴로 민망해하
고, 그 모습을 지켜보는 주위 사람들은 배꼽을 잡는다.
    작가 지망생인 당신은 이런 장면을 보고 그냥 웃어넘겨선 안 된다.
문제의식을 느끼고 마음이 불편해져야 한다. 민감한 언어 감수성은 작
가로서 중요한 덕목이다. 아니, 차라리 '의무'라고 말하고 싶다. 작가는
단순히 글을 쓰는 사람이 아니다. 글을 지키는 사람이기도 하다. 당신은
한국어의 소비자이자 생산자이다. 그 두 가지의 마음을 모두 가지고 글
쓰기에 임해야 한다. 소비자로서 당신은 언어를 과소비해서는 안 된다.

언어는 검소하게 사용해야 한다. '얼큰이'나 '숏다리' 또는 '중국산'과 같은 불필요한 말은 되도록 쓰지 마라. 당신이 쓰지 않아야 그런 품목들이 시장에서 사라진다. 그리고 생산자로서 당신은 불량품인 언어를 만들어 내는 데 끼어들어서는 안 된다. 재미를 위해 'B형은 사이코다'와 같은 근거 없는 말을 제조하거나 유통하는 데 동참하지 말라는 것이다.

선무당이 사람 잡는다

'민주주의의 반대말은?' 한국에 살고 있는 사람 대부분은 이 질문을 받았을 때 거의 망설이지 않고 '공산주의'라고 대답한다. 제도권의 윤리교육이 탄탄한 기반을 다져준 데다 계속되는 언론의 세뇌, 그리고 정치권의 음산한 흑색선전이 단단히 효과를 보고 있다는 증거다. 위의 질문의 정답은 '독재 또는 전체주의'다.(강유원, 『몸으로 하는 공부』, 여름언덕, 2005, 105쪽)

길거리에 나가서 사람들에게 '민주주의'의 반대말이 무엇인지 한번 물어보라. 십중팔구는 '공산주의'라고 대답할 것이다. 그러나 두 단어는 전혀 다른 범주에 속한다. 민주주의는 '정치적 의사 결정 방식'과 관계된 말이고, 공산주의는 '경제 체제'와 관계된 말이다. 범주가 다른 두 단어는 반대말이 될 수 없다. 결론적으로 말해서, 민주주의의 반대말은 '독재 또는 전체주의'이고, 공산주의는 '자본주의'의 반대말이다(관점에 따라서는 좀 더 세밀한 구분도 가능하겠지만 적어도 틀렸다고 말할 수는 없다). 이처럼 하나의 '개념어'를 잘못 사용하면 문자 그대로 '개념 없는' 말을 하게 될 수도 있다. 따라서 '개념 있게' 말하고 싶으면 일단 자신이 쓰고 있는 용어의 개념부터 정확히 파악해야 한다.

작년인가, TV강의로 유명한 어떤 동양 철학자가 한 인터뷰에서 "공동체의 조화를 중요시하는 동양과는 달리, 서양은 개인주의가 발달해서 타인을 인정하지 않을 뿐 아니라, 타인의 권리를 무시하게 된다."고 하는 말을 들었다.

그런데 이런 판단이 틀렸다는 것은 개인주의라는 말의 개념을 살펴보면 곧 알 수 있다. 이런 오해는 흔히 그렇듯이 개인주의와 이기주의를 착각하는 데 서 발생한다. 복잡한 설명과 여러 가지 예를 들면서도 그 차이를 제대로 보 여주지 못하는 경우가 많은데, 사실 말의 개념을 보면 금방 알 수 있다.

개인주의(individualism)는 말 그대로 개인(individual)을 중시하는 입장이다. 반면에 이기주의(egoism)는 나(ego)를 중시하는 입장이다. 전자의 경우 개인 은 여럿이므로 모든 개인을 생각하고 행동하는 것이다. 반면 후자의 경우 '나' 라는 자기는 하나뿐이므로, 결국 자기 '만'을 생각하고 행동하는 것을 의미하 게 된다.(김용석, 『일상의 발견』, 푸른숲, 2002, 79~80쪽)

'개인주의'도 '공산주의'만큼이나 많은 사람이 '개념 없이' 쓰는 말 이다. 흔히들 자기 이익만 챙기는 사람에게 "그는 개인주의자야."라고 말하지만, 이것은 틀린 표현이다. "그는 이기주의자야."라고 해야 정확 하다. '개인주의'라는 단어는 옳고 그름에 대해서 객관적으로 가치 판단 을 내릴 수 없다. 판단하는 사람의 주관에 따라 좋은 의미도 될 수 있고 나쁜 의미도 될 수 있다. 그러나 '이기주의'라는 단어에는 누가 들어도 부정적인 느낌이 있다. 어떠한 상황에서든 '비난'의 의미로만 쓰이는 단 어이다. 이와 같은 '개인주의'와 '이기주의'의 개념을 혼동하면(위에서 언급된 '동양 철학자'처럼) 망신을 당하게 된다. 앞에서 예를 들었던 '도토 리'는 단순 착오라고 볼 수도 있겠지만, '개념어'를 틀린다는 것은 교양마저 의심받을 수 있는 치명적인 실수다. 어설프게 알고 있는 개념어는 꿈에서도 쓸 생각을 하지 마라. 어설프게 아는 것은 모르는 것이다.

적절한 말장난은 장난이 아니다

인생을 열심히 사는 것이 반드시 인생을 행복하게 사는 것이라고 말할 순 없다. 그리고 열심히 사는 것은 어쩌면 열심히 살고 있다는 착각일 뿐일지도 모른다는 생각도 든다. 인생을 너무 열심히 살지 말자. 아홉심히만 살자.

내가 쓴 「아홉심히」라는 글의 전문(全文)이다. 내 입으로 말하기는 쑥스럽지만, 나는 이 글이 마음에 든다. 나의 인생관이랄까 '개똥철학'이 함축된 글이기 때문이다. 게다가 적절하게 사용된 말장난이 내가 전하고 싶은 메시지를 더욱 효과적으로 드러내어 보여 주고 있어서 뿌듯하다. "너무 열심히 살지 말고 아홉심히만 살아라."라고 말하면 더는 설명을 덧붙이지 않아도 누구나 그 의미를 직관적으로 이해할 수 있다. 어디 그뿐인가. 글을 읽는 동안 피식 한 번 웃을 수도 있다. 독자의 얼굴에 미소가 번지는 모습을 상상해 보는 것처럼 필자에게 즐거운 일이 또 있겠는가. 이처럼 말장난을 적절히 쓰면 글에 신선한 재미를 불어넣을 수 있다. 따라서 가끔씩 말장난을 해 보는 것도 괜찮은 방법이다.

광화문 근처에 모임이 있어 오후에 지하철을 타고 나갔다. 맞은편 의자의 일곱 사람 중 네 사람의 손에 휴대폰이 들려 있다. 무언가 화급한 연락을 기다리는 사람들 같다. 때 없이 올리는 벨소리, 큰 소리로 통

159

화하는 말소리로 하여 지하철 안은 늘 시끄럽다. 휴대폰 공화국 대한민국이 목하 '지금은 통화 중'이시다. 문자도 보내고, 사진도 찍고, 게임도 하고, 은행 일도 보니 친구요, 비서요, 마법사가 따로 없다. 폰(phone)에 죽고 폰에 사니 폰생폰사족이라 할까.(최민자, 『꼬리를 꿈꾸다』, 문학사상사, 2006, 176쪽)

이 단락에서 마지막 문장이 빠진다고 생각해 보라. 얼마나 싱거운가. 마지막에 '말장난'으로 간을 맞췄기 때문에 맛있는 하나의 단락으로 완성된 것이다. 사실 이 단락의 주인공은 '폰생폰사'라는 단어 자체다. 작가는 머릿속에 '폰생폰사'라는 단어가 떠올랐고, 말장난의 재미를 독자와 나누고 싶어서 이 글을 썼을 것이다. 이처럼 재미있는 말장난은 그 자체가 하나의 글감이 되기도 한다. 그렇다고 말장난을 남용해서는 곤란하다. 과욕은 화를 부르는 법이다. 말장난의 철칙은 '넘치느니 모자라는 게 낫다'는 것이다. 당신은 개그맨이 아니다. 큰 웃음에 대한 부담을 가질 필요는 없다. 그저 미소 정도면 족하다. 물론 '재미'와 함께 '의미'도 담겨 있으면 더 좋겠다. 다음의 예처럼 말이다.

불행히도 우리 대학에는 '프로페서(Professor)'들만 있는 것이 아니다. 전문 지식조차도 갖추지 못한 아마추어 교수인 '아마페서(Amafessor)'와 TV에 자주 출현해 대중적 인기를 얻어 스타라도 되어보려고 주책 떠는 '텔레페서(Telefessor)'들이 있는가 하면, 권력 지향적인 정치 교수들인 '폴리페서(Polifessor)'도 있다. 아마페서, 텔레페서는 내가 만들어낸 말이다. 아무튼 이 사이비 교수들의 공통점은 학문에는 진정한

160

뜻이 없으면서 교수직을 이용해 교내외에서 신분 과시와 권력 행사에 재미를 느낀다는 데 있다. 특히 권력 지향적인 교수들의 문제는 정·관계 진출을 바라는 그들의 탐욕성보다는 학문의 장을 망치는 그 사기성에 있다.(현택수, 『그래도 나는 벗기고 싶다』, 해냄, 1999, 23쪽)

상식은 상식일 뿐이다

무엇보다 내가 생각하는 시장의 가장 큰 '장점'은 주차장 시설이 아주 '불편'하다는 것이다. 역설적이지만 정말 그렇다. 덕분에 차를 가져갈 수 없다. 차가 없으니 두 손에 들고 갈 수 있을 정도의 물건만 사게 된다. 딱 그만큼, 먹을 만큼만 말이다. 이게 사람을 얼마나 건강하게 만드는지 모른다. 나는 과일을 냉장고에 넣어 먹지 않는다. 시장에 다니면서부터는 채소도 냉장고에 넣지 않는다. 뭐든 싱싱한 것을 그날 먹을 만큼만 사기 때문이다.(백영옥, 『마놀로 블라닉 신고 산책하기』, 예담, 2007, 68쪽)

소설가 백영옥의 말이다. 남들은 주차 시설이 불편해서 재래시장에 가길 꺼리는데, 그녀는 오히려 그 점이 좋아서 재래시장에 자주 간다고 한다. 차를 두고 가면 그 "덕분에" 과소비를 하지 않게 되고, 채소와 과일도 싱싱한 상태로(딱 그날 먹을 만큼만 사니까) 먹을 수 있다는 것이다. 재래시장에 다니는 것은 분명 불편한 일이지만, 자신은 그 불편함을 오히려 장점으로 여긴다고 말한다. 물론 실생활에서 불편함을 '장점'으로 받아들이는 사람은 거의 없다. 대개의 직장인은 날마다 장을 보러 다닐 시간이 없기 때문에 차를 가지고 대형 마트에 가서 한꺼번에 많은 물건을 살 수밖에 없다.

그렇다고 그녀의 말에 정색하고 반론(?)을 제기할 사람은 아마 없을 것이다. 하고자 하는 말의 진의가 무엇인지 이해하니까. 요컨대 관성적

162

인 편리함에 길들여진 현대인들에게 '조금만 불편함을 감수하면 색다른 행복을 느낄 수 있다'고 말하고 있다. 이에 공감하지 않는 사람은 드물 것이다. 사느라 바빠서 미처 생각을 못했을 뿐이지, 누군가 옆에서 이런 얘기를 해 주면 대부분 고개를 끄덕이며 동의한다. 작가가 써야 하는 게 바로 이런 글이다. 남들은 미처 생각하지 못한, 세상을 보는 다른 관점을 제시해야 한다. 남들도 이미 다 느끼고 있는 부분은 굳이 말할 필요가 없다. 그런 글을 읽고 신선함을 느낄 독자는 없다.

예를 들어 보자. 부모에게 효도하라. 이 말은 우리에게 하나의 상식이다. 따라서 이러한 주제를 가지고 글을 쓰면 당연히 '상식적인' 글이 나올 수밖에 없다. 물론 상식적인 주제를 가지고 쓴 훌륭한 글도 많다. 문제는 너무 많다는 것이다. 지금까지는 '부모에게 효도하라' 같은 주제로 글을 써도 독자에게 충분히 먹혀들었다. 이제는 아니다. 색다른 관점을 제시하지 않으면 독자는 거들떠보지도 않는다. 상식 확인의 차원에서 글을 읽을 만큼 요즘 독자들은 인내심이 많지 않다. 남들과 다르게 생각해야 한다. 물론 무조건 다르기만 해서도 안 된다. 독자의 공감을 끌어낼 수 있어야 한다. 부모에게 효도하지 마라. 이런 주제로 글을 쓰면 일단 독자의 관심은 모을 수 있다. 그러나 글에 설득력이 없으면 결국 사기꾼(요샛말로 바꾸면 '낚시꾼')밖에 되지 않는다.

극소수만이 할 수 있는 생각을 가지고 대다수가 공감할 수 있도록 글로 풀어내는 것이 가장 이상적인 형태다. 물론 쉽지 않다. 쉽지 않으니까 그런 글에 사람들이 더 높은 점수를 주는 것이다. 상식을 상식으로 받아들이지 마라. 당연한 걸 당연하게 받아들이지 마라. 익숙한 걸 익숙하게 받아들이지 마라. 남들의 생각을 내 생각으로 받아들이지 마라. 그렇게 쓴 글이라야만 읽을 만한 가치가 있다. 다음의 예문이 그런 경우다. 지금껏 많은 글을 읽어 왔지만, 이런 주장을 하는 글은 처음 본다. 일단 주제 면에서 보면 무척 신선하다. '극소수'만이 할 수 있는 주장이다. 그리고 어느 정도 설득력도 있어 보인다. '대다수'의 공감을 끌어내기는 힘들겠지만, 정색하고 듣지만 않는다면 '대체로' 이해할 만하다. 10년 전의 글이란 것도 감안하고 읽어 보길.

하루는 오전이 길고 오후가 짧다. 밤만 해도 초저녁이 더디고 자정이 넘으면 금방 지나간다. 시계가 재는 시간의 길이는 같아도 체감상의 길이는 다르다. 사람의 한평생도 마찬가지다. 젊은 시절의 세월은 만보(漫步)하고 노년으로 갈수록 구보(驅步)한다. 어떤 학자의 연구로는 인생의 정오는 25세라고 한다.

25세라면 학교에서 대학까지의 정규교육을 갓 마쳤을 나이다. 이때 벌써 인생의 절반이 지난 것이다. 나머지 후반의 인생을 위해 전반의 학교생활이 그냥 준비기간일 수 없다. 학교에서의 영웅은 당당한 인생의 승리자다. 우등생은 인생의 성공자다. 반드시 학업성적이 아니라도 좋다. 운동선수로 인기가 있어도 좋고 예능에 뛰어나 이름을 날려도 좋다. 그 싱그러운 이름이 어찌 사회적 명성보다 덜 빛난다 할 것인가?

나는 사회에서 받은 어떤 상보다도 학교에서 받은 우등상이 더 자랑스럽다. 학교의 우등생은 사회의 열등생이라지만, 나는 사회의 열등생이 되더라도 학교의 우등생이고 싶다. 사회에서 실패했더라도 학교에서의 성공은 이미 인생의 절반이 성공한 것이요, 그 성공한 전반의 인생은 실패한 후반의 인생보다 더 푸르고 밝고 건강한 오전의 인생이다. 누구에게나 일생 중 가장 아름다웠던 것은 학창시절이다.(김성우, 『돌아가는 배』, 삶과꿈, 1999, 95~96쪽)

열 마디 말보다 한 마디 비유

서울에서 부산까지 연료비 하나도 안 드는 기차를 구상한 적이 있다. 그 열차의 머리는 서울역에 있고, 꼬리는 부산역에 닿는 긴 기차를 만들어놓는 것이다. 당신이 서울에서 부산에 가고 싶다면, 서울에 난 앞문으로 올라서 부산으로 난 뒷문으로 내리기만 하면 되는 것이다. 아무 데도 가지 않았는데 모든 곳에 닿아 있는 그 기차처럼, 독서는 한 발짝도 움직이지 않고도 천하를 여행하게 해준다.(반칠환, 『책, 세상을 훔치다』, 평단문화사, 2006, 17쪽)

시인이자 동화 작가인 반칠환의 말이다. 독서에 관해서 내가 들은 비유 중에 가장 근사하다. 게다가 유머도 있다. 궤변이면서 궤변이 아니다. 단순하면서 단순하지 않다. 그저 비유가 아니라 한 편의 시라고 해도 될 정도다. 요컨대 10점 만점에 10점짜리 비유다. 이처럼 하나의 적확한 비유는 열 마디의 말보다 더 강력한 메시지 전달력을 가지고 있다. 당신도 비유를 잘 쓰는 작가가 되기 위해 노력해야 한다. 그런데 비유를 잘 쓰려면 어떻게 해야 할까? 가장 기본적인 방법은 다른 작가들이 쓴 비유들을 모아서 따로 노트를 만드는 것이다. 일부러 시간을 내어 수집할 필요는 없다. 책을 읽다가 마음에 드는 비유를 만나면 포스트잇을 붙여 놓았다가 나중에 노트에 옮겨 적으면 된다. 위에서 인용한 글도 그렇게 메모해 둔 것이다. 말이 나온 김에 노트에 있는 것 중에 몇 개 더 소개한다.

생선을 맛나게 먹고 나서 느끼는 당혹감이 있다. 정말 맛있다고 공치사하면서 얌얌쩝쩝 먹어 댔는데, 그래서겠지만 입안에는 여전히 그 맛의 여운이 가득 남아 있는데, 접시에는 앙상한 뼈대와 가시만 남아 있게 마련이다. 다 발라진 생선의 처참한 몰골과 그 생선이 준 탐식의 즐거움과는 어딘지 모르게 대응관계가 성립하지 않는다. 잘 씌어진 소설을 읽고 나서 그것을 남에게 말할 때도 비슷한 감정이 든다. 얼마나 좋은 소설인지, 내가 그 소설에서 얼마나 큰 감동을 받았는지 떠벌이다 보면, 풍성했던 육질은 생략되고 고작 앙상한 뼈대만 남게 된다. 다른 말로 한다면, 아름드리나무의 줄기를 말했을 뿐이지, 그 나무를 풍성하게 치장하고 있는 무성한 잎과 화려한 장식품으로서 꽃에 대해서는 아무 말도 하지 못한 꼴이다.(이권우, 『각주와 이크의 책읽기』, 한국출판마케팅연구소, 2003, 197쪽)

친구들과 식당에서 저녁을 먹을 때 최소한 만 원짜리 서너 장 정도를 갖고 있지 않았다가는 뜻밖에 낭패—요즘은 물가가 하도 올라서 십만 원짜리 수표도 제 구실을 못하더군요—를 보는 수가 있습니다. 아마 저뿐만 아니라 누구나 이런 아찔한 경험을 갖고 계실 것입니다. 비상금에 얽힌 쓰라린 추억 또는 에피소드라고나 할까요. 아무튼 비상금은 갖고 있지 않으면 안 됩니다. 그러나 거꾸로 나는 만 원짜리 몇 장을 갖고 있다고 말하면 십중팔구는 바보 취급을 받게 됩니다. 만 원짜리는 갖고 있지 않아도 창피를 당하지만 그렇다고 뽐내듯이 보여준다고 해도 창피를 면할 수 없는 것입니다. 이제 아셨지요. 상식도 이와 같아서 갖고 있지 않아도 창피를 당하지만 뽐내듯이 보여줘도 창피를 당하는 것입니다.(고재석, 『좋은 글을 쓰는 34가지

⬛️   글 힘을 돋워야 말 힘이 커지고 고객을 꼬실 수 있다. 사자는 '토깽이' 한 마리를 잡는 데도 '졸라' 뛴다. 자기 힘의 80퍼센트만 써도 토끼 한 마리 정도는 잡을 수 있지 않을까? 이렇게 생각하면 오산이다. 사자는 늘 온 정력을 다 쏟는다. 그래도 많이 놓친다. 퍼거슨 영감님이 추구하는 노동자 축구 스타일을 보라. 선수들 열라 뛴다. 뼛 빠지게 안 뛰는 선수들은 다음 경기에 내보내지 않는다. 대도시에서 자라는 소나무엔 산에서 자라는 소나무보다 솔방울이 훨씬 많이 달린다. 덜 오염된 곳에서 자라는 소나무에 비해 종족번식이 훨씬 어렵기 때문이다. 대도시 소나무는 멸종하지 않기 위해 기를 쓴다. 최선을 다하지 않으면 정체되는 게 아니라 도태된다.(이강룡, 『김 대리를 위한 글쓰기 멘토링』, 뿌리와이파리, 2007, 137쪽)

⬛️   동성애자 입장에서는, 남자가 늑대이고 여자가 여우라면 늑대는 늑대끼리 여우는 여우끼리 섹스 하는 게 정상이잖아요. (청중 웃음) 늑대하고 여우하고 섹스를 하다니, 이거 너무 징그럽고 하늘의 섭리를 거역하는 거 아닙니까. 그런데 늑대하고 여우하고 섹스 하면 거기서 누가 나와요? 이상한 애가, 토끼가 나오잖아요. (청중 웃음) 토끼하고 여우하고 늑대하고 한집에 사니까 폭력이 일어나죠. 늑대가 토끼를 잡아먹든가 그러겠죠. 그런데 이렇게 늑대, 토끼, 여우가 같이 사는 집을 우리는 또 비둘기 가족이라고 그래요. (청중 웃음) 동성애자의 시각에서 보면 남성과 여성을 구분하는 것 자체가 이상한 거죠. 다 늑대든가 아니면 다 여우든가 그래야지요.(정희진,「남

자' 의 거짓말과 말의 권력 관계」, 정혜신 외, 『21세기에는 바꿔야 할 거짓말』, 한겨레출판, 2006, 275쪽)

나에게 예술은 그 숨막히는 지하실에 뚫린 작은 창문 같은 것이었다. 이제 와서는 그렇게 생각한다. 작은 창문은 벽 높은 곳에 있어서 바깥 경치는 보이지 않지만, 하늘의 색깔 변화나 공기가 흐르는 기미는 느낄 수 있었다. 손은 닿지 않고, 창문으로 도망칠 수도 없지만, 그 작은 창문 덕에 살아 있을 수 있었다.(서경식, 김석희 옮김, 『청춘의 사신』, 창작과비평사, 2002, 9~10쪽)

다른 작가들의 비유 실력을 감상하니 어떤가? 부러운가? 당신도 이 정도쯤은 충분히 쓸 수 있다. 노트에 이런 글들을 모아 두고 되풀이해서 읽어라. 처음에는 대단해 보일지 몰라도 자꾸 읽다 보면 만만해진다. 그러다 보면 어느새 글을 쓸 때 자신만의 비유를 하나 둘씩 만들고 있는 모습을 발견하게 될 것이다. 남의 글을 노트에 옮겨 적는 것 외에 일상생활 속에서도 할 수 있는 훈련법이 있다. 전혀 다른 두 개의 단어, 사물, 상황 등을 놓고 공통점을 꼽아 보는 것이다. 둘의 거리가 멀면 멀수록 더 신선한 비유가 된다.

나의 사촌 누이동생이 식물인간이 된 채 병원에 누워 있은 지 올해 5년째이다. 사업에 열중하던 나머지 술과 인연이 되어 과음을 하던 남편이 간경화로 가버린 것에 대한 충격으로 1년 만에 쓰러진 채 병원으로 실려간 의식불명이 지금까지 계속되고 있다. 처음 얼마 동안은 산소호흡기도 떼어버리고 계속적인 영양제 주사로 이젠 얼굴이 환한 정상인이 되어 종일 잠만 자고 있다. 한두 달도 아닌 몇 년을 이렇게 계속하다 보니 가산(家產)은 탕진되어 이젠 남은 가족들의 식생활도 어렵게 되었다. 혼기를 놓친 과년한 딸들은 그런 답답한 상황에서도 아무런 불평 없이 교대로 간호를 하며 그들 어머니의 소생을 기원하고 있다. 산소호흡기도 달고 있지 않은 화색 좋은 식물인간의 경우, 안락사라는 말이 과연 적용될 수 없는 것인지. 식물인간이 된 지 10년 만에 깨어난 예도 있다지만 그것은 젊은 사람의 경우에 해당하는 희망 사항이다. 생각하는 것이 없는 혼수상태이고 보니 삶에 대한 고민이 있을 리 없다. 그래서인지 흰머리 하나 없는 흑발 소녀 그대로다. 그는 지금 어떤 세상을 헤매고 있는지 정말 알 수 없는 일이다. 짐짝을 묶은 끈이 풀어지지 않을 경우에는 칼로 잘라 버리지 않는가. 사람의 목숨은 고래힘 줄 같다더니.(정호경, 『폐선』, 다빈치, 2002, 37~38쪽)

내가 좋아하는 「모진 끈」이라는 글의 일부다. 여기엔 작가의 두 가지 경험이 들어 있다. 첫째, 식물인간이 된 채 병원에 누워 있는 사촌 누이동생을 보는 착잡한 심정. 둘째, 짐짝을 묶은 끈을 풀 수 없어서 칼로 잘라 버렸던 기억. 후자는 전자와 전혀 관계없지만, 한데 묶이면 이처럼 작가의 현재 심경을 대변하는 적확한 비유가 된다.

숫자의 힘은 위대하다

숫자의 힘은 위대하다. 하나의 숫자는 온갖 잡다한 말을 압축시킬 수 있고, 하나의 숫자는 온갖 잡다한 말을 풀어놓게 할 수도 있다. 서로 다른 언어는 번역을 필요로 하지만 숫자는 만국 공통어이다. 무엇보다 중요한 것은 숫자가 지닌 구체성의 힘이다. 말도 충분히 구체성을 지닐 수 있지만 숫자에 비교할 바는 못 된다.(이흥, 『만만한 출판기획』, 한국출판마케팅연구소, 2008, 108쪽)

텔레비전 토크쇼에 미혼인 연예인들이 게스트로 나오면 늘 하는 질문이 있다. "그동안 몇 명이나 사귀어 봤나요?" 그렇게 진행자가 물어본다. 남의 연애사가 뭐 그리 궁금하다고 그런 유치한 질문을 던지나 싶겠지만, 시청자가 가장 궁금해하는 부분인 것 같기는 하다. 아무튼 그런 질문을 받으면 게스트는 얼버무리게 마련이다. "제가 이 나이에 연애를 한 번도 안 해 봤다면 거짓말이고……." 하고 적당히 말을 돌리며 답을 피하려고 한다. 그러나 진행자로서는 어떻게든 한 마디라도 끌어내야 하기 때문에 대개 질문을 바꿔서 이렇게 다시 묻는다. "지금까지 사귄 사람이 열 명보다 많으면 오, 적으면 엑스…… 하나, 둘, 셋!" 그러면 순간 방심한 그 연예인은 얼떨결에 '오'나 '엑스' 중 하나를 말하게 된다.

그런데 왜 하필 '열 명'일까? 그 정도 숫자가 대중이 청춘스타를 떠올릴 때, 그들의 연애 경험이 많은지 적은지 판단하는 기준이 되기 때문이 아닐까. 다섯 명을 기준으로 삼기엔 좀 적은 것 같고, 스무 명은 너무 많은 것 같으니, 열 명을 기준으로 물어보는 것 아닐까. 그래서 그 스타가 열 명보다 많다고 대답하면 사람들은 그를 연애 경험이 많은 사람으로 간주하게 된다. 그리고 그 대답은 (긍정적이든 부정적이든) 그에 대한 이미지를 만드는 데 영향을 미치게 된다. 이것이 바로 숫자가 가진 힘이라고 할 수 있다. 그가 대신에 "전 그동안 연애를 그다지 안 해 봤어요." 또는 "지금껏 많은 이성과 사귀어 봤어요." 하고 말했다 치자. 그러면 시청자들은 그 말을 어떻게 받아들여야 할지 헷갈린다. 그런데 "열 명보다 많이 사귀어 봤어요."라는 대답을 들으면? 속이 후련해진다!

평소에 '숫자'를 좀 챙겨 둘 필요가 있다. 너무 많은 '숫자'에 신경 쓸 필요는 없다. 숫자도 '활용 어휘'와 마찬가지로 철저히 내가 써먹을 수 있는 '활용 숫자'만 메모해 두면 된다. 자신의 관심사에 관한 책이나 잡지를 읽을 때 나오는 숫자는 꼭 수첩에 적어 두도록 하자. 열 마디 설명보다 하나의 숫자를 제시하는 것이 독자에게 더 강력한 설득력(또는 설명력)이 있다. 예컨대 '에디슨은 세계에서 가장 위대한 발명왕'이라는 걸 말하고 싶다고 하자. 그걸 원고지 열 장 분량으로 구구절절 설명하는 것은 미련한 짓이다. 이럴 때 메모해 두었던 '데이터'를 가지고 다음과 같이 한 문장으로 깔끔하게 표현하는 것이 훨씬 효과적이다.

"토머스 앨바 에디슨은 1868년부터 그가 사망하던 해인 1931년까지 63년간 통산 1,093개, 연평균 17개의 발명품을 만들어 특허를 취득했다."(앨런 액슬로드, 이민주 옮김, 『상상력이 경쟁력이다』, 토네이도, 2008, 16쪽)

제목이 얼굴이다

제목만으로도 가슴을 달구는 책이 있다. 오래전 『그대 다시는 고향에 가지 못하리』라는 이문열의 소설을 집었던 적이 있다. 그때 나는 내용을 들춰 보기도 전에 그날 밤 이 책을 독파하지 않고는 잠들지 않으리라고 예감했다.(김탁환, 『뒤적뒤적 끼적끼적』, 민음사, 2008, 189쪽)

소설가 김탁환의 말이다. 제목의 어떤 점이 "가슴을 달구"도록 인상 깊었는지는 알 수 없으나, 중요한 것은 그만큼 한 권의 책(또는 한 편의 글)에서 제목이 차지하는 비중을 무시할 수 없다는 점이다. 내게도 단순히 제목 때문에 강하게 기억에 남는 소설이 있다. 로버트 하인라인의 『달은 무자비한 밤의 여왕』이라는 소설이다. 원제는 'The Moon Is a Harsh Mistress'인데, 나는 우리말 제목이 더 마음에 든다. 1992년에 번역·출간되었는데, 그 당시 심야에 라디오를 듣고 있노라면 "달은 무자비한 밤의 여왕~" 하고 책을 광고하던 남자 성우의 근사한 목소리를 매일 들을 수 있었다. 그때의 인상이 어찌나 깊이 남아 있는지 지금까지도 그 음성이 잊히지 않는다.

책의 제목은 사람의 이름과 같다. 당연히 신경 써서 지어야 한다. 듣기에 썩 내키지 않는 표현이지만 '제목 장사'라는 말도 그래서 나오는 것이다. 굳이 '장사'라서가 아니라도, 책에 담긴 메시지를 하나의 단어나 문장으로 똑떨어지게 표현한다면 얼마나 좋겠는가. 시집이나 소설책

173

제목이야 다소 모호해도 상관없지만, 그 외의 책들은 제목만 봐도 내용을 짐작할 수 있는 선명한 제목이어야 한다. 내 입으로 말하기는 쑥스럽지만, 나는 '그러니까 당신도 써라'라는 이 책의 제목이 마음에 든다. 내가 독자에게 전하고 싶은 메시지가 이 한 문장 속에 모두 들어 있기 때문이다. '그러니까' '당신'도 '써'라!(참고로 이 제목은 오히라 미쓰요의 『그러니까 당신도 살아』를 패러디한 것임을 밝혀 둔다.) 가장 적확한 제목을 찾으려는 노력은 아무리 많이 해도 지나치지 않으며, 그 노력은 큰 보상으로 돌아오기도 한다.

21세기북스는 수많은 토론과 브레인스토밍을 거쳐 원제 'Whale Done!(고래가 해냈어!)'의 국내 출간 제목을 'YOU Excellent!(당신 정말 훌륭해!)'로 정했다. 그러나 그 결과는 기대에 미치지 못했다. 하지만 희망의 불씨는 책을 읽어본 독자들의 긍정적인 반응이었다. 결국 출판사는 고심 끝에 제목을 바꿔서 재출간키로 하고 새로운 아이디어를 찾게 되는데, '칭찬의 힘'이라거나 '칭찬의 마력' 등 'YOU Excellent'보다는 나은 듯하나 어딘지 모르게 부족한 제목들뿐이었다. 관건은 '칭찬 잘하는 방법을 알려주는 책'이라는 콘셉트를 제목으로 연결할 수 있는 적절한 말을 찾는 것이었다. 혼신의 노력 끝에 불현듯 떠오른 제목이 바로 '칭찬은 고래도 춤추게 한다'였고, 이로써 재차 도전하여 초대형 베스트셀러로 성공하게 되었다.(추성엽, 『100권 읽기보다 한 권을 써라』, 더난출판, 2007, 65쪽)

위의 일화는 책 제목 짓기의 중요성을 언급할 때 흔히 거론하는 예다. 당신도 '칭찬은 고래도 춤추게 한다'라는 제목을 한번쯤은 들어 보았을 것이다. 그 책은 읽지 않았더라도 말이다. 책을 읽지 않은 사람들의 귀에까지 들릴 정도라면 아주 좋은 제목이다. 이런 '제목 장사'에 성공한 예가 최근에도 있었다. '88만원 세대'. 이 책이 다른 제목을 달고 나왔어도 그만한 파급력을 가졌을까? 아닐 것이다. 어찌 보면 상당히 불합리해 보이기도 한다. 똑같은 내용물을 두고 단순히 제목에 따라 독자의 관심도가 크게 달라진다는 것이 말이다. 그러나 이를 부정적으로만 볼 필요는 없다. 오히려 그러한 현실을 적극적으로 받아들이고 즐기자. 좋은 제목을 짓기 위해 머리를 싸매고 고심해 보는 것도 글쓰기의 주요한 즐거움 중의 하나라고 생각하자.

당신은 작가 지망생이다. 그런데 아직까지 무엇을 주제로 써야 할지 잘 모르겠다. 그렇다면 미리 근사한 제목부터 지어 보는 것도 좋은 방법이다. 그러니까 내용 먼저 쓰고 그에 걸맞은 제목을 찾는 것이 아니라, 제목부터 정해 놓고 그에 걸맞은 내용을 써 보라는 얘기다. 나도 좀 그런 편이다. 마음에 드는 제목부터 정하지 않으면 글을 쓰기가 싫다. 내게 글쓰기는 한마디로 말해서, 내가 정한 제목이 말이 되도록 논리적 일관성을 부여해 나가는 과정일 뿐이다. 제목을 확정하고 나면 글쓰기의 절반은 끝난 거나 마찬가지란 말이다.

'내용이 먼저냐 제목이 먼저냐'는 '닭이 먼저냐 달걀이 먼저냐'처럼 답하기 힘든 문제다. 물론 정답은 없다. 다만 내가 하고 싶은 말은 이거다. 당신이 지금까지 '무엇을 쓸 것인가' 하고 '내용' 중심으로 글감 찾기를 시도해 왔다면, 오늘부터는 그런 생각은 잠시 제쳐 두고 '제목' 부터 일단 지어 보라. 이때 가장 좋은 방법은 무작위로 몇 개의 단어를 골라 합쳐 보라. 처음엔 황당하게 생각되어도 자꾸 하다 보면 정말 괜찮은 아이디어라고 생각되는 조합이 나온다. '칭찬'과 '고래'와 '춤'은 이성적이고 합리적인 사고력으로는 쉽게 떠올릴 수 있는 조합이 아니다. 제목을 만들기 위해 별별 고민을 하던 끝에 '우연히' 얻어걸린 제목임이 틀림없다. 대개의 '빅 아이디어'는 그런 식으로 얻는다.

하루를 투자하여 책 제목을 100개 만들어 보라. 못할 것 같은가? 할 수 있다! 너무 부담 갖지 말고 장난치듯 여러 단어를 조합해 보라. 이때 단어는 당신의 머리로 생각하지 마라. 주위에 있는 아무 책이나 세 번 들춰 보고, 그 페이지에 있는 단어를 무작위로 고르는 것이 좋다. 예를 들어 나는 지금 내 옆에 있는 『데이빗 린치의 빨간방』이란 책을 세 번 들춰서 '미스터리', '카메라', '크리스마스'라는 세 개의 단어를 골랐다. 자, 이를 조합하여 책 제목을 만들어 보는 거다. 당신이라면 어떻게 짓겠는가? 나는 순간적으로 이런 제목이 떠오른다. '미스터 카메라의 미스터리한 크리스마스.' 어떤가? 그럴듯한가? 이런 제목을 가진 책이라면 내용은 어떨까? 이 제목에 걸맞은 내용은 당신이 한번 생각해 보라.

이런 식이라면 100개가 아니라 1,000개라도 어렵잖게 만들 수 있다. 문제는 실천이다. 이렇게 쉬운 방법을 가르쳐 줘도 실천하는 사람은 극히 드물다. 방법이 어렵다면 애초에 시키지도 않는다. 그냥 기계적으로 짬을 내어 하기만 하면 된다. 그럴싸한 정답을 내놓으라는 것도 아니고, 레고블록 갖고 놀듯이 단어를 갖고 놀기만 하면 되는데 왜 그걸 하지 않는가? 나는 당신이 지금 당장 100개의 제목을 만들어 보길 권한다. 그리고 그걸 노트에 기록해라. 재미있지 않은가? 100개, 200개, 1,000개……
그렇게 계속해서 노트를 불려 나가라. 물론 그중 대부분은 쓰레기일 것
이다. 그러나 1,000개 중에 하나만 건져도 그게 어딘가? 하나의 제목은
한 권의 책이니 말이다. 그래도 아직까지 '선(先) 제목, 후(後) 내용'이라
는 방법론에 대해 확신이 서지 않는가? 그런 당신에게 다음의 일화를 들
려주고 싶다.

지금부터 말씀드리는 이야기는 실제로 있었던 일입니다.
1993년부터 하이텔의 언더그라운드 뮤직 동호회에 드나들던 이석원은, 글
이나 채팅을 통해 자신을 '언니네이발관'이라는 밴드의 리더라고 소개합니
다. 그때까지 '언니네이발관'은 존재한 적이 없는 '가상'의 밴드였고, 그 이
름은 그가 고등학교 때 빌려보았던 B급 성인영화의 제목이었습니다. 그런
데 우연히 출연한 라디오 프로그램에서 디제이가 '언니네이발관'을 전위음
악을 추구하는 밴드로 소개하는 일이 벌어집니다. 그리고 그때부터 사람들
은 정말로 그런 밴드가 있다고 믿게 됩니다. 그 뒤에는 어떻게 되었을까요.
이석원은 실제로 사인조 밴드를 결성해서 클럽에서 공연을 하고 앨범까지
발표하게 됩니다. 기타 잡은 지 한 달 되는 사람이 기타리스트였을 정도니,
그들의 공연은 '얼마나 못하는지 보여주겠다'라는 의지의 표현이었을 겁니
다. 하지만 공연장은 실험적인 밴드에 대한 소문을 듣고 찾아온 사람들로 가
득했습니다.(김동식, 『소설에 관한 작은 이야기』, 문학동네, 2003, 155~156쪽)

퇴고, 이제부터 시작이다

저는 몇 년 전만 해도 퇴고는 글쓰기가 다 끝난 후의 마무리 작업이라고 생각했는데, 이제는 퇴고부터가 진짜 글쓰기의 시작인 것 같아요. 글쓰기의 작업을 거칠게 세 단계로 나눠서 '고안, 집필, 퇴고'로 볼 때, 전에는 1 : 8 : 1 정도의 시간과 공력을 들였다면 이제는 4 : 2 : 4의 비율로 바뀌고 있어요. 게다가 글쓰기의 절대 시간은 더더욱 늘어났고요. 최근에는 퇴고 시간이 점점 길어지는 것 같아요. 말하자면 퇴고는 자신의 글로부터 유체이탈해서 자신의 글에 대한 최초의 독자(타인)가 되어보는 경험인데, 이 시뮬레이션이 더 치밀하게 이루어질수록 자신의 글쓰기를 변화시킬 수 있는 가능성이 열리는 듯해요. 내 문장에 구토가 나오는 순간까지 고쳐보지 못한 글은 끝까지 후회가 되죠.(정여울, 『미디어 아라크네』, 휴머니스트, 2008, 332~333쪽)

문학 평론가 정여울이 어느 글에서 한 말이다. 나도 공감한다. 퇴고는 글쓰기의 마무리 작업이 아니다. 오히려 퇴고 이전까지가 글쓰기의 사전 작업이고, 퇴고부터가 본격적인 글쓰기의 시작이다. 'Writing is rewriting.'이라는 말도 있지 않은가. "내 문장에 구토가 나오는 순간까지 고쳐보지 못한 글은 끝까지 후회가 되죠."라고 그녀는 말한다. 당신도 후회가 될 짓은 하지 말아야 한다. 시간을 많이 할애하여 퇴고에 최선을 다하라. 내 경우에도 초고를 쓰는 시간보다 퇴고하는 시간이 훨씬 더 길다. 물론 퇴고한다고 해서 초고의 많은 부분이 바뀌는 것은 아니다. 기껏해야 10퍼센트 미만이다. 그런데 그 10퍼센트를 꼼꼼히 퇴고하느냐 안 하느냐에 따라 글의 질이 확연히 달라진다. 단순히 산술적으로 따지면, 10퍼센트를 고치느라고 90퍼센트를 쓴 시간의 몇 배나 되는 시간을 허비하는 것은 바보짓이다. 그러나 그 바보짓을 해야 좋은 글이 나온다.

글쓰기의 '초짜'와 '타짜'의 차이는 이렇다. 초짜는 글을 쓰기 전에 고민하는 시간이 길고, 타짜는 글을 쓰고 나서 고민하는 시간이 길다. 초짜는 마지막 문장을 쓰고 나면 '끝'이라고 생각해서 탄성을 내지르고, 타짜는 '시작'이라고 생각해서 한숨을 내쉰다. 왜 이러한 차이가 나타나는가? 글의 '완성도'에 대한 기준이 다르기 때문이다. 타짜는 눈이 높다. 쓰는 손은 둘째 치고, 보는 눈이 무척 높다. 눈이 낮은 타짜는 세상에 없다. 눈이 높아서 자기 검열도 심하다. 그래서 초짜들 눈엔 완성품으로 보이는 원고를 타짜는 "구토가 나오는 순간까지" 매만진다. 반면에 초짜는 눈이 낮다. 쓰는 손은 둘째 치고, 보는 눈이 무척 낮다. 눈 높은 초짜는 세상에 드물다. 눈이 낮아서 자기 검열도 느슨하다. 초짜가 타짜가 되려면 일단 '보는 눈'부터 높여야 한다.

우선은 보는 눈이 뜨여야 이런 저런 무엇을 갖출 수가 있는 것이다. 안고수비(眼高手卑)라는 말이 있어서, 마음은 크고 눈은 높아도 재주가 모자라 손이 눈을 따르지 못하는 것을 탄식하기도 한다만, 수비는 나중 이야기고 우선은 안고가 되어야 한다. 보는 눈이 먼저 열려야 분별을 하게 되고, 눈에 격이 생겨야 그 격에 이르려고 부지런히 손을 익힐 것 아니냐. 타고

난 재주가 아무리 출중허고, 일평생 익힌 솜씨가 아무리 능란해도, 눈이 낮은 사람은 결국 하찮은 몰풍정(沒風情)을 벗지 못할 것이다. 그러니, 다른 무엇보다, 사람은 눈을 갖추어야 하느니라.(최명희, 『혼불 4』, 한길사, 1999, 14~15쪽)

최명희의 대하소설 『혼불』의 한 대목이다. '안고수비(眼高手卑)'라는 표현을 알아 두자. 보는 눈은 높은데, 쓰는 손이 그에 미치지 못해서 괴롭다는 말이다. 이는 분야를 막론하고 예술가라면 한번쯤은 겪는 고통이다. 누군가는 홍역처럼 어릴 때 앓고 지나갈 것이고, 누군가는 당뇨병이나 고혈압처럼 중년 이후에 앓게 될 것이다. 이왕이면 한 살이라도 젊을 때 겪는 게 낫다. "수비는 나중 이야기고 우선은 안고가 되어야 한다."라는 말을 되새기자. 20대는 보는 눈을 한껏 높여 둘 시기다. 눈을 천장 꼭대기에 붙이려고 노력해야 한다. '타짜'가 바로 그런 사람이다. 눈이 천장 꼭대기에 붙어 있으니 판 전체가 훤히 보인다. 그러니 언제 무슨 기술을 써야 하는지 계산이 딱 나오는 거다. 물론 기술을 익혀서 완벽하게 실행하려면 그만큼 고통이 따른다. 그러나 그 고통은 즐거운 고통이다. 마조히스트라서가 아니다. 왜 힘들게 노력해야 하는지, 그 이유를 자기 눈으로 천장에서 내려다봐서 알기 때문이다. 누가 따로 시키지 않아도 열심히 할 수밖에 없다.

퇴고의 '방법론'에 대해서는 상식적인 얘기를 할 수밖에 없다. 문장을 처음부터 천천히 읽어 나가면서 껄끄러운 부분을 솎아 내거나 다듬는다. 그걸 되도록 많이 되풀이하면 된다. 이때 '소리를 내어' 읽는 것이 좋다. 플로베르처럼 꺽꺽 목이 쉴 정도로 큰 소리를 낼 필요는 없다. 그저 입술을 달싹거리기만 해도 된다. 그리고 또 하나, 초고를 완성하고 나면 "당분간 잠재워 두는" 것이 좋다. 나쓰메 소세키는 지인에게 쓴 편지에서 다음과 같이 충고했다.

"소설을 쓰면 당분간 잠재워 두는 것이 좋네. 다른 사람에게 비평을 받는 것보다 잠재워 둔 뒤에 보는 편이 얼마나 현명한 일인지 모르네."(미요시 유키오 엮음, 이종수 옮김, 『소가 되어 인간을 밀어라』, 미다스북스, 2004, 355쪽)

그렇다. 초고를 완성한 직후 그 자리에서 열 번 읽느니, 하룻밤 자고 나서 이튿날 아침에 한 번 읽는 게 낫다. 내 글이 아니라 남의 글처럼 보이게끔 하기 위해 적어도 하루는 묵혀 두라는 것이다. 물론 이틀이면 더 좋고, 일주일이면 더더 좋고, 한 달이면 더더더 좋다.

작가는 '그저 직업'이 아니다

『나의 라임오렌지 나무』라는 소설이 한창 읽힐 무렵으로 기억한다. 그 소설에 심취해 있던 한 후배가 어느 날 내게 물었다. "제제가 커서 어떤 사람이 됐을 것 같아요?" 나는 좀 엉뚱한 대답을 해서 후배를 실망시켰는데, 아마 이렇게 말했던 것 같다. "작가가 됐을 거야. 그리고 사실 작가가 됐잖아?" 그 후배는 내 대답이 무성의하다고 느꼈던지 입이 한 발은 튀어나와서 투덜거렸다. "전 뭐가 됐을까를 물은 게 아니라 어떤 사람이 됐을까를 물은 거예요." 나는 정색을 하고 이렇게 말할 수밖에 없었다. "너는 작가가 그저 직업이라고 생각하니?"(변정수, 『상식으로 상식에 도전하기』, 토마토, 1996, 188쪽)

어느 글에서 문화 평론가 변정수가 한 말이다. 나도 그의 심정이 이해가 간다. 작가라는 직업을 신비화할 것까지는 없지만, 그렇다고 작가를 '그저 직업'이라고 생각하는 것도 떨떠름하다. 그런데 '그저 직업'이란 뭘까? 한마디로 말하자면, '그저' 돈을 벌기 위한 목적으로 택한 직업이 '그저 직업'이다. 예를 들어 보자. 주위에 공무원 시험을 준비하는 사람들이 있을 것이다. 그들에게 공무원이 되려는 이유가 무엇인지 물어보라. 돌아오는 대답은 십중팔구 '안정된 직장' 또는 '철밥통'일 것이다. '국가와 시민에 대한 봉사'라는 답변은 거의 없을 것이다. 이렇게 오로지 '돈' 때문에 선택하는 직업이 바로 '그저 직업'이다(설명하기 위해 '공

182

무원'을 예로 들었으나, '그저 직업'이라는 게 특정 직업군을 지칭하는 말은 아니다. 대부분의 직업이 사실 '그저 직업'인 경우가 많다).

돈벌이의 수단으로만 보자면 작가만큼 답이 안 나오는 직업도 드물다. 다시 말해 작가는 '그저 직업'으로 삼기에는 심히 부적절한 직업이다. 단순히 '생계'가 목적이라면 뭐 하려고 작가를 하나. 부모님에게 "저는 작가가 되겠습니다." 하고 말해 보라. "으이그, 기껏 공부시켜 놨더니…… 저 돈 안 되는 놈."이라는 반응이 돌아올 것이다. 그렇다. 당신은 지금 '돈 안 되는 놈'이 되려고 한다. 톡 까놓고 얘기해서, 작가가 과연 '직업'으로 분류될 수 있는지도 의문이다. 다른 나라 사정은 모르겠고, 우리나라에 국한해서 보자면 말이다. 그런데도 작가 지망생의 수는 세월이 흘러도 줄지 않는다. 이는 '작가'라는 타이틀이 물질적인 만족감과는 다른 종류의 만족감을 제공하기 때문일 것이다.

그 다른 종류의 만족감이 바로 '인정 욕구'다. 문자 그대로 '인정받고 싶은 욕구'가 많은 지망생들로 하여금 오늘도 작가를 꿈꾸게 한다. 사람들이 나를 알아봐 주고, 내 이름을 기억해 주고, 나의 팬이 되어 주길 바라는 마음에서 작가가 되고 싶은 것이다. 돈을 100억 정도 줄 테니 죽을 때까지 글 같은 건 쓸 생각도 하지 말라는 제안을 받는다면 당신은 어떻게 하겠는가? 만약 작가를 '그저 직업'으로 생각한다면 흔쾌히 승낙할 것이다. 100억만 있으면 평생 일하지 않고도 떵떵거리며 살 수 있다. 뭣하러 있는 손톱 없는 손톱 물어뜯어 가며 책상 앞에 앉아 있겠는가. 그러나 당신이 작가를 '그저 직업'으로 생각하지 않는다면 상당히 고민할 것이다. 그만큼 '인정 욕구'의 충족이 가져다줄 수 있는 쾌락은 크다. 100

억과 바꾸느냐 마느냐 고민될 정도로.

세상엔 수많은 직업이 있지만, 그중에 '나는 어떤 인간이어야 하는가'라는 고민까지 하게 만드는 직업은 그리 많지 않다. 작가는 그런 고민을 하게 만드는 직업이다. 그러니까 "나는 작가가 되겠다."라는 말 속엔 "나는 어떤 인간이 되겠다."라는 뜻도 포함되어 있는 것이다. 그러나 과연 얼마나 많은 작가 지망생이 그러한 고민까지 하고 있을까? 그저 하루 빨리 내 이름이 박힌 책을 가져 보길, 책이 많이 팔려서 두둑한 인세를 받아 보길 꿈꾸고 있지만은 않을까? 만약 그렇다면 그들에게 작가는 '그저 직업'일 뿐이다. '그저 직업'으로서의 작가가 군이 나쁘다고는 말하지 않겠다. 다만 앞서 말했듯이, '그저 직업'으로 택하기에 작가만큼 비전 없는 직업도 드물다는 것이다.

내 꿈은 처음부터 오직 작가가 되는 것이었다. 나는 열예닐곱 살 때 이미 그것을 알았고, 글만 써서 먹고 살 수 있으리라는 허황한 생각에 빠진 적도 없었다. 의사나 경찰관이 되는 것은 하나의 〈진로 결정〉이지만, 작가가 되는 것은 다르다. 그것은 선택하는 것이기보다 선택되는 것이다. 글 쓰는 것말고는 어떤 일도 자기한테 어울리지 않는다는 사실을 받아들이면, 평생 동안 멀고도 험한 길을 걸어갈 각오를 해야 한다. 신들의 호의를 얻지 못하면(거기에만 매달려 살아가는 자들에게 재앙이 있을진저), 글만 써서는 입에 풀칠하기도 어렵다. 비바람을 막아 줄 방 한 칸 없이 떠돌다가 굶어 죽지 않으려면, 일찌감치 작가가 되기를 포기하고 다른 길을 찾아야 한다. 나는 이 모든 것을 이해했고 각오도 되어 있었으니까, 불만은 없었다.

그 점에서는 정말 운이 좋았다. 물질적으로 특별히 원하는 것도 없었고, 내 앞에 가난이 기다리고 있다는 것을 알면서도 겁먹지 않았기 때문이다. 내가 원한 것은 재능—나는 이것이 내 안에 있다고 느꼈다—을 맘껏 발휘할 수 있는 기회를 얻는 것, 그것뿐이었다. (폴 오스터, 김석희 옮김, 『빵 굽는 타자기』, 열린책들, 2000, 5~6쪽)

폴 오스터의 자전적 소설 『빵 굽는 타자기』의 한 대목이다. 이런 사람이 작가가 될 수 있고, 되어야 한다. "글 쓰는 것말고는 어떤 일도 자기한테 어울리지 않는다는 사실을 받아들이면, 평생 동안 멀고도 험한 길을 걸어갈 각오를 해야 한다." "비바람을 막아 줄 방 한 칸 없이 떠돌다가 굶어 죽지 않으려면, 일찌감치 작가가 되기를 포기하고 다른 길을 찾아야 한다." 왠지 비장미가 느껴져서 겸연쩍게 들리지만 그의 말은 진실이다. 나는 이 책을 읽는 당신이 현재 어떠한 처지에 있는지 모른다. 직장인은 직장인대로, 학생은 학생대로, 백수는 백수대로 고민이 많을 것이다. 내 사는 '꼬라지'는 도대체 왜 이 모양인가 하는 생각에 밤마다 뒤척일지도 모른다. 그러나 그런 고민을 하고 있는 게 당신뿐만 아니다. 남들은 다 행복해 보인다고? 천만에. 그들도 당신만큼 힘들다.

누구나 다 힘들다. 어떻게 그걸 아느냐고? 이렇게 되물어 보겠다. 주위에선 당신을 어떻게 보는가? 팔자 편한 인간이라고 보지는 않는가? 그저 실없이 허허 웃고 다니는 인간으로 보지는 않느냐 말이다. 누군가에게 "넌 참 세상 편하게 사는 것 같아."라는 말을 들어 본 적 없는가? 그때 어떤 생각이 들었나? '네가 나에 대해서 뭘 안다고 그래?' 하고 화가 솟구치지 않던가? 남들도 마찬가지다. 당신 눈에 아무 생각 없이 사는 것처럼 보이는 누군가도 실은 등 뒤에 고민이 한 짐이다. 그러니 현재 자신의 처지에 대해 투정 부리지 마라. 아무도 당신을 이해해 주지 않는다. 가장 가까운 피붙이조차도 당신이 왜 그토록 지지리 궁상을 떠는지 알지 못한다.

당신의 부모는 당신이 '그저 직업'을 갖고 아파트 평수나 늘려 가며 살길 바란다. 그러나 당신은 그게 싫다. 100억을 준대도 싫다. 그런데 그게 왜 싫은지 설명해 보라. 이미 해 본 사람도 있을 것이다. 결과가 어땠는가? 그들은 결코 당신을 이해하지 못한다. 물론 그렇다고 그들을 원망할 수만도 없다. 그들의 심정도 충분히 이해가 되니까. 그러니 그저 입을 다물 수밖에 다른 방법이 없다. 당신이 왜 작가가 되어야 하는지 누군가가 이해해 주길 바라지 마라. 당신 스스로 결정하고 그 결정에 따르라. 옆에서 들려오는 이런저런 소리에 쉽게 흔들릴 것 같으면, 작가가 되려는 생각은 아예 포기하거나 뒤로 미루는 게 좋겠다. 나는 그것도 나쁘지 않은 방법이라고 생각한다. 어떤 선택을 하든 스스로 부끄럽지 않은 선택이면 그걸로 된 것이다.

대학 때 소설을 써보겠다고 집에서 라면만 끓여 먹으며 두문불출한 적이 있지만 일주일 후 나는 미련없이 취업 원서를 넣고 양복을 맞추러 다녔다. 28년 동안의 꿈을 단칼에 베어 버린 채, 나는 복제된 스미스 요원이 되어 '그저 회사원'으로 대한민국 일반 남성들의 삶 속으로 섞여 버렸다. 그리고는 마치 자기 학대를 하듯 CD와 DVD를 사 모은다. 결국, 그저 그런 월급쟁이가 되어 무언가를 끝없이 사 모으는 허다한 소시민으로 제 인생을 마감하는 게 전부일 뿐이라 생각하니 마음이 착잡해진다. 하긴 그래, 나는 언제나 최고의 행복보다는 덜 불행한 길들만 택하며 살아왔었지. 시시한 청춘이다. 소설을 쓰고 싶어 했던 나는 비록 가난했으나 세상에 단 한 명뿐인 사람이었지만, 월급쟁이가 된 나는 돈이 생겼지만, 세상에 너무 많은 사람이 되어 버렸다. 끝없이 복제되고 있는 대한민국 스미스 요원들이여. 당신들의 꿈은 무엇이었나요? (김준, 『소심한 김대리 직딩일기』, 철수와영희, 2007, 26쪽)

보험 회사에 다니는 '그저 회사원' 김준이 쓴 글의 한 대목이다. 이런 글을 읽고 나면 어떤 생각이 드는지?

글쓰기 자체가 보상이다

내 학생들 가운데 일부는 재미로 혹은 가족을 위해 글을 쓰기 시작했지만, 결국에는 책까지 펴냈다. 그보다 더 많은 학생들은 책을 펴내기 위해 글을 쓰고 싶다는(혹은 당연히 그래야 한다는) 생각에서 글을 쓰기 시작했는데, 결국에는 책을 펴내지 않았다. 책을 펴내지 않았다고 해서 실패한 것이 아니다. 그들은 글쓰기를 결코 그만두지 않았기 때문이다. 그들은 글쓰기 행위 자체, 글쓰기의 과정이 너무나 만족스러워서 글쓰기를 포기할 수가 없었다. 그들은 글쓰기 과정에서 얻게 되는 개인적 보상이 인쇄된 자기 작품을 손에 쥐는 것보다 훨씬 더 중요하다고 여긴다.(로버타 진 브라이언트, 승영조 옮김, 『누구나 글을 잘 쓸 수 있다』, 예담, 2004, 70쪽)

어찌 보면 세상은 참 불공평하다. 나는 간절히 원해도 얻지 못하는 어떤 것을 누군가는 너무도 쉽게 손에 넣는 경우가 많다. 세상이 제대로 돌아가고 있다면 노력하는 사람에게 그 보상이 (더 먼저, 더 많이, 더 크게) 주어져야 하지 않는가. 그러나 인생이 그처럼 돌아가지 않는다는 건 당신도 이미 잘 알고 있는 사실이다. 아무리 노력해도 자신의 의지와 상관없이 꿈이 물거품 되는 일은 비일비재하다. 몇백 군데 이력서를 넣고 면접을 보아도 취직을 못하는 사람이 있는 반면, 평생 이력서라는 걸 써 보지 않고도 알음알음으로 쉽게 일자리를 구하는 사람도 많다. 일을 더 열심히 하고 안 하고의 문제가 아니라 애초에 기회 자체가 불균등하게 주어지는 것이다.

책을 내는 일만 해도 그렇다. 작가 지망생의 꿈은 대개 자기 이름이 박힌 책을 출판하는 것이다. 이 책을 읽고 있는 독자들 중에도 상당수가 그러할 터이다. 그러나 냉정하게 한번 생각해 보자. 이 책을 읽고 있는 백 명(이라고 하자) 중에서, 앞으로 책을 내게 되는 사람이 몇 명이나 될까? 백 명 모두 책을 낼 수 없다는 것은 당신도 동의할 터이다. 그렇다면 오십 명? 그 수도 좀 많아 보인다. 내 생각엔 다섯 명 이상은 아무래도 힘들지 않나 싶다. 다시 말해 아흔다섯 명은 결국 책을 내지 못한다는 말이다. 그런데 책을 내게 되는 다섯 명의 기준은 뭘까? 다섯 명이 나머지 아흔다섯 명보다 실력이 더 좋아서일까? 아니다. 책을 내게 되는 데에는 많은 변수가 작용한다. 실력이나 노력과는 전혀 무관한 이유 때문에 책을 내게도 되고 못 내게도 된다.

예를 들어 보자. 당신이 출판사 편집자라고 생각해 보라. 다음의 두 원고가 있다. 첫째는, 원고의 질은 현저히 떨어지지만 편집자가 잘 뜯어 고치기만 하면 20대 여성 독자들을 끌어들일 수 있는 '물건'이 될 만한 원고. 필자를 만나 보니 미모도 출중하다. 둘째는, 원고의 수준만 놓고 보자면 흠잡을 데 없지만, 마땅히 '타깃 독자'라고 할 만한 독자층이 선뜻 보이지 않거나 극소수일 것 같은 원고. 필자를 만나 보니 배불뚝이 중년의 아저씨다. 앞의 글은 필자가 블로그에 재미 삼아 끼적끼적 올린 글이고, 뒤의 글은 필자가 10여 년간 자료 조사를 한 끝에 완성한 글이다. 당신은 어떤 원고를 책으로 내겠는가. 작가의 처지에 감정 이입이 되어 후자의 원고를 책으로 내는 게 마땅하다고 생각할 수 있다. 그러나 앞서 말했듯이 세상은 '불공평'하다. 이런 경우엔 대개 전자의 원고가 책으로 나온다.

　당신이 쓴 글의 주제가 요즘의 '트렌드'와 전혀 동떨어졌다면, 원고의 수준과는 무관하게 책을 내기는 상당히 힘들 것이다. 그렇다고 갑자기 트렌드에 맞춘 원고를 쓸 수도 없는 노릇이고……. 그건 비굴한 짓이기도 하지만, 그렇게 만든 원고가 질이 높을 리 없다. 자신의 '언덕'을 비비며 써야 읽을 만한 글이 나오는 법이다. 유행에 휩쓸려 평소에 관심도 없던 주제에 대해 급작스레 뽑아낸 원고가 어디 제대로 된 글이겠는가. 이래저래 책을 내게 되는 데에는 실력보다는 운이 더 많이 작용한다. 내가 관심을 가진 주제가 '우연히' 현재의 출판 트렌드와 맞아떨어지면 아주 손쉽게 책을 낼 수 있다. 그러나 내가 관심을 가진 주제가 '우연히' 현재의 출판 트렌드와 거리가 멀다면 책을 내기는 무척 힘들어진다.

　그렇다면 이런 현상에 대해 누구를 탓해야 하나. 출판사 편집자를 탓해야 하나, 자기 자신을 탓해야 하나. 누구의 잘못도 아니다. 그저 세상이 그렇다고 생각할 수밖에 없다. 다른 도리가 있는가? 그러니 설령 책을 내지 못하더라도, 그것을 자신의 능력 부족 때문이라고 생각하지는 마라. 너무 자신감에 차 있는 것도 문제지만, 심한 자학감에 빠지는 것은 더 큰 문제다. 글은 즐거움을 위해 쓰는 것이다. 즐겁지 않으면 글쓰기가 아니다. 당신이 책 발간을 목표로 글을 쓴다면 글쓰기가 결코 즐겁지만은 않을 것이다. 당신이 백 명 중에서 다섯 명 안에 포함될 확률은 무척 낮기 때문이다. 그 다섯 명을 학교에서처럼 성적순으로 뽑는다면 그나마 수긍할 수 있다. 그런데 그 다섯 명은 '우연히' 선택되는 수가 더 많다.

글쓰기 자체가 보상이다. 내 이름이 박힌 책을 갖게 되는 것은 꾸준히 글을 써 나가는 과정에서 얻는 부수적인 즐거움일 뿐이다. 그렇게 생각해야 한다. 글을 쓰는 데에는 별다른 이유가 없다. 만약 글 쓰는 건 질색이지만 책은 내고 싶어서 억지로 글을 쓰는 사람이 있다면, 글을 계속해서 쓸 것인지 진지하게 고민해 봐야 한다. 당신이 책을 낼 확률은 5퍼센트, 못 낼 확률은 95퍼센트이기 때문이다. 당신이 도박사라면 5퍼센트의 확률에 베팅을 하겠는가? 그것도 최소한 몇 년이라는 시간을 투자해 가면서 말이다. 책을 내지 않아도 좋다는 사람만 계속해서 글을 써라. 나는 "당신도 노력하면 5퍼센트 안에 들 수 있다."라는 말은 차마 못하겠다. 대신에 "당신이 아무리 노력해도 5퍼센트 안에 못 들 수도 있다. 그러나 그것이 실패는 아니다."라고 말하고 싶다.

망설이지 말고 지금당장 써라

매혹은 전부다. 예술가가 갖추어야 할 조건의 전부다. (중략) 집을 지을 때 구조와 재료에 골몰하여 튼튼하고 편리한 집을 지었다면 그 집은 백 년도 못 돼서 헐리게 마련이다. 그런데 그 집이 아주 매혹적으로 지어졌다면 수백 년이 지나도 허물어지지 않는다. 사람들이 있는 힘을 다해서 그 집을 보존하려고 난리를 피우고, 그리하여 대대손손 보호되어 감상된다. 그렇게 매혹은 힘인 것이다.(김점선, 『바보들은 이렇게 묻는다』, 여백, 2005, 27쪽)

화가 김점선의 말이다. 그녀의 말처럼 '매혹'은 "예술가가 갖추어야 할 조건의 전부"라고 해도 과언이 아니다. 다시 말해 '매혹'적이기만 하다면 기술적인 결함이나 부족한 완성도는 부차적인 문제로 밀려날 수 있다는 말이다. 심지어 그러한 단점들이 되레 '매혹'을 돋보이게 하는 경우까지 있다. '피사의 사탑'을 떠올리면 쉽게 이해할 수 있다. 로마 북쪽으로 240킬로미터 지점에 있는 작은 마을인 피사에 세운 이 종탑은 1350년에 완공된 이래 수직선에서 5.5미터나 기울었다고 한다. 한마디로 잘못 지은 건물이다. 그런데 신기하게도 사람들이 이 종탑에 '매혹'되자 이탈리아 정부는 이를 보존하기 위해 많은 돈을 들여 끊임없이 보수 공사를 해왔다. 이 종탑을 '흉물'로 보는 여론이 더 우세했다면 벌써 철거되었을 것이다.

사람들은 하나의 장점에 '매혹'되면 나머지 단점은 눈감아 준다. 반대로 하나의 단점에 '꽂히면' 나머지 장점은 눈감아 버린다. 매력적인 작가가 되고 싶으면 기본적인 방법은 간단하다. 장점은 '극대화'하고, 단점은 '최소화'하는 것이다! 나는 당신의 장점이 무엇이고 단점이 무엇인지 잘 모른다. 그러나 '작가 지망생' 일반을 놓고 보면 대체로 공통된 장단점이 나타난다. 그들의 장점은 기성 작가보다 생각이 참신하다는 것이고, 단점은 그 생각을 표현할 문장력이 떨어진다는 것이다. 그렇다면 작가 지망생은 어떤 글을 써야 하는지 얼추 답이 나온다. 기성 작가는 쓰기 힘든 '개성' 강한 글을 쓰되, 미숙함이 드러나지 않도록 '문장력'을 갈고닦아야 한다.

그런데 문장력은 하루아침에 늘지 않는다. 적어도 10년은 글을 써야 는다. 그러니 지금 당신의 글이 미숙한 것은 어쩔 수 없다. 순순히 받아들여야 할 현실이다. 그렇다고 앞으로 10년 동안 문장력이 늘기만을 기다릴 수만은 없잖은가. 그 나이 또래에서만 쓸 수 있는 글감이 있기 때문이다. 20대 초반이 쓸 법한 글을 30대 후반이 쓰면 징그럽다. 쓰고 싶은 글이 있는데 문장력이 부족해서 지금은 못 쓰겠다는 생각은 버려라. 망설이지 말고 지금 당장 써라! 아무도 초짜인 당신에게 기술적인 완성도를 요구하지 않는다. 잘 다듬어진 글을 읽고 싶으면 기성 작가의 글을 읽지 뭣하러 당신의 글을 읽겠는가. 작가 지망생에게 문장력을 기르는 것

은 중요한 과제다. 그러나 그것은 10년 후를 위한 투자이고, 우선 당장
은 '매혹적'이고 '개성적'인 글을 쓰기 위해 더욱 노력해야 한다.

경제학에서 미학이 나온다고 했습니다. 물적 조건이 상이
하면 상이한 미학이 발생한다는 뜻이고, 더 쉽게 말하자면 가난한 영화에는
특유의 멋진 매력이 따라서 생긴다는 소리입니다. 저예산 영화를 단순히 경
제학적 개념으로만 이해하지 말고 독특한 미학으로 이해해야 할 필요성이
여기서 대두됩니다. B감독에게는 스펙터클보다는 인간으로, 기술적 완성미
보다는 갈 데까지 가보는 극단성으로 승부를 내야 할 필요성이 절실하게 대
두되기 때문이죠. 뭐가 달라도 달라야 비싼 영화와 차별성이 생길 테니까요.
첫째도 개성, 둘째도 개성, 무엇보다도 오직 개성, 이야말로 가난한 예술가의
무기입니다.(박찬욱, 『박찬욱의 몽타주』, 마음산책, 2005, 221쪽)

'B급 영화'를 예찬하는 박찬욱 감독의 말이다. 그의 말처럼 '가난한
영화'를 찍는 B감독은 "기술적 완성미"보다는 "갈 데까지 가보는 극단
성"으로 승부를 내야 한다. "첫째도 개성, 둘째도 개성, 무엇보다도 오직
개성"이라는 그의 말을 가슴 깊이 새겨라. 책상 앞에 크게 써 붙여도 좋
다. 당신은 '가난한 작가'다. '물질적'으로 가난하다는 뜻만 아니라, '경
험과 기술'에서도 가난하다는 말이다. 그러나 "경제학에서 미학이 나온
다"는 것을 유념하라. 자신에게 부족한 부분을 겸허히 받아들이고, 그것
을 오히려 장점으로 살릴 수 있는 방법을 강구하라. 머리는 좀 아플 것이
다. 당연하다. 돈도 없고 배경도 없고 실력도 없으니 기성 작가들보다

열 배는 더 머리를 굴려야 마땅하다.

이제 펜을 놓을 때가 되었다. 지금까지 어쭙잖은 '충고'를 듣느라 애 쓰셨다. "너나 잘하세요."라는 소리나 듣지 않을까 두렵다. 물론 나도 잘 하겠다. 잘하고 싶다. 적어도 내가 뱉었던 말과 모순되는 글은 쓰지 않 겠다. 그동안 많다면 많고 적다면 적은 말을 쏟아 낸 것 같은데, 솔직히 무슨 말을 했는지 다 기억도 안 난다. 글이라는 게 쓰기 전에 미리 계획 된 부분도 있지만, 쓰다 보니 즉석에서 만들어지는 부분도 있기 때문이 다. 읽는 분들은 어땠는지 모르겠으나, 쓰는 나는 무척 즐거웠다. 나는 이 책의 저자이자 최초의 독자였기 때문이다. 이것이 바로 글쓰기의 진 짜 즐거움 아니겠는가. 나는 당신도 나와 같은 즐거움을 누릴 수 있게 되 길 진심으로 바란다.

그러니까 당신도 써라!

멋진 표현이 얼굴에 바른 화장이라면, 잘못된 단어는 얼굴에 난 상처이다. 아무리 화장을 하더라도 그 상처는 사라지지 않는 것이다. 그러니 상처를 먼저 다스리고 화장을 하는 것이 순서다.

(남영신, 『문장 비평』, 한마당, 2000, 97쪽)

맞춤법과 띄어쓰기, 이것만은 알아 두자

🖎 '왠지'만 '왠'이다

사람들이 많이 틀리는 순으로 차례를 매기라고 하면, '왠'과 '웬'의 구분은 아마도 세 손가락 안에 들 것이다. 그만큼 자주 쓰면서도 흔히 틀리는 표현이다. 뒤집어 말하면, 이것만 제대로 써도 글의 신뢰도가 확 올라간다. 복잡하게 생각할 건 없다. '왠지'만 '왠'이다. 나머지는 모두 '웬'이다.

- 오늘은 왠지 기분이 좋아. (※ '왠지'만 '왠'이다!)
- 이게 웬 떡이야?
- 웬만해선 그들을 막을 수 없다.
- 여기에 웬일이니?
- 나도 나이를 웬만큼 먹었다.

🖎 옛부터 → 예부터, 예로부터

'옛'은 관형사다. 관형사에는 조사 '-부터'가 붙을 수 없다. '예'는 '아주 먼 과거'라는 뜻의 명사다. 따라서 '예부터'라고 써야 옳다. '예로부터'라고 쓸 수도 있다. '옛스럽다'도 '예스럽다'라고 써야 한다.

- 예부터 전해 내려오는 이야기다.

🖎 그리고는 → 그러고는

'그리고는'이라는 말은 없다. 접속사 '그리고'에는 '-는'을 붙일 수 없다. 열에 아홉은 틀리게 쓰는 표현이다. '그러고는'이라고 써야 옳다. '그러고는'은 '그리하고는'을 줄인 말이다.

- 그는 웬일인지 발걸음을 멈췄다. 그러고는 울음을 터뜨렸다.

✎ 그리고 나서 → 그러고 나서

'그리고는'이 아니라 '그러고는'이라고 했다. '그리고 나서'도 마찬가지다. '그러고 나서'라고 써야 옳다. '그리하고 나서'의 준말이다.

• 그는 왠지 반찬을 먼저 먹었다. 그러고 나서 밥을 먹었다.

✎ 딴지를 걸다 → 딴죽을 걸다

'딴지일보' 탓일 게다. 이제 '딴지를 걸다'가 더 익숙하다. 그러나 '딴죽을 걸다'라고 써야 옳다. 딴죽은 '씨름이나 태껸에서, 발로 상대방의 다리를 옆으로 치거나 끌어당겨 넘어뜨리는 재주'를 말한다.

✎ -커녕

'-커녕'은 조사다. 조사는 앞말에 무조건 붙인다. '먹기는커녕'처럼 길어지면 어색하게 보여서 그런지, '먹기는 커녕'처럼 띄어 쓰는 경우가 많다. 자주 틀리는 표현이므로 꼭 기억해 두자.

• 밥커녕 죽도 못 먹었다.
• 밥은커녕 죽도 못 먹었다.
• 밥을 먹기는커녕 죽도 못 먹었다.

✎ 가시 돋히다 → 가시 돋치다

기본형은 '돋다'이다. '돋다'는 자동사. 자동사는 '-이-'나 '-히-'를 넣어서 피동형으로 만들 수 없다. '꽃이 피다'나 '해가 솟다'에서 '피다'와 '솟다'를 '피이다'나 '솟히다'로 쓸 수 없는 것과 마찬가지다. 따라서 '돋히다'는 말이 안 된다.

그렇다면 '돋치다'는 무엇인가? '돋치다'는 '돋다'의 강조형이다. '물이 끓어 넘다'의 '넘다'를 '넘치다'라고 쓴 것과 같은 예다. '-치-'는 강조의 뜻을 더하는 접미사다.

- 예부터 그 물건은 날개 돋친 듯이 팔렸다.
- 그는 내게 칭찬은커녕 가시 돋친 말을 내뱉었다.

🖎 뒷풀이 → 뒤풀이

사이시옷에 관한 문제는 무척 까다롭다. 규칙을 이해하는 건 어렵지 않다. 문제는 예외가 너무 많다는 것이다. 차라리 사이시옷을 의식하지 말고, 그때그때 익혀 나가는 것이 좋은 방법이다.

사이시옷은 두 명사가 합쳐지면서 '된소리 나기'나 'ㄴ의 첨가'가 일어날 때 삽입된다. '뒤+동산'은 [뒤똥산]처럼 뒷말의 첫소리가 된소리로 변한다. '뒤+마을'은 [뒨마을]처럼 'ㄴ'이 더해진 소리가 난다. 이때 사이시옷을 넣어서 '뒷동산'이나 '뒷마을'이라고 쓰는 것이다.

그러므로 뒷말의 첫소리가 원래부터 된소리이거나 거센소리이면 사이시옷을 넣을 필요가 없다. '뒤+풀이'에서 'ㅍ'은 거센소리다. 따라서 '뒷풀이'가 아니라 '뒤풀이'라고 써야 옳다. 다음의 경우도 마찬가지다.

- 위쪽(아래쪽), 위층(아래층), 뒤뜰, 뒤탈, 뒤처리, 뒤통수 (O)
- 윗쪽(아랫쪽), 윗층(아랫층), 뒷뜰, 뒷탈, 뒷처리, 뒷통수 (X)

🖎 굽신거리다 → 굽실거리다

'굽+신(身)+거리다' 정도로 추측하여 잘못 쓰는 것 같다. '굽실거리다'라고 써야 옳다. '굽신대다'와 '굽신굽신'도 마찬가지다. '굽실대다'와 '굽실굽실'이라고 써야 한다.

🖊️ 담배를 피다 → 담배를 피우다

불이 피도록 사람이 불을 피운다. 연탄불을 생각해 보라. 연탄불이 피도록 사람이 연탄불을 피운다. 담뱃불도 불이다. 따라서 담뱃불이 피도록 사람이 담배를 '피우는' 것이다.

- 담배는 아래층 흡연실에 가서 피워라.
- 담배 피울 공간이 없어서 뒤뜰로 나갔다.
- 담배를 피우고 나면 뒤처리를 잘해야 한다.
- 담배 한 개비 피우려고 너무 굽실거렸다.

🖊️ 밤새다 → 밤새우다

위의 경우와 마찬가지다. 밤이 새도록 사람이 밤을 새우는 것이다. '밤이 새다'는 '밤새다', '밤을 새우다'는 '밤새우다'라고도 쓴다. '지새다'와 '지새우다'의 관계도 마찬가지다.

- 웬만하면 밤새우지 말란 말이야.
- 밤을 꼬박 새웠다. 그러고 나서 바로 출근했다.
- 예부터 자꾸 밤을 새우면 건강에 나쁘다고 했다.
- 밤을 지새우기는커녕 초저녁에 바로 잠들었다.

🖊️ 터울

'터울'은 '한 어머니가 낳은 자식 간의 나이 차'를 말한다. 그런데 흔히 이 말을 그냥 '나이 차' 정도로 잘못 쓰고 있다. "남편과 나는 세 살 터울이다." "선배와 나는 한 살 터울이다."처럼 말이다. 그러나 '터울'의 의미를 제대로 알고 나면, 위의 말들이 상당히 묘한(?) 어감을 띤다는 걸 알게 된다. 피식 웃음도 날 법하다.

- 한 살 터울인 동생은 내게 가시 돋친 말을 자주 한다.
- 사촌 동생과 나는 네 살 터울이다. (X) → 네 살 차이다

✎ 통채, 병채, 껍질채 → 통째, 병째, 껍질째

'-채'가 아니라 '-째'라고 써야 옳다. '-째'는 '있는 그대로'라는 뜻의 접미사다. 접미사는 앞말에 붙여 쓴다. '통 째, 병 째, 껍질 째'처럼 띄어 쓰면 안 된다. '통째, 병째, 껍질째'처럼 붙여 써야 한다.
'-째'는 '차례'의 뜻을 더할 때에도 쓰인다. 역시 접미사이므로 앞말에 붙여 쓴다.

- 깨끗이 씻었으니까 껍질째 먹어도 뒤탈은 없을 거야.
- 위층에 살던 그가 나의 일곱 번째 남자 친구가 되었다.

✎ 걸맞는, 알맞는 → 걸맞은, 알맞은

'걸맞다'와 '알맞다'는 형용사다. 형용사는 '-는'을 붙여 진행형으로 쓸 수 없다. '걸맞는'과 '알맞는'은 이치에 맞지 않는다. "너한테 걸맞은 상대가 아니야." "알맞은 답을 고르시오." 등으로 써야 옳다.

- 자꾸 굽실거리는 건 그의 지위에 걸맞은 행동이 아니다.

✎ 깨치다 / 깨우치다

스스로 깨달아 아는 것은 '깨치다'라고 해야 한다. 흔히 '깨치다'를 쓸 자리에 '깨우치다'를 잘못 쓰는 경우가 많다. '깨우치다'는 '깨달아 알게 하다'라는 뜻이다. 'A가 B를 깨우치다'처럼 쓴다.

- 나는 네 살 때 천자문을 통째로 깨쳤다.
- 선생님은 밤을 새워 나의 잘못을 깨우쳐 주셨다.

✎ 덩쿨 → 덩굴, 넝쿨

'덩쿨'이 아니라 '덩굴'이다. '넝쿨'이라고도 쓴다.

- 호박이 넝쿨째 굴러 들어왔다. 그러고는 반으로 갈라졌다.

✎ 아니예요 → 아니에요

'이다'의 어간은 '이–'다. '아니다'의 어간은 '아니–'다. '어간'이란 활용할 때 변하지 않는 부분을 말한다. 거기에 어미인 '–에요'를 갖다 붙여 보라. '이+에요'와 '아니+에요'가 된다.

- 장미 넝쿨에 긁힌 상처가 아니에요.

✎ '예요'는 '이에요'의 준말이다

'예요'는 '이에요'가 줄어든 형태다. 따라서 '이예요(이+이에요)'라는 말은 있을 수 없다. '예요'와 '이에요'가 있을 뿐이다.
'예요'는 '나무예요', '무지개예요'처럼 받침이 없는 체언에 붙는다. '이에요'는 '숲이에요', '하늘이에요'처럼 받침이 있는 체언에 붙는다.

✎ '이예요'는 없다

'이예요'는 없다. 그러나 있는 것처럼 보이는 경우는 있다. '바둑이'처럼 '~이'

로 끝나는 단어는 '바둑이예요'처럼 쓴다.

'바둑이(개)'와 '바둑(경기)'을 비교해 보자. 전자는 '바둑이+예요', 후자는 '바둑+이에요'다. 역시 '예요'와 '이에요'뿐이다. '이예요'처럼 보이는 건 'OO이+예요'의 착시 현상일 뿐이다.

✎ '바둑이'나 '영철이'나 마찬가지다

'OO이'의 형태인 단어는 'OO이예요'가 된다. 하지만 이것은 'OO+이예요'가 아니라 'OO이+예요'다. 착시 현상! '승냥이예요, 팔푼이예요, 묘수풀이예요' 등이 그렇다.

사람을 이름만 부를 때에도 이런 현상이 나타난다. 이름이 '영철'이라도 우리는 보통 '영철이'라고 부른다. '영철이'를 하나의 이름으로 보는 것이다. 따라서 '영철+이에요'가 아닌 '영철이+예요'가 된다.

그러나 성과 이름을 같이 부른다면? '김영철'이라고 하지 '김영철이'라고 하지는 않는다. 이름만 부르면 '영철이예요'가 되지만, 성과 이름을 함께 부르면 '김영철이에요'가 된다.

- 저 강아지의 이름은 바둑이+예요.
- 저의 취미는 바둑+이에요.
- 내 이름은 봉선이+예요.
- 내 이름은 신봉선+이에요.

✎ 이 자리를 빌어 → 이 자리를 빌려

예전에는 '빌다'와 '빌리다'를 구분해서 썼다. 그러나 1988년에 맞춤법을 개정하면서 '빌다'와 '빌리다'는 따로 구분해서 쓰지 않기로 했다(좀 더 설명이 필요하지만 이 정도로만 알아 두자).

따라서 "그의 말을 빌어서 말했다." "이 자리를 빌어서 감사의 말씀을 드립니다." 등과 같이 쓰면 안 된다. '그의 말을 빌려서', '이 자리를 빌려서' 등으로 써야 옳다. '빌어서'가 아니라 '빌려서'다!

✎ 가능한 빨리 → 가능한 한 빨리

'가능한'과 '가능한 한'을 쓸 자리를 구분해야 한다. 관형사형인 '가능한' 다음에는 체언(명사, 대명사, 수사)이 온다. '가능한 일', '가능한 조건' 등으로 쓴다. 따라서 '가능한 빨리'는 성립하지 않는다.

이럴 땐 '가능한 한(限) 빨리'라고 써야 옳다. 명사 '한(限)'은 '범위'나 '조건'을 말한다. 풀어서 쓰면 '가능한 조건 안에서 빨리'라는 뜻이다. '가능한 한' 대신에 '되도록'을 써도 된다.

- 가능한 한 빨리 뒤처리까지 마무리해 주세요.
- 그 기계의 작동 원리를 가능한 한 빨리 깨치도록 하겠습니다.
- 이 자리를 빌려 되도록 빨리 오해를 풀고 싶어요.

✎ ㄹ께, ㄹ껄, ㄹ 꺼야 → ㄹ게, ㄹ걸, ㄹ 거야

발음은 [께], [껄], [꺼야] 등으로 나지만, '게', '걸', '거야' 등으로 써야 옳다. 'ㄹ게'와 'ㄹ걸'은 어미라서 앞말에 붙여 쓰지만, '거야'의 '거'는 의존 명사라서 앞말과 띄어 쓴다.

- 아래층 청소는 내가 할게. 뒤뜰의 잡초도 내가 뽑을게.
- "모든 걸 다 해 줄게." 그러고 나서 바로 팔을 걷어붙였다.
- 웬만하면 한 그릇 더 먹을걸. 그러고는 입맛을 다셨다.
- 진작 해 둘걸. 예부터 어른들 말씀 틀린 게 없다니까.
- 다 줄 거야. 그 애가 딴죽을 걸지 않는다면.
- 사랑을 할 거야. 가시 돋친 언쟁은 그만둘 거야.

✎ '게'와 '걸' · 종결 어미냐 의존 명사냐

'거야'의 '거'는 의존 명사라서 앞말과 무조건 띄어 쓴다. 따라서 헷갈릴 일이 없다. '할 거야, 될 거야, 먹을 거야' 등으로 쓰면 된다. 하지만 '게'와 '걸'은 종결 어미와 의존 명사 두 가지 형태로 쓰인다. 종결 어미일 땐 앞말에 붙여 쓰고, 의존 명사일 땐 앞말과 띄어 쓴다. 둘을 구분하는 것은 그렇게 어렵지 않다. 의존 명사 '게'는 '것이'를 줄인 말이고, '걸'은 '것을'을 줄인 말이다.

• 괜찮다면 내가 먹을게. (종결 어미)
• 먹을 게 없어서 그걸 먹니? (의존 명사)
• 따로 시간을 내어서라도 볼걸. (종결 어미)
• 못 볼 걸 보고 말았어. (의존 명사)

✎ 생채기

생채기란 '손톱 따위에 긁혀서 생긴 작은 상처'를 말한다. 강조점은 '작은 상처'에 찍힌다. 살짝 긁힌 정도라고 생각하면 된다. 그런데 생채기를 '상처'의 멋스러운 표현쯤으로 생각하는 사람이 많다. "그녀와의 이별은 내 가슴에 깊은 생채기를 남겼다."처럼 쓰는데, 이는 생채기의 뜻을 몰라서 저지른 실수다. '깊은 생채기'라는 말은 '둥근 사각형'처럼 형용 모순이다.

• 웬만해선 그 얼굴에 생채기 하나 내기도 힘들 거야.

✎ (날씨가) 꾸물꾸물하다 → 끄물끄물하다

'날씨가 활짝 개지 않고 흐려지는 모양은 '끄물끄물'이다. '꾸물꾸물'은 '느리게 움직이는 모양'이다.

• 하늘이 점점 끄물끄물해지고 있다.

• 날씨가 좋아지기는커녕 끄물끄물 흐려졌다.

✎ 맞히다 / 맞추다

텔레비전 자막에서 가장 흔히 보게 되는 실수가 '맞히다'를 쓸 자리에 '맞추다'를 쓰는 것이다. 발음은 두말할 것도 없다. '맞히다'를 옳게 발음하는 사람이 없다. 아나운서도 간혹 '맞추다'라고 발음한다.

사실 '맞히다'는 발음하기가 좀 까다롭다. '맞혔다'나 '맞췄다'나 빨리 발음하면 구분이 잘 안 된다. 따라서 발음상의 문제는 어느 정도 이해할 수 있다. 하지만 글을 쓸 때는 실수하지 말아야 한다.

'맞히다'는 '적중하다'라는 뜻이다. '정답을 맞히다', '과녁을 맞히다' 등으로 쓴다. 답을 알아서 맞게 하는 것도 '알아맞추다'가 아니라 '알아맞히다'이다.

'맞추다'는 '비교하여 살피다'라는 뜻 외에 여러 의미가 있다. '양복을 맞추다', '일정을 맞추다', '입을 맞추다' 등으로 쓴다.

• 내가 정답을 다 맞히자 다들 내게 굽실거렸다.
• 지금부터 가능한 한 빨리 알아맞혀 보세요.
• 몇 살 터울인지 알아맞히기 쉽지 않을걸.
• 예부터 이 문제는 제대로 알아맞힌 사람이 없다.

✎ 되 / 돼

발음이 비슷해서 그런지 '되'와 '돼'를 잘 구분하지 못하는 경우가 많다. '되'는 그냥 '되'다. '돼'는 '되어'의 준말이다. 문장 속에서 '되'인지 '돼'인지 헷갈릴 때는 '되어'로 바꾸어 말이 되는지 보라.

• 안 되나요.
• 내가 먹어도 되지?
• 안 돼요. (※되어요)

"그건 안 돼."와 같은 말은 헷갈릴 수 있다. 이 문장의 '돼'를 '되어'로 바꾸면 "그건 안 되어."처럼 된다. 어색하게 보이겠지만 이건 옳은 문장이다. "그건 안 되어요."에서 '-요'를 뺐다고 생각해라.

존대의 뜻을 나타내는 보조사 '-요'는 빼도 말이 된다. '먹어요, 해요, 가요, 들어요' 등에서 '-요'를 빼도 존대의 뜻만 없어질 뿐 말은 된다. '먹어, 해, 가, 들어'처럼 말이다.

'되'와 '돼'를 구분하는 다른 방법도 있다. '하'를 넣어서 말이 되면 '되', '해'를 넣어서 말이 되면 '돼'라고 쓰면 된다.

- 넌 뭐가 되고 싶니? (※하고 싶니?)
- 언니가 돼서 왜 그래? (※언니가 해서)
- 됐다 됐어. (※했다 했어)

✎ 등교길 → 등굣길

사이시옷 문제다. 앞서 사이시옷 규정은 무척 복잡하다고 말했다. 그때그때 익혀 나가는 방법밖에 없다. '등교길'이 아니라 '등굣길'이다. 처음엔 어색하겠지만 자주 보면 금방 익숙해진다. 다음 세 개는 그냥 눈으로 익혀 두자.

- 등굣길, 하굣길, 장맛비

✎ (글씨를) 끄적거리다 → 끼적거리다

'글씨 따위를 아무렇게나 쓰는 것'은 '끄적거리다'가 아니라 '끼적거리다'이다. 마찬가지로 '끼적이다', '끼적대다'처럼 쓴다.

- 아니에요. 거기에는 낙서를 끼적이면 안 돼요.
- 연습장에 끼적거리면서 외우면 더 잘 외워질 거야.

✎ 육계장 → 육개장

예전에는 '보신탕'을 '개장국'이라고 불렀다. 소고기나 돼지고기가 귀하던 시절엔 개고기로 국을 끓여 몸보신했다. 이후에 개고기를 꺼리는 사람들을 위해 소고기를 대신 넣어 개장국을 끓여 먹었는데, 이를 '육개장(국)'이라고 불렀다. '육(肉)'은 '소고기'를 뜻한다.

'육개장'을 '육계장'이라고 잘못 쓰는 사람이 많다. '육개장=소고기+개장국'이라는 걸 기억하라. 한편, 닭고기를 넣은 국은 '닭개장'이라고 써야 옳다. '닭(계)'이 들어갔다고 '닭계장'이라고 쓰지는 않는다. 굳이 '계'를 살리고 싶으면 '계개장'이라고 써야 한다.

✎ -하다 / -시키다

'-하다'를 써야 할 자리에 습관적으로 '-시키다'를 쓰는 경우가 많다. '-시키다'는 내가 남에게 '어떤 행동을 하게 하다'라는 뜻이다. 따라서 자기가 직접 하는 일에는 '-하다'라고 써야 한다.

- 제가 교육시키겠습니다. (X) → 교육하겠습니다
- 인터넷으로 직접 수강 취소시켰어요. (X) → 취소했어요
- 우리의 뜻을 관철시켜야 한다. (X) → 관철해야 한다
- 좋은 사람 있으면 소개시켜 줘. (X) → 소개해 줘

✎ (피부가) 땡기다 → 땅기다

'땅기다'는 '몹시 켕기어지다'라는 뜻이다. 켕기어지다? 사전의 설명만으론 썩 와 닿지 않지만, 굳이 보충 설명 하지 않아도 '땅기는' 게 어떤 느낌인지 잘 알 것이다. 이를 '땡기다'라고 쓰면 안 된다.

- 세수만 하고 나면 얼굴이 땅겨요.

• 오래 걸었더니 종아리 위쪽이 땅겼다.
• 수술한 자리가 땅겨서 육개장은 못 먹겠어.
• 정답을 못 맞혀서 뒷골이 땅겼다.

✎ (입맛이) 땡기다 → 당기다

'당기다'는 '마음이 저절로 끌리다', '입맛이 돋우어지다', '물건 따위를 힘주어 자기 쪽으로 가까이 오게 하다', '시간이나 기일을 앞으로 옮기거나 줄이다' 등의 뜻이다. 이를 '땡기다'라고 쓰면 안 된다.

• 왠지 호기심이 당기는 제안이군.
• 날씨가 끄물끄물하니까 입맛이 더 당기는걸.
• 의자를 바짝 당겨서 앉은 애가 봉선이예요.
• 뒤풀이 행사 시간을 한 시간만 당기면 안 되나요?

✎ 오랫동안 / 오랜 동안

'오랫동안'은 한 단어라서 붙여 쓴다. 반면에 '오랜 동안'은 관형사 '오랜'이 명사 '동안'을 꾸미는 형태이므로 띄어 쓴다.

• 오랫동안 기다려 왔어.
• 오랜 동안 기다려 왔어.

✎ 오랫만에 → 오랜만에

'오랜만'은 '오래간만'의 준말이다. 여기에 문법적인 설명을 보태면 오히려 복잡해질 수 있다. 그냥 눈에 익혀 두자. '오랜만'이다.

- 오랜만에 문제를 모두 맞혀서 기쁘다.
- 오랜만에 운동을 했더니 종아리가 땅긴다.

✎ 뇌졸증 → 뇌졸중

뇌졸중(腦卒中)의 '중(中)'은 '중풍(中風)'이라고 할 때의 그 '중'이다. '건망증, 우울증, 강박증' 등의 '-증(症)'과는 다르다.

✎ 우리나라, 우리말, 우리글

대명사 '우리'는 뒤에 오는 말과 띄어 쓴다. '우리 집, 우리 동네, 우리 삼촌, 우리 애인'처럼 말이다. 그런데 예외가 딱 세 개 있다. '우리나라, 우리말, 우리글'은 붙여 쓴다.
문법적인 이유는 없다. 규정을 만드는 사람들이 그렇게 정했기 때문에 쓰는 것뿐이다. 이오덕 님은 생전에 이러한 사실을 수긍하지 못했다. 그래서 그는 '우리 말'처럼 띄어 썼다.
띄어 쓰느냐 붙여 쓰느냐를 따지는 게 우리에게 중요하지는 않다. 어쨌든 현재는 '우리나라, 우리말, 우리글'은 예외로 붙여 쓰도록 하고 있으니, 딱히 불만이 없으면 따르도록 하자.

✎ 임산부 = 임(신)부+산부

임산부는 '임부'와 '산부'를 합친 말이다. 임부는 '아이를 밴 여자'고, 산부는 '아이를 갓 낳은 여자'다. 임부는 '임신부'라고도 한다. 그러니 우리가 흔히 '임산부'라고 말하는 배부른(?) 여자는 '임부'나 '임신부'라고 해야 정확한 표현이다.

- 우리말이 서툰 그 외국인 임부는 입덧이 심했다.

• 만삭의 임신부가 장맛비를 맞으며 힘겹게 걸어간다.

✎ (김치를) 담다 → 담그다

흔히 '김치를 담다'나 '김치를 담구다'라고 말하는데 이는 틀린 말이다. '김치를 담그다'라고 써야 옳다. '담그다'는 '담그고, 담그니, 담가서(담가)' 등으로 활용한다. '김치를 담아 먹다'나 '김치를 담궈 먹다'는 틀린 표현이다. '김치를 담가 먹다'라고 써야 한다.

'겨울철에 김치를 한꺼번에 많이 담그는 일'을 '김장'이라고 한다. 따라서 '김장을 담그다'는 '역전 앞'처럼 겹말이라는 것도 알아 두자. '김치를 담그다'나 '김장하다' 둘 중에 하나를 골라 쓰자.

• 아니에요. 올 겨울엔 김치를 안 담글 거예요.
• 우리나라에선 많은 가정이 겨울에 김치를 담가요.

✎ 만두 속, 김치 속 → 만두소, 김칫소

'떡이나 만두 등을 만들 때 속에 넣는 재료, 고기나 팥 따위'를 '소'라고 한다. 김치를 담글 때 절인 배추 속에 넣는 것도 '김치 속'이 아니라 '김칫소'다. '소'라는 단어가 생소하게 들리는 사람은 '오이소박이'를 떠올려 보라. 오이에다 '소'를 박아 넣은 게 오이소박이다.

• 김칫소를 버무리다 갑자기 뇌졸중으로 쓰러지셨대.

✎ 눈꼽 → 눈곱

눈곱은 '눈곱'이다. 눈에 낀 '곱'이다. 배꼽은 '배꼽'이다. 배에 낀 '곱'이 아니다. '곱'은 '고름 모양의 이물질'을 말한다. 눈곱은 눈에서 떼어 낼 수 있지만 배꼽은 배에서 떼어 낼 수 없다. 단어의 형태로 봐도 눈곱은 '눈+곱'이지만 배꼽은 '배+꼽'이 아니다.

✎ 눈쌀 → 눈살

눈살은 '눈'가에 있는 '살'이다. 따라서 '눈쌀'이 아님을 쉽게 이해할 수 있을 것이다. 이맛살도 마찬가지다. '이마'에 있는 '살'이다. '눈살을 찌푸리다', '이맛살을 찌푸리다' 등으로 써야 옳다. 한편, 등쌀은 '등'에 있는 '살'이 아니므로 '등쌀'이라고 발음대로 적는다.

• 부모의 지나친 등쌀은 아이의 눈살을 찌푸리게 만든다.

✎ 눈두덩이 → 눈두덩

'두덩이'라는 말은 없다. '가운데가 솟아서 불룩한 곳'을 '두덩'이라고 한다. 따라서 '눈두덩이'가 아니라 '눈두덩'이라고 써야 옳다.

• 위층에서 던진 돌에 맞아 눈두덩이 멍들었다.
• 오랜만에 눈두덩이 퉁퉁 붓도록 엉엉 울었다.

✎ 눈꼬리 → 눈초리

'눈꼬리'는 현재 표준어가 아니다. '눈초리'라고 써야 옳다. 선뜻 수긍하기 힘들 것이다. 원칙이 그렇다는 것만 알아 두자.

• 하굣길에 눈초리가 처진 그 남자와 육개장을 먹었다.

✎ 콧망울 → 콧방울

'눈망울' 때문에 '콧망울'이라고 착각하기 쉽다. '콧방울'이 옳은 표현이다. 눈망울은 '눈알 앞쪽의 도톰한 곳, 또는 눈알'이다. 콧방울은 '코끝 양쪽으로 둥글게 내민 부분'이다. 모양이 방울 같다.

• 콧방울이 크고 두툼한 그 외국인은 우리말이 서툴다.

✎ 옹니 → 옥니

'안으로 옥게 난 이'를 '옥니'라고 한다. '옹니'가 아니다.

• 이는 옥니고 콧방울 옆에는 점이 있다.

✎ (라면이) 불다 → 붇다

'물에 젖어 부피가 커지다' 또는 '분량이나 수효가 많아지다'라는 뜻의 단어는 '불다'가 아니라 '붇다'다. 라면뿐 아니라 체중이 느는 것도 '붇다'이고, 장마철에 강물의 양이 늘어나는 것도 '붇다'이다.

'붇다'는 'ㄷ불규칙 용언'이다. 'ㄷ불규칙 용언'은 뒤에 모음으로 시작하는 어미가 오면 어간의 'ㄷ' 받침이 'ㄹ'로 변한다. '묻다, 묻고, 물으니, 물어서'처럼 '붇다, 붇고, 불으니, 불어서'로 활용한다. 따라서 "라면이 불어서 못 먹겠다."라고 쓰는 건 옳다. 그러나 "라면이 불기 전에 먹어라."라고 쓰면 틀린다. "라면이 붇기 전에 먹어라."라고 써야 한다. 모음으로 시작하는 '-어서'가 오면 '불어서'가 되지만, 자음인 '-기'가 오면 '붇기'가 된다.

• 강물이 더 불으면 못 건넌다.
• 강물이 더 붇기 전에 건너자.
• 체중이 자꾸 불어서 걱정이다.

214

- 체중이 자꾸 붙기만 해서 걱정이다.
- 라면이 점점 불어 가고 있다.
- 라면이 점점 붇고 있다.

한편, '붇다'와 '붓다'는 서로 의미가 다르다. '붇다'는 '양이 늘어난다'라는 뜻이고, '붓다'는 '부풀어 오른다'라는 뜻이다. '체중'은 붇지만 '얼굴'은 붓는다. 두 단어를 헷갈리지 말자.

- 체중이 붇다. 강물이 붇다. 라면이 붇다.
- 얼굴이 붓다. 발목이 붓다. 눈두덩이 붓다.

✎ (물을) 들이키다 → 들이켜다

'들이키다'가 아니라 '들이켜다'가 기본형이다. 과거형은 '들이켰다'처럼 평소 쓰던 대로 쓰면 된다. 그러나 현재형으로 쓸 때는 주의해야 한다. '들이켜고, 들이켜니, 들이켜서, 들이켠' 꼴로 쓴다.

- 라면은 붇고 있는데 술만 자꾸 들이켰다.
- 물을 한 모금 들이켜고 담배를 한 개비 피웠다.
- 국물을 쭉 들이켜니 밤을 새운 피로가 싹 풀렸다.
- 콜라를 병째로 들이켠 후 트림을 길게 했다.

✎ 궁시렁거리다 → 구시렁거리다

'못마땅하여 자꾸 군소리를 하는 것'은 '궁시렁거리다'가 아니라 '구시렁거리다'이다. 자주 틀리는 말이니 꼭 알아 두자.

- 그는 나 때문에 정답을 못 맞혔다고 구시렁거렸다.
- 휴대 전화에 생채기가 났다고 구시렁구시렁 말이 많았다.

✎ 구설수에 오르다 → 구설에 오르다

'구설수(口舌數)'는 '남에게 시비하거나 헐뜯는 말을 듣게 될 신수'를 말한다. '운수'와 관련한 말이다. '구설수가 있다', '구설수가 끼었다' 등과 같이 써야 한다. '구설수에 오르다'라는 표현은 적절치 않다.

'구설(口舌)'은 '시비하거나 헐뜯는 말'이다. '구설에 오르다', '구설에 휘말리다' 등과 같이 쓴다. '구설'을 쓸 자리와 '구설수'를 쓸 자리는 엄연히 다르다. '구설에 오르다'는 '입방아에 오르다'라고 써도 된다.

- 미니홈피 방명록에 욕설을 끼적거렸다가 구설에 올랐다.
- 우리말보다 영어가 더 중요하다고 말해서 구설에 올랐다.
- 그 점쟁이는 나에게 구설수가 있으니 조심하라고 했다.

✎ 않 / 안

'않다'는 '아니하다'의 준말이다. '하지 않다', '먹지 않다', '가지 않다' 등으로 쓴다. 이를 '안 하다', '안 먹다', '안 가다' 등으로 쓸 수도 있다. 이때 '안'을 '않'으로 잘못 쓰는 경우가 많다.

- 뇌졸중 위험이 있으니 담배는 피우면 안 돼.
- 눈살 찌푸리지 마세요. 김칫소는 많이 안 넣을 테니까.

✎ 간지럽히다 → 간질이다

'-이-, -히-, -리-, -기-' 등을 넣어서 사동형으로 만들 수 있는 건 동사만 가능하다. '간지럽다'는 형용사다. 따라서 '간지럽히다'라고 쓸 수 없다. '간질이다'라는 동사가 따로 있다.

- 우리 누나는 옆구리를 간질이면 꼼짝 못해요.

216

✎ 몇 일 → 며칠

'몇 년'이나 '몇 월'과 달리 '몇 일'은 '며칠'이라고 써야 옳다. 만약 '몇 일'이라고 쓰면 [며딜]이라고 발음해야 한다. '며칠'이라고 써야 [며칠]이라고 발음할 수 있다.

• 정말이에요. 오늘이 몇 월 며칠인지 몰랐어요.
• 뒤풀이 날짜를 며칠만 미루면 안 될까?

✎ 어리버리하다 → 어리바리하다

'정신이 또렷하지 못하거나 기운이 없어 몸을 제대로 놀리지 못하는 모양'은 '어리버리'가 아니라 '어리바리'이다.

• 어리바리한 소리 하지 마. 물 한 잔 들이켜고 정신 차려!

✎ 주인공 / 장본인

중학교 영어 시간에 'famous'와 'notorious'의 차이에 대해 배웠을 것이다. 'famous'는 긍정적인 의미로 '유명하다'는 뜻이다. 그러나 'notorious'는 '악명이 높다'처럼 부정적인 의미로 쓰인다.

'주인공'과 '장본인'의 경우도 마찬가지다. '주인공'은 긍정적인 의미에서 '그 일을 한 당사자'를 말한다. 하지만 '장본인'은 부정적인 의미가 강하다. '거짓말을 한 장본인'처럼 쓴다.

그런데 요즘엔 '장본인'에 부정적인 뜻만 있는 게 아니라는 주장도 심심찮게 나온다. "이 아이가 장차 우리 집안을 이끌 장본인이다."처럼 써도 무방하다는 것이다. 일부 사전에도 그렇게 나온다.

요컨대 '장본인'에 관해서는 국어 연구가들 사이에서 아직 합의가 이루어지지 않은 상황이다. 논쟁은 그들의 몫이다. 어쨌든 지금으로서는 '주인공'과 '장본인'을 구분해서 쓰는 게 안전하다.

- 그가 50억 원을 남몰래 기부한 주인공이다.
- 그가 촛불 집회를 처음 제안한 주인공(장본인)이다.

'장본인'을 쓰느냐 '주인공'을 쓰느냐에 따라 '촛불 집회'를 보는 관점이 드러날 수 있다. 또는 자신의 생각이 독자나 청자에게 잘못 전달될 수도 있다. 가치 중립적으로 쓰려면 '당사자'나 '그 사람'과 같이 문맥에 맞는 다른 표현을 찾아보는 것도 괜찮은 방법이다.

✎ -ㄹ런지 → -ㄹ는지

발음 때문에 '-ㄹ런지'나 '-ㄹ른지' 등으로 많이 쓴다. 그러나 '-ㄹ는지'라고 써야 옳다.

- 이런 말을 해서 딴죽을 걸어도 될는지 모르겠다.
- 아직 할는지 말는지 결정 못 했어. 며칠만 시간을 줘.

✎ 한참 / 한창

'한참'은 '시간이 상당히 지나는 동안'이라는 뜻이다. "그는 한참 말이 없었다." "담장을 따라 한참 걸었다." 등으로 쓴다. '한창'은 '어떤 일이 가장 활기 있고 왕성하게 일어나는 때나 모양'을 말한다. "대학가에 축제가 한창이다." "벼가 한창 무성하게 자란다." 등으로 쓴다.
'한참'을 쓸 자리에 '한창'을 쓰는 경우는 거의 없지만, '한창'을 써야 할 자리에 '한참'을 쓰는 실수는 꽤 흔하다. 두 단어가 모양은 비슷하지만 뜻은 전혀 다르므로 잘 구분해서 써야 한다.

- 나와 한 살 터울인 언니는 결혼 준비로 한창 바쁘다.

• 그는 "서른 살이면 한창 좋을 나이죠."라고 굽실거리며 말했다.

✎ 틀리다 / 다르다

'다르다'와 '틀리다'를 구분해서 써야 한다는 건 이미 알고 있다. 문제는 알면서도 자꾸 실수를 한다는 것이다. 당신은 이런 실수를 별것 아니라고 생각하는가. 그래선 곤란하다.
상대방은 이런 사소한 것들을 귀담아듣는다. 사소한 실수는 사소하지 않다! 당신이 대수롭잖게 여긴다고 해서 상대방도 그럴 것이라고 착각하지 마라. 반드시 구분해서 써야 한다.

• 예전과 분위기가 많이 틀리네요. (X) → 다르네요
• 제 생각은 당신과 좀 틀려요. (X) → 달라요
• 사진과 틀린 사람이 나와서 깜짝 놀랐다. (X) → 다른

✎ (말을) 떠벌리다 / (일을) 떠벌이다

'떠벌리다'는 '이야기를 과장하여 늘어놓다'라는 뜻이다. '떠벌이다'는 '굉장한 규모로 차리다'라는 뜻이다. '떠벌리다'와 '떠벌이다'는 모양이 비슷하지만 뜻은 전혀 다른 단어다. 구분해서 쓰자.

• 애인의 과거를 떠벌리고 다니다가 구설에 올랐다.
• 사업을 크게 떠벌이고 있던 중에 뇌졸중으로 쓰러졌다.

✎ 그때, 그곳, 그분, 그날, 그쪽, 그해, 그중

지시 관형사는 뒤에 오는 명사와 띄어 쓰는 게 원칙이다. '그 시간, 그 장소, 그 사람'처럼 말이다. 그런데 위에 열거한 것처럼 예외적으로 붙여 쓰는 경우도 있

다. 거의 한 단어로 굳어졌다고 보고 붙여 쓰기로 한 것이다.

그런데 쓰기에 편하라고 그렇게 정해 놓았는데, 정작 언중은 붙여 써야 한다는 걸 모르고 있다. '그 때, 그 곳, 그 분, 그 날, 그 쪽, 그 중'처럼 쓰는 경우가 많다. 한 단어로 붙여 쓰는 말들을 눈여겨봐 두자.

- 그때, 그곳, 그분, 그놈, 그날, 그쪽, 그편, 그해, 그중
- 이때, 이곳, 이분, 이놈, 이날, 이쪽, 이편
- 저곳, 저분, 저놈, 저쪽, 저편

✎ 남사스럽다 → 남세스럽다, 남우세스럽다

'남사스럽다'라는 말은 없다. '남세스럽다'를 잘못 쓴 것이다. '남우세스럽다'라고 쓸 수도 있다.

- 아무리 입맛이 당겨도 그렇지. 남세스럽게 왜 그래?
- 이게 무슨 남우세스러운 짓이야? 뒷골 땅기게 하지 마.

✎ 끝물

'끝물'이란 '과일, 푸성귀, 해산물 따위에서 그해의 맨 나중에 나는 것'이란 뜻이다. 비슷한 말로 '막물'이라고도 한다. 주로 먹을거리를 의미한다. '끝물 고추', '참외가 끝물이다' 등처럼 쓴다.

이 '끝물'이라는 단어를 '한 시기의 끝 무렵' 정도로 착각하여 잘못 쓰는 경우가 많다. 아마도 '끝물'을 '끝 무렵'을 줄인 말 정도로 생각하는 모양이다. "피서 철이 끝물이다."처럼 쓰는 것은 잘못이다.

- 단풍이 끝날 무렵이다. 피서가 끝날 무렵이다.
- 단풍이 끝물이다. 피서가 끝물이다. (X)

✎ 걸판지다 → 거방지다

'걸판지다'라는 말은 없다. 흔히 "오늘 걸판지게 한번 놀아 보자!"라고 말하지만, '걸판지게'는 '거방지게'라고 써야 옳다.

'거방지다'를 사전에서 찾아보면 '몸집이 크다', '하는 짓이 점잖고 무게가 있다', '매우 푸지다' 등의 뜻으로 나온다. 여기서는 '매우 푸지다'의 의미로 '거방지다'를 쓴 것이다.

• 뒤풀이 자리에서 술을 진탕 마시며 거방지게 놀았다.

✎ 8·15 해방 → 8·15 광복

'해방'과 '광복'은 '자유를 찾다'라는 뜻에서 비슷한 말이다. 그러나 중요한 차이가 있다. '해방'은 '노예 해방'처럼 수동적인 의미다. 노예들이 스스로 자유를 찾은 게 아니라는 말이다.

이에 반해 '광복'은 능동적인 의미다. 우리 스스로 주권을 되찾았다는 뜻이 담겨있다. 왜 8월 15일을 '해방절'이 아니라 '광복절'이라고 부르는지 이제 이해가 될 것이다.

그 밖에도 고쳐 써야 할 역사 용어들이 있다. '민비'는 '명성 황후', '일제 시대'는 '일제 강점기', '을사조약'은 '을사늑약', '창씨개명'은 '일본식 성명 강요'라고 쓰자. 또한 '이조(李朝)'는 '이씨 조선'을 줄인 말이다. 일본이 '조선'을 낮춰 부르기 위해 의도적으로 쓴 것이다. '이조 시대'는 '조선 시대', '이조 백자'는 '조선백자'라고 써야 한다.

✎ 천상 → 천생

"봉선이는 천상 여자야."처럼 쓰는데, '천상'은 '천생(天生)'이라고 써야 옳다.

• 김치 없인 밥을 못 먹으니 천생 한국인이다.

✎ 어쩔 땐 → 어떨 땐

흔히 "어쩔 땐 나도 울고 싶다."처럼 쓴다. 그러나 '어쩔 땐'이라는 말은 쓸 수 없다. '어쩧다'라는 말이 없기 때문이다. '어떻다'라는 말은 있다. "어떨 땐 나도 울고 싶다."처럼 써야 옳다.

• 구시렁거리지 마. 어떨 때 보면 넌 꼭 내 남동생 같아.
• 그 사람은 어떨 때 보면 정말 어리바리해요.

✎ 뭔 소리 → 무슨 소리

'뭔'은 '무슨'의 준말이 아니다. '뭔'은 '뭔가(무언가)'나 '뭔지(무언지)' 등의 형태로 쓰인다. 굳이 따지자면 '뭔'은 '무언'의 준말이고, '무언'은 '무엇인'의 준말이다. '뭔'만 독자적으로 쓰는 건 불가능하다.
'뭔'과 '무슨'은 전혀 관련이 없는 말이다. 선뜻 이해가 되지 않으면 뒤집어 생각해 보자. '뭔'이 들어갈 자리에 '무슨'을 넣어 보라. "뭔지 모르겠어."를 "무슨지 모르겠어."라고 쓸 수는 없지 않은가?

• 이게 뭔 소리야? (X) → 무슨 소리
• 뭔 말을 하는지 모르겠다. (X) → 무슨 말
• 내가 뭔 죄가 있어? (X) → 무슨 죄

✎ (입맛을) 돋구다 → 돋우다

'돋구다'는 '안경의 도수 따위를 더 높이다'라는 뜻이다. 그 외에는 '돋구다'라는 말을 쓸 일이 없다. 우리가 흔히 쓰는 '돋구다'라는 표현은 전부 '돋우다'라고 써야 옳다.

• 그는 뒤풀이 자리에서 한창 분위기를 돋우고 있었다.

222

• 그런 식으로 말해서 화를 돋우지 마라.
• 그곳에서 남세스럽게 목청을 돋워 노래를 불렀다.

✎ 거칠은 → 거친

'거칠다'의 관형형은 '거칠은'이 아니라 '거친'이다. 비슷한 예는 또 있다. '푸르다'의 관형형은 '푸르른'이 아니라 '푸른'이다. '날다'의 관형형은 '날으는'이 아니라 '나는'이다. 시나 노랫말처럼 특수한 경우엔 '시적 허용'으로 인정할 수도 있겠지만 웬만하면 옳게 쓰자.

• 거칠은 벌판으로 달려가자. (X) → 거친
• 솔아 솔아 푸르른 솔아. (X) → 푸른
• 하늘을 날으는 독수리 오 형제. (X) → 나는

✎ 운명을 달리하다 → 유명을 달리하다

'유명(幽明)'은 '어둠과 밝음'이라는 뜻으로 '저승과 이승'을 비유한 말이다. 따라서 '죽음'은 '운명'을 달리하는 게 아니라 '유명'을 달리하는 것이다.

• 그는 어젯밤에 뇌졸중으로 유명을 달리했다.
• 그분은 며칠 전에 그곳에서 유명을 달리했다.

✎ 버금가다 → 맞먹다, 필적하다

'버금가다'는 '으뜸의 바로 아래가 되다'라는 뜻이다. 그런데 '버금가다'를 '맞먹다'나 '필적하다'의 의미로 잘못 쓰는 경우가 많다. "박명수는 유재석에 버금간다."라고 말하면, 그들이 동급이라는 뜻이 아니다. 유재석이 1인자이고 박명수가 2인자라는 뜻이다. 으뜸과 버금!

물론 박명수는 스스로 '2인자'를 자처하므로 이 말에 불만은 없을 것이다. 그러나 "강호동은 유재석에 버금간다."라고 말하면 강호동은 기분 나쁠 수도 있다. 강호동이 유재석보다 한 수 아래라는 의미이니까. 아래와 같이 '버금가다'를 사용한 예는 적절치 않다.

- 하와이에 버금가는 제주도. (X) → 맞먹는, 필적하는
- 박경리는 펄벅에 버금가는 작가다. (X) → 필적하는

✎ 햇님 → 해님

사이시옷은 두 명사가 합쳐지면서 '복합 명사'가 될 때 넣느냐 마느냐를 결정한다. 다시 말해 '명사+명사'가 아니면 사이시옷 규칙을 생각할 필요가 없다. '해님'은 '명사+명사'가 아니라 '명사+접미사'다.
'햇빛, 햇살, 햇무리' 등은 '명사+명사'의 형태이므로 사이시옷 규칙이 적용된 것이다. 반면에 '해님'은 '교수님, 사부님, 나라님'처럼 '명사+접미사' 형태다. '교숫님, 사붓님, 나랏님'이 아닌 걸 생각해 보라.

- 예부터 해님과 달님은 사이가 좋았어요.

✎ 고난이도 → 고난도

'고난이도'는 기형적인 말이다. '난이도'를 풀어서 쓰면 '어렵고(難) 쉬운(易) 정도(度)'라고 할 수 있다. 여기에 '고(高)'는 붙을 수 없다. '고난도'라고 써야 옳다. '난이도가 높다'도 말이 되지 않는다. 굳이 쓰려면 '난도가 높다'라고 써야 한다.

- 술을 몇 잔 들이켠 상태에서도 고난도의 연기를 선보였다.
- 이번 시험의 난도는 상당히 높을 거라고 떠벌리고 다녔다.
- 이번 테스트는 오랜만에 난이도 조절에 성공했다.

✎ (가던 길에) 들리다 → 들르다

흔히 "지나가던 길에 들렸어."라고 말한다. 여기서 '들렸어'는 '들렀어'라고 해야 옳다. 기본형이 '들리다'가 아니라 '들르다'이기 때문이다. '들르고, 들르니, 들러서, 들르면' 등으로 활용한다.

- 등굣길에 잠깐 들르면 되잖아.
- 너 없을 때 들러서 김치를 담가 주고 갔어.
- 강물이 더 붇기 전에 잠시 들러서 점검해 보자.

✎ 작렬 / 작열

'작렬(炸裂)'은 '포탄이나 폭죽 따위가 터져서 좍 퍼짐'을 말한다. 흔히 '홈런이 작렬하다'라는 표현을 쓰는데, 이는 홈런 타구가 날아가는 모양을 폭탄이나 폭죽이 터지는 모습에 비유한 것이다.
'작열(灼熱)'은 '불 따위가 이글이글 뜨겁게 타오름'을 말한다. "오후의 태양이 뜨겁게 작열했다."처럼 쓴다. '작렬'과 '작열'을 혼동해서는 안 된다. 한자를 보면 전혀 다른 단어다.

- 작렬 : 터질 작(炸), 찢을 렬(裂)
- 작열 : 사를 작(灼), 더울 열(熱)

✎ 빠르다 / 이르다

평소에 '빠르다'와 '이르다'를 정확히 구분해서 쓰는 사람이라면 언어에 아주 민감한 사람이라고 할 수 있다. '빠르다'는 '속도', '이르다'는 '시기'와 관계있는 말이다. 둘의 차이가 느껴지는지?
부사 '빨리'와 '일찍'도 정확히 구분해서 써야 한다.

- 아직 김장을 하기는 좀 이르지 않나요?
- 뒤처리는 일러야 내일에나 가능하다며 구시렁거렸다.
- 아니에요. 그해에는 첫눈이 일찍 왔어요.
- 며칠 동안만 한 시간 일찍 출근할 수 있겠어?

✎ 구스르다, 구슬르다 → 구슬리다

'구슬리다'는 '그럴듯한 말로 꾀어 마음을 움직이다'라는 뜻이다. 이를 '구스르다'나 '구슬르다'로 잘못 쓰는 경우가 많다. '구슬리다'는 '구슬리고, 구슬리니, 구슬리면, 구슬려서' 등으로 활용한다.

- 옆구리를 간질이면서 살살 구슬리면 금방 넘어올 거야.
- 천생 돌부처인 그는 아무리 구슬려도 소용없다.
- 남세스럽긴 해도 잘 구슬려서 꼭 데려오겠다는군요.

✎ 어줍잖게 → 어쭙잖게

'어줍다'는 '어설프다' 정도의 뜻이다. '행동이 어줍다', '말투가 어줍다'처럼 쓴다. '어줍다'의 부정형은 '어줍잖다(어줍지 않다)'이다. 그러나 이 말은 일상생활에서 거의 쓰이지 않는다.
흔히 "어줍잖게 나서지 마라."와 같은 표현을 쓰는데 이는 잘못이다. '어쭙잖게'라고 써야 옳다. '주제넘게'와 바꿔 쓸 수 있다. 이런 단어 하나 올바로 쓰면 글 전체의 격이 올라간다!

- 어쭙잖게 나서서 그 사람 화를 돋울 필요는 없잖아.
- 그는 어쭙잖은 행동으로 또 구설에 휘말렸다.
- 어떨 땐 나도 어쭙잖게 참견을 하고 싶어지더구나.

✎ 창란젓 → 창난젓

'명란젓'은 '명태의 알을 소금에 절여 담근 젓'이다. '명란(明卵)'은 '명태의 알'을 뜻하는 한자어다. '창난젓'은 '명태의 창자로 담근 젓'이다. '창난'은 '명태의 창자'를 뜻하는 순 우리말이다.

✎ 촛점 → 초점

사이시옷이 들어가느냐 마느냐의 가장 기본적인 조건은 두 개의 독립된 단어가 합쳐지면서 '복합 명사'가 될 때이다. 즉, '명사+명사'일 때이다. 이때 뒤에 오는 단어의 첫 음절이 된소리가 나거나, 'ㄴ' 소리가 덧나면 사이시옷을 앞말에 받쳐서 적는 것이다. '뒤+동산'은 '뒷동산[뒤똥산]', '해+빛'은 '햇빛[해삗]', '나무+잎'은 '나뭇잎[나문닙]'이 된다.
그런데 '명사+명사'라고 해서 사이시옷 규칙이 모두 적용되는 게 아니다. '한자어+한자어'에는 사이시옷을 넣지 않는다. 따라서 '촛점'이 아니라 '초점(焦點)'이고, '갯수'가 아니라 '개수(個數)'다.

- 초점[초쩜], 이점[이쩜], 허점[허쩜]
- 개수[개쑤], 치수[치쑤]
- 수라간[수라깐], 수라상[수라쌍]

✎ 회수 → 횟수

앞서 '한자어+한자어'에는 사이시옷을 받쳐 적지 않는다고 했다. 그러나 예외가 여섯 개 있다. '곳간, 셋방, 숫자, 찻간, 툇간, 횟수.' 이건 달리 이해할 방법이 없다. 무조건 외우는 수밖에 없다.
너무 겁먹을 필요는 없다. 여섯 개 모두 우리에게 익숙한 단어들이다. 그냥 써오던 대로 쓰면 된다. '셋방'을 '세방', '숫자'를 '수자'라고 쓸 사람은 없을 테니까. 단, '횟수'는 헷갈릴 수도 있겠다.

✎ 피잣집 → 피자 집

'한자어+한자어'에는 사이시옷을 쓰지 않는다고 말했다(단, '곳간, 셋방, 숫자, 찻간, 툇간, 횟수'는 예외!). 그 말은 '한자어+고유어'나 '고유어+한자어'에는 사이시옷을 쓴다는 소리다. 예컨대 '전세(한자어)+집(고유어)'은 '전셋집'이라고 써야 한다. '고유어+고유어'도 마찬가지다. '깨(고유어)+잎(고유어)'은 '깻잎'이라고 써야 한다. 읽을 때는 [전세찝]과 [깬닙]이 된다.

그렇다면 '외래어+고유어'는? 그렇다. 사이시옷을 쓰지 않는다. 그리고 띄어 쓴다. 따라서 '피자(외래어)+집(고유어)'은 '피잣집'이 아니라 '피자 집'이다. '핑크+빛'도 '핑큿빛'이 아니라 '핑크 빛'이라고 쓴다.

✎ 승부욕

'승부욕'은 풀어서 쓰면 '이기고(勝) 지려는(負) 욕심(慾)'이라고 할 수 있다. 이기고 지려는 욕심? 이게 무슨 말인가. 말 자체가 성립하지 않는다. '이기고 싶은 욕심'은 '승리욕' 정도가 되어야 한다.

그런데 '승부욕'이라는 단어는 일상생활에서 별다른 이질감 없이 잘 쓰이고 있다. 나도 누가 '승부욕'이라는 단어를 썼다고 해서 굳이 지적하고 싶지는 않다. 어쨌든 기형적인 말이라는 것은 알아 두자.

오늘부터 텔레비전 자막을 유심히 보라. 출연자가 '승부욕'이라는 단어를 말할 때, 자막에는 '승리욕'이라는 글자가 나오는 걸 종종 볼 수 있을 것이다.

✎ 좋은 하루 되세요(?)

"부자 되세요."는 말이 되지만, "좋은 하루 되세요."는 말이 되지 않는다. 사람이 '하루'가 될 수는 없으니까. 상황에 따라 적절하게 다른 말로 바꿔 써야 한다. "즐거운 하루 보내세요." 또는 "오늘 하루 즐겁게 보내세요." 등으로 바꿔 쓰면 된다.

- 즐거운 시간 되세요. (X) → 즐거운 시간 보내세요.
- 편안한 주말 되세요. (X) → 주말 편안하게 보내세요.

✎ 잊혀진 → 잊힌

'잊혀진 계절'이라는 노래 제목도 있듯이, '잊혀진'은 우리에게 무척 익숙한 표현이다. 그런데 '잊혀지다'는 '겹말'이다. '잊다'의 피동형인 '잊히다'에 피동 보조 동사인 '-어지다'가 중복으로 붙은 꼴이다. 비슷한 예로 '나뉘어지다'를 들 수 있다. '나누다'의 피동형은 '나뉘다'인데, 거기다 '-어지다'까지 붙어 버렸다. '잊다'의 피동형은 '잊히다', '나누다'의 피동형은 '나뉘다'라고 써야 옳다.

그런데 과연 현실적으로 '잊힌'이 '잊혀진'을 대체할 수 있을까? 아마 입말에서는 그런 일이 일어나지 않을 것이다. 문법적으로 옳고 그름을 떠나서 '잊힌'은 발음하기가 무척 까다롭기 때문이다.

'겹말'이라고 무조건 제거해야 할 대상은 아니다. 오히려 '겹말'이 더 합리적인 경우도 많다. '상가(喪家)'보다는 '상갓집'이라는 표현이 여러모로 낫지 않은가? '상가(商街)'와 헷갈릴 일도 없고 말이다.

어쨌든 '겹말'은 되도록 줄이는 것이 좋다. 절충안을 찾자면 이렇다. 말을 할 때는 지금처럼 '잊혀진'이라고 하자. 그러나 글을 쓸 때는 '잊힌'이라고 쓰자. 그쪽이 글이 훨씬 세련되어 보인다.

✎ 쭈꾸미, 꼼장어 → 주꾸미, 곰장어

열에 아홉은 '쭈꾸미'라고 쓰는데, '주꾸미'가 옳은 말이다. '꼼장어'도 '곰장어'가 옳다.

- 나는 주꾸미보다는 곰장어를 더 좋아한다.

✎ 씨(의존 명사)

의존 명사 '씨'는 '그 사람을 높이거나 대접하여 부르거나 이르는 말'이다. 앞 말과 띄어 쓰는 게 원칙이다. 단, '성씨 자체'를 나타낼 때는 접미사이므로 붙여 쓴다.

- 홍 씨, 길동 씨, 홍길동 씨
- 나는 홍씨다.

✎ 님(의존 명사) / −님(접미사)

'님'이 의존 명사일 때는 '사람의 성이나 이름' 뒤에 띄어 쓴다. '홍길동 님, 길동 님'처럼 쓴다. '씨'보다 높임의 뜻을 나타낸다. 반면에 접미사일 때는 '직위나 신분을 나타내는 일부 명사'와 '사람이 아닌 일부 명사' 뒤에 붙여 쓴다. '선생님, 부장님, 해님, 토끼님'처럼 쓴다.
그렇다면 인터넷에서 흔히 사용하는 '닉네임'이나 '아이디(ID)' 뒤에 오는 '님'은 붙여 써야 할까, 띄어 써야 할까? 이는 닉네임이나 아이디를 어떻게 보느냐에 따라 달라질 것이다.
'직위나 신분'으로 본다면 '아무개님'이라고 붙여 쓰고, '이름'으로 본다면 '아무개 님'이라고 띄어 써야 한다. 나는 '이름'으로 보는 게 옳다고 생각한다. 그래서 '애드키드 님'처럼 띄어 쓴다.

- 부장님도 애드키드 님을 아세요?

✎ 아는 척하다 / 알은척하다

꼭 구분해서 쓰자. '아는 척하다' 또는 '아는 체하다'는 '어떠한 사실에 대해서 아는 것처럼 꾸미다'라는 뜻이다. "미분에 대해서 아는 체하다." "마치 비밀이 무엇인지 아는 척하다." 등으로 쓴다.

그러나 "날 보고 아는 체도 하지 않더라." "사람을 보면 아는 척 좀 해라." 등으로 쓰는 것은 잘못이다. '사람을 보고 인사하는 표정을 짓다'라는 뜻의 단어는 '알은체하다' 또는 '알은척하다'이다.
"날 보고 알은체도 하지 않더라." "사람을 보면 알은척 좀 해라." 등으로 쓴다. '알은체하다'와 '알은척하다'는 한 단어이므로 붙여 써야 한다. '알은 체하다'나 '알은 척하다'처럼 띄어 쓰면 안 된다.

- 가방끈 좀 길다고 되게 아는 척하네. (※지식)
- 등굣길에는 서로 알은척하지 않기로 했다.
- 내 얼굴을 보더니 알은체했다. 내 이름도 알아맞혔다.

✎ 맨날 → 만날

'만날'의 '만'은 한자로 '萬'이다. '매일같이 계속해서'라는 뜻이다.

- 너는 만날 종이에 뭘 그렇게 끼적거리니?
- 너는 어째 만날 그 모양이니?

✎ 안절부절하다 → 안절부절못하다

부사 '안절부절'은 '마음이 초조하고 불안하여 어찌할 바를 모르는 모양'을 뜻한다. "그는 안절부절 어쩔 줄 몰랐다."처럼 쓴다. 그러나 동사로 쓸 때에는 '안절부절하다'가 아니라 '안절부절못하다'라고 쓴다. '안절부절 못하다'처럼 띄어 쓰지 마라!

- 그는 안절부절 어쩔 줄을 몰랐다. (※부사)
- 그는 강물이 점점 붇고 있어서 안절부절못했다.

✎ (일손이) 딸리다 → 달리다

'달리다'는 '재물이나 기술, 힘 따위가 모자라다'라는 뜻이다. 대부분 '달리다'를 [딸리다]라고 발음한다. 잘못된 발음이 입에 익어서 쓸 때에도 '딸리다'라고 잘못 쓰는 경우가 많다.

- 아니에요. 지금은 한창 일손이 달릴 시기예요.
- 그는 "기운이 달려서 더는 못 뛰겠어."라며 계속 구시렁댔다.
- 운동 실력이 달려서 그런지 약간 어리바리하게 보였다.

✎ 지천

흔히 "그런 여자는 지천에 널렸다." "지천이 온통 꽃밭이다." 등으로 쓴다. 이는 지천을 '地天'이라고 잘못 생각해서 저지른 실수다. 지천은 '至賤'이다. '이를 지, 천할 천'이다. '천할 정도로 무척 흔하다'라는 뜻이다.
'지천'은 공간을 의미하는 말이 아니다. 그러니 '지천에 널렸다', '지천이 꽃밭이다' 등으로 쓸 수는 없다. '지천으로 널렸다', '지천이다'라고 써야 한다.

- 낙엽이 지천에 깔려 있다. (X) → ※地天이 아니다!
- 낙엽이 지천으로 깔려 있다.
- 마을 뒷산에는 산나물이 지천이다.

✎ 찰지다 → 차지다

'찰지다'가 '차지다'보다 훨씬 말맛이 좋다. 그래서 대부분 '찰지다'라고 하지 '차지다'라고 하지 않는다. 나도 '찰지다'라는 말이 더 마음에 든다. 하지만 정답은 '차지다'이다.

- 그 임신부는 차진 밥을 좋아해.

• 만두소는 합격인데 반죽은 너무 차지다.

✎ 뭐길래 → 뭐기에

"돈이 뭐길래 사람을 이렇게 비참하게 만드는 걸까?" "어떻게 말했길래 그 사람이 그렇게 화를 내니?" "당신이 누구시길래 저한테 그런 소리를 하는 겁니까?" 등의 표현을 자주 쓴다. 이때 '뭐길래, 말했길래, 누구시길래'는 '뭐기에, 말했기에, 누구시기에'라고 써야 옳다. 발음을 편하게 하기 위해서 혹은 의미의 전달을 분명히 하기 위해서 'ㄹ'을 첨가하는 것 같은데 잘못된 표현이다.

말을 할 때는 '-기에'보다는 '-길래'를 쓰는 편이 나을 수도 있겠지만, 글을 쓸 때는 웬만하면 원칙을 지키자. '뭐길래'가 아니라 '뭐기에'라고 써야 옳다. 맞춤법이 뭐기에!

✎ 뗄래야 뗄 수 없는 → 떼려야 뗄 수 없는

'-기에'에 'ㄹ'을 첨가하여 '-길래'로 쓰는 것처럼, '-려야'에 'ㄹ'을 첨가하여 '-ㄹ래야'라고 쓰는 경우가 많다. "우리는 뗄래야 뗄 수 없는 관계다." "시끄러워서 잘래야 잘 수가 없다." "맛이 없어서 도저히 먹을래야 먹을 수가 없다." 등과 같이 흔히 말한다.

마찬가지로 '뗄래야, 잘래야, 먹을래야'는 '떼려야, 자려야, 먹으려야'라고 써야 옳다. 말을 할 때 '-ㄹ래야'라고 하는 것은 어느 정도 용인하더라도, 글을 쓸 때는 '-려야'라고 옳게 쓰자.

✎ 책갈피 / 서표

'책갈피'는 말 그대로 '책장과 책장의 사이'를 말한다. 그런데 우리는 책을 읽다가 잠시 덮어 둘 때 책장 사이에 끼워 놓는 물건을 '책갈피'라고 잘못 말한다. '서표' 또는 '갈피표'라고 해야 옳다.

그런데 '책갈피'라는 단어가 우리의 일상에 너무나 깊숙이 들어와 있어서 '서표'나 '갈피표'가 과연 '책갈피'를 대체할 수 있을지는 의문이다. 차라리 '책갈피'에 '서표'의 의미를 추가하는 게 나을 듯도 하다.

어쨌든 우리는 지금 '정답'을 배우는 과정이므로 '서표'나 '갈피표'라는 단어를 알아 두자. '서표'나 '갈피표'의 역할을 하도록 책에 박아 넣은 줄은 '보람줄' 또는 '갈피끈'이라고 한다.

• 지천으로 떨어진 단풍잎 중 하나를 주워 서표를 만들었다.

✎ 엄한 소리 → 애먼 소리

"엄한 사람 잡네." "엄한 소리 하지 마라." 같은 말을 자주 쓰는데, '엄한'은 '애먼'이라고 써야 옳다. 따라서 "애먼 사람 잡네." "애먼 소리 하지 마라." 등으로 써야 한다.

• 돈이 뭐기에 애먼 사람에게 누명을 씌우는 거야.

✎ 숫컷 → 수컷

'숫양, 숫염소, 숫쥐' 이렇게 세 개만 '숫–'이고, 그 외에는 '수–'를 쓴다. 어째서 세 개만 예외인지는 나도 잘 모르겠다. 어쨌든 기본은 '수–'라는 것을 기억해 두자.

'숫컷'이 아니라 '수컷'이다. '숫놈'이 아니라 '수놈'이다. '숫소'가 아니라 '수소'다. 그런데 예외적으로 '수–' 다음에 오는 단어가 거센소리로 변하는 것이 아홉 개 있다. '수캉아지, 수캐, 수컷, 수키와, 수탉, 수탕나귀, 수톨쩌귀, 수퇘지, 수평아리.' 〈'숫' 3형제〉와 〈'수+거센소리' 9형제〉 외에는 전부 '수–'다. 예를 들어 보자. '숫벌, 수벌, 수펄' 중 어느 것이 옳겠는가? 그렇다. 어느 쪽 형제에도 속하지 않으니 '수벌'이다. '수벌'이라고 하니까 좀 어색하게 들리지만 그게 맞다.

또한 '수+개'는 9형제 소속이라서 '수캐'가 되지만, '수+게'는 무소속이므로 '수게'가 된다. 그렇다면 '수+고양이'는? 이 역시 무소속이므로 '숫고양이'도 아니고 '수코양이'도 아니다. '수고양이'라고 써야 옳다.

- 숫양, 숫염소, 숫쥐 (3형제)
- 수캉아지, 수캐, 수컷, 수키와, 수탉, 수탕나귀, 수톨쩌귀, 수퇘지, 수평아리 (9형제)
- 수놈, 수소, 수사슴, 수벌, 수고양이, 수게…… (무소속)

한편, '숫처녀, 숫총각, 숫눈, 숫사람, 숫보기' 등의 '숫―'은 '더럽혀지지 않아 깨끗한'이라는 뜻을 더하는 접두사다. 지금 얘기하는 '숫-/수-'와는 관련이 없다.

✎ 계시다 / 있으시다

'있다'의 높임말은 '계시다'와 '있으시다'의 두 가지 형태가 있다. 이때 높임의 대상이 사람이 아니면 '계시다'라는 표현을 써선 안 된다. 다음의 예는 우리가 일상에서 흔히 저지르는 실수다.

- 궁금한 점이 계시면 질문해 주세요. (X) → 있으시면
- 회장님의 말씀이 계시겠습니다. (X) → 있으시겠습니다

✎ 꺼 → 거

'것'을 구어적으로 일러 '거'라고 하기도 한다. 발음은 [꺼]라고 나지만 '거'라고 써야 옳다. 의존 명사이므로 당연히 앞말과 띄어 쓴다.

- 숫염소, 수캉아지, 수퇘지, 수소, 수고양이 모두 내 거야!
- 도대체 돈이 뭐기에 그러니. 난 다 줄 거야.

🖉 짜집기 → 짜깁기

'직물의 찢어진 곳을 그 감의 올을 살려 흠집 없이 짜서 깁는 일'이나 '기존의 글이나 영화 따위를 편집하여 하나의 완성품으로 만드는 일'을 흔히 '짜집기'라고 하는데, 이는 '짜깁기'라고 해야 옳다.

'짜깁기'는 '짜다'와 '깁다'가 합쳐진 말이다. '깁다'를 사투리로 '집다'라고 하는 데에서 '짜집기'라는 말이 나온 것 같다. '집다'가 아니라 '깁다'가 표준어이므로 '짜깁기'라고 써야 한다.

동사는 '짜깁다' 또는 '짜깁기하다'이다. '짜깁다'보다는 '짜깁기하다'가 더 많이 쓰이고 있는 것 같다. '짜깁기하다'는 한 단어이므로 '짜깁기 하다'처럼 띄어 쓰지 않도록 주의하라!

• 여러 논문을 짜깁기해서 쓴 걸 들킬까 봐 안절부절못했다.

🖉 덮히다 → 덮이다

'덮다'의 피동형은 '덮히다'가 아니라 '덮이다'이다. 따라서 '눈 덮힌 산'이 아니라 '눈 덮인 산'이라고 써야 옳다. "산과 들이 눈으로 덮혀 있다."라는 문장의 '덮혀'도 '덮여'라고 써야 한다.

• 눈이 지천으로 덮여 있다. 차를 몰고 가려야 갈 수 없다.

🖉 (칭찬) 추켜세우다 → 치켜세우다

'추켜세우다'나 '치켜세우다'는 대체로 뜻이 비슷하다. '몸을 추켜세우다', '옷깃을 치켜세우다' 등으로 쓴다. '위로 치올려 세운다'라는 뜻이다. 그러나 '칭찬'을 의미할 때는 '치켜세우다'만 쓸 수 있다.

• 그들은 애먼 사람을 영웅으로 치켜세웠다.

✎ (칭찬) 추켜올리다 → 추어올리다

'추켜올리다'나 '추어올리다'도 대체로 뜻이 비슷하다. '바지를 추켜올리다', '머리카락을 추어올리다' 등으로 쓴다. '위로 솟구어 올린다'라는 뜻이다. 그러나 칭찬을 의미할 때는 '추어올리다'만 쓸 수 있다.

• 수놈들은 조금만 추어올리면 기고만장해진단 말이야.

✎ −보다(조사) / 보다(부사)

인터넷 게시판에서 가장 많이 보게 되는 맞춤법 실수가 '−보다'의 띄어쓰기다. "말로 하기 보다는 행동으로 보여라." "서평이라기 보다는 독후감에 가깝다." 등으로 잘못 쓰기 십상이다. '∼하기 보다는'은 '∼하기보다는', '∼라기 보다는'은 '∼라기보다는'이라고 붙여 써야 한다. '−보다'는 '앞말을 비교의 기준으로 만드는 조사'다. 조사는 앞말에 붙여 쓴다.
부사 '보다'는 '어떤 수준에 비하여 한층 더'라는 뜻이다. "보다 높이, 보다 빠르게, 보다 힘차게." "보다 나은 내일을 위해 열심히 노력하자." 등으로 쓸 때의 '보다'가 바로 부사이다.
'보다'와 '−보다'를 구분하는 법은 간단하다. '더욱'과 바꿔 쓸 수 있으면 부사인 '보다', 바꿔 쓸 수 없으면 조사인 '−보다'이다.

• '짜깁기'라기보다 '혼성 모방'이라 말하고 싶군요.
• 저 애는 보기보다 어려요. 아직 한글도 깨치지 못했어요.
• 저는 보다 나은 사람이 되고 싶어요. (※부사)

✎ 걸리적거리다 → 거치적거리다

흔히 '걸리적거리다'라고 쓰는데, '거치적거리다'라고 써야 옳다.

• 계속 발길에 거치적거렸다. 진작 치워 버릴걸.

✎ 삼가하다 → 삼가다

'몸가짐이나 언행을 조심하다' 또는 '꺼리는 마음으로 양이나 횟수가 지나치지 아니하도록 하다'라는 뜻의 단어는 '삼가하다'가 아니라 '삼가다'이다. '삼가고, 삼가니, 삼가서, 삼가는' 등으로 활용한다.

• 담배는 삼가는 게 좋아요. 술도 가능한 한 빨리 끊으세요.
• 게시판에서 욕설은 삼갑시다. 퀴즈 맞히려다 싸움 나겠네.

✎ 짜장면 곱배기 → 자장면 곱빼기

'짜장면'이 아니라 '자장면'이 옳은 표기라는 것은 이제 많은 사람이 알고 있다. 물론 이러한 표기법에 저항감을 느끼는 사람도 있을 터이고……. 나도 '자장면'이라고는 그다지 쓰고 싶지 않지만, 현재로선 '자장면'이 올바른 표기이니 따를 수밖에 없다.
'곱배기'는 '곱빼기'라고 써야 옳다. 자기 소신에 따라 '자장면'을 '짜장면'이라고 쓰는 건 딱히 뭐라고 하지 않겠다. 그러나 '곱빼기'는 '곱배기'라고 써야 할 아무런 이유가 없다

• 자장면 곱빼기를 먹고 싶어 한다는 걸 알아맞혔다.

✎ (딱지를) 떼다 → 떼이다

'떼다'의 피동형인 '떼이다'를 써야 옳다. 생각해 보라. 딱지는 내가 '떼는' 것이 아니다. 경찰한테 '떼이는' 것이다. '떼이다'의 과거형은 '떼이+었다'가 줄어든 형태인 '떼였다'이다.

• 뒤풀이를 마치고 돌아오는 길에 범칙금 딱지를 떼였다.

✎ 치고박다 → 치고받다

'박았다'보다는 '받았다'가 더 능동적인 느낌이다. '벽에 머리를 박았다'와 '벽을 머리로 받았다'를 비교해 보라. 따라서 싸울 때는 '받았다'가 더 어울린다. '치고박고 싸웠다'는 '치고받고 싸웠다'로 써야 한다. '치고받다'는 한 단어다. '치고 받다'라고 띄어 쓰지 말자.

• 어떨 때는 뒤뜰로 나가서 치고받고 싸우기도 했지.

✎ 뒤치닥거리 → 뒤치다꺼리

'일을 보살펴서 도와주는 일'을 '치다꺼리'라고 한다. '치닥거리'라는 말은 없다. 그러므로 '뒤치다꺼리'라고 써야 옳다.

• 구시렁거리는 손님들 뒤치다꺼리에 정신이 없었다.

✎ 풍지박산 → 풍비박산

'풍지박산'이 아니다. '풍비박산'이라고 써야 옳다. '바람 풍(風), 날 비(飛), 우박 박(雹), 흩어질 산(散)'이다. 바람이 날고 우박이 흩어지는 것처럼 '사방으로 날아 흩어짐'을 나타내는 표현이다. '비'가 '날 비(飛)'라는 것을 기억하면 헷갈리지 않을 것이다.

• 떠벌여 놓은 사업의 실패로 집안은 풍비박산이 되었다.

✎ (허리가) 얇다 → 가늘다

'팔이 얇다, 허벅지가 두껍다' 등은 틀린 표현이다. '팔, 다리, 몸통'엔 '얇다/ 두껍다'가 아닌 '굵다/가늘다'를 써야 한다. '다리가 굵다, 손목이 가늘다' 등으로 써야 한다.

✎ 초생달 → 초승달

우리말에는 '생(生)'이 '승'으로 바뀌어 소리 나는 경우가 더러 있다. '이생'과 '저생'이 아니라 '이승'과 '저승'으로 쓴다는 사실을 떠올려 보라. '초생달'이 아니라 '초승달'이라고 써야 옳다.

✎ (부부간의) 금슬 → 금실

'금슬(琴瑟)'은 '거문고와 비파'다. 이 말이 변해서 '금실'이 되었는데, '부부간의 사랑'을 뜻한다. '금슬'은 문자 그대로 '거문고와 비파'라는 뜻만 가지고 있다. 따라서 우리가 일상에서 '금슬'이라는 단어를 쓸 일은 거의 없다. '금슬'은 머릿속에서 지우고 '금실'만 기억하자.

• 그 부부는 금실이 좋지 않다는 게 밝혀져 구설에 올랐다.
• 금실 좋은 그 부부는 남세스러운 애정 표현도 곧잘 한다.

✎ 내노라하다 → 내로라하다

틀리기 쉬운 말 중의 하나다. 한 단어이므로 붙여 쓴다. '내로라 하다'처럼 띄어 쓰지 않도록 주의하라.

• 전국의 내로라하는 장사들은 모두 참가했다.

240

• 내로라하는 춤꾼들이 모여 거방지게 놀았다.

✎ 헷갈리다 / 헛갈리다

어떤 맞춤법 관련 책을 보면 '헷갈리다'와 '헛갈리다'의 차이를 자세하게 설명해 놓았는데, 사실상 두 단어의 차이는 없다고 봐도 된다. 고민하지 말고 둘 중 마음에 드는 걸로 아무거나 써라.

✎ 설레이다 → 설레다

'설레이다'가 아니라 '설레다'라고 써야 옳다. 따라서 명사형은 '설레임'이 아니라 '설렘'이다. 특히 과거형으로 쓸 때 주의하자. 흔히 '설레였다'처럼 쓰는데, '설레었다' 또는 '설렜다'라고 써야 한다. '설레였다'는 '설레이+었다'이기 때문에 틀리다.
'헤매이다, 목메이다, 개이다'도 마찬가지다. '헤매다, 목메다, 개다'라고 써야 옳다. 과거형은 '헤매었다, 목메었다, 개었다' 또는 '헤맸다, 목멨다, 갰다'라고 써야 한다.

• 그분을 보면 어떨 땐 나도 가슴이 설레었다.
• 그때 그 소식을 듣고 얼마나 목이 메었는지 모른다.
• 얼마나 어리바리하게 길을 헤매었을는지 짐작이 간다.
• 끄물끄물하던 날씨가 점점 개는 것 같다.

✎ 목젖 / 울대뼈

'목젖'은 '목구멍의 안쪽 뒤 끝에 위에서부터 아래로 내민 둥그스름한 살'이다. '울대뼈'는 '성년 남자의 갑상 연골에 있는 불룩한 부분'이다. '목젖'과 '울대뼈'를 혼동해서는 안 된다. 성인 남자의 목 중간쯤에 만져지는 툭 튀어나온 부분은 '목젖'이 아니라 '울대뼈'다.

✎ 갈갈이 찢다 → 갈가리 찢다

개그맨 박준형이 자신의 별명을 '갈갈이'라고 부르면서 한때 이 단어가 사람들의 주목을 받은 적이 있다. 그런데 '갈갈이'라는 단어는 없다. 박준형이 자신의 캐릭터를 살려서 만든 조어(造語)일 뿐이다.

아니, '갈갈이'라는 단어가 있긴 하다. '가을갈이'의 준말을 '갈갈이'라고 한다. 그러나 박준형이 말하는 '갈갈이'는 '무를 가는 사람'이라는 정도의 의미다. '갈다'에서 '갈갈이'가 나온 것이다.

'가리가리'의 준말인 '갈가리'는 '가는' 것과는 관계없고, '찢는' 것과 관계있다. "성적표를 갈가리 찢었다."처럼 쓴다. 이를 '갈갈이 찢었다'라고 쓰면 안 된다.

• 표지에 해님이 그려진 습작 노트를 갈가리 찢어 버렸다.

✎ 멋적다 → 멋쩍다

'-쩍다'는 명사 뒤에 붙어서 '그런 것을 느끼게 하는 데가 있음'의 뜻을 더하면서, 형용사로 만드는 접미사다. '수상쩍다, 겸연쩍다, 미심쩍다' 등을 떠올리면 '멋쩍다'도 헷갈리지 않을 것이다.

• 그는 난도가 높지 않은 기술을 실패해서 멋쩍게 웃었다.

✎ -깨나

'어느 정도 이상'의 뜻을 나타내는 조사는 '-깨나'이다. 조사는 앞말과 붙여 쓴다. "덩치를 보니 힘깨나 쓰게 생겼다."처럼 쓴다. '-깨나'를 '-께나' 혹은 '꽤나'라고 잘못 쓰는 사람이 의외로 많다.

• 춤깨나 춘다고 떠벌리고 다닌다는 그놈이 너냐?
• 자기가 이 동네에서 방귀깨나 뀐디면서 이쭙잖게 군다.

242

• 얼굴을 보니 심술깨나 부리게 생겼더라.

✎ 익숙치 않다 → 익숙지 않다

'-하지'를 줄여서 '-치'나 '-지'로 쓸 수 있다. '-하지' 앞에 오는 음절이 모음이거나 받침이 유성음(ㄴ, ㄹ, ㅁ, ㅇ)일 땐 '-치'라고 쓰고, 무성음(ㄱ, ㄷ, ㅂ, ㅅ, ㅈ 등)일 때는 '-지'라고 쓴다.

어렵게 생각할 필요 없다. 기본적으로 '-치'로 줄어드는데, 예외적으로 몇 개만 '-지'로 준다고 생각하면 된다. 일상에서 쓰는 단어 중에 '무성음 받침+하다'인 단어는 그리 많지 않다.

'익숙하다, 넉넉하다, 거북하다, 섭섭하다, 답답하다, 떳떳하다, 깨끗하다' 정도만 알고 있으면 된다. 주로 'ㄱ, ㅂ, ㅅ'받침에 '-하다'가 붙은 단어들이다. '익숙치 않다'가 아니라 '익숙지 않다'이다.

• "섭섭지 않게 대접해 드려라." 그러고는 피자 집을 나섰다.
• 남의 작품을 짜깁기하는 것은 떳떳지 못한 행동이다.
• 깨끗지 않은 손으로 수라간을 드나들지 마라.

'-하건대'도 줄면 '-컨대' 또는 '-건대'가 된다. 물론 변하는 형태는 위에서 살펴본 '-하지'와 같다. 기본적으로 '-컨대'가 되고, 'ㄱ, ㅂ, ㅅ'받침의 단어들은 '-건대'가 된다고 생각하자.

• 내가 생각건대 주꾸미 님은 어리바리하고 허점이 많아.

✎ 서슴치 않다 → 서슴지 않다

앞서 보았듯이 유성음(ㄴ, ㄹ, ㅁ, ㅇ)일 때는 '-치'라고 줄여서 써야 한다. 그렇다면 '서슴치 않다'는 옳게 쓴 것이라고 생각할 수 있다. 그러나 아니다. '서슴지 않다'라고 써야 옳다. 기본형이 '서슴하다'가 아니라 '서슴다'이기 때문이다. 그러니까 '서슴다'는 위에서 설명했던 '-하지'의 줄여 쓰기와는 아무런 관련이 없다. '서슴다, 서슴고, 서슴지' 등으로 활용한다.

• 그는 내게 자금이 달리지 않느냐고 서슴지 않고 물었다.

✎ 귓밥 / 귀지

'귓구멍 속에 낀 때'를 '귓밥'이라고 하는 사람이 많은데, '귀지'라고 해야 옳다. 따라서 '귓밥이 많다, 귓밥을 파내다'와 같은 표현은 '귀지가 많다, 귀지를 파내다' 등으로 써야 한다.
'귓밥'은 '귓바퀴 아래쪽에 붙어 있는 살'을 말한다. 다른 말로 '귓불'이라고도 한다. '귓불'을 '귓볼'이라고 쓰면 안 된다. '불'은 '불알'의 준말이다. '귀의 불알'이라는 뜻이다.

• 귓밥도 크고 콧방울도 두툼한 게 관상이 참 좋네.

✎ (머리가) 벗겨지다 → 벗어지다

'벗어지다'는 '벗다'에 피동의 뜻을 나타내는 '-어지다'가 붙은 꼴이다. '벗겨지다'는 '벗다'의 사동형인 '벗기다'에 '-어지다'가 붙은 꼴이다. 그렇다면 '벗겨지다'와 '벗어지다'의 차이는 뭘까?
외부의 강제적인 힘이 작용했으면 '벗겨지다', 그렇지 않으면 '벗어지다'라고 써야 한다. 따라서 머리카락이 저절로 빠져 이마가 드러나는 것을 '벗겨진다'라고 쓸 수는 없다. '벗어진다'라고 써야 옳다.
같은 예로, "햇빛에 그을어 살갗이 벗겨진다."와 같은 표현의 '벗겨진다'도 '벗어진다'라고 써야 옳다. '벗어진다'라는 말이 실생활에 정착될 수 있을지는 의문이지만, 일단 정답을 알아 두자.

• 신발이 커서 걸을 때마다 자꾸 벗어졌다.

• 머리가 벗어지는 건 유전이라는 말을 들었다.

✎ 여지껏 → 여태껏, 입때껏

'여지껏'은 틀린 말이다. '여태껏'이라고 써야 옳다. 흔히 쓰는 표현은 아니지만 '입때껏'이라고 써도 된다.

• 여태껏 뭘 했기에 늦었니? 입때껏 공부만 했니?

✎ 늘이다 / 늘리다

'늘다'는 '길이, 넓이, 부피 등이 본디보다 커지다' 또는 '수나 분량이 본디보다 많아지다'라는 뜻이다. 이를 사동형으로 바꾸면 '늘이다' 또는 '늘리다'가 된다. 두 단어는 쓰이는 곳이 조금 다르다.
'늘이다'는 '길이'와 관계되는 표현에 쓴다. '엿가락을 늘이다, 고무줄을 늘이다, 바지의 길이를 늘이다'처럼 쓴다. '길이'와 관계되는 표현을 제외하고는 모두 '늘리다'를 쓴다. 간단히 말하자면 그렇다.
대체로 '늘리다'를 써야 할 자리에 '늘이다'를 쓰는 실수는 하지 않는다. 그러나 '늘이다'를 쓸 자리에 '늘리다'를 잘못 쓰는 경우는 많다. '길이'와 관계될 때는 '늘이다'라는 걸 기억하자.

• 바지 길이를 더 늘이면 거치적거릴 거예요.

✎ 두리뭉실하다 → 두루뭉술하다

'두리뭉실하다'라는 발음이 귀에 더 익숙하겠지만, '두루뭉술하다'라고 해야 옳다.

- 얼굴이 두루뭉술하게 생겼다. 귓밥도 크고 두툼하다.
- 일을 두루뭉술하게 처리했다가 선생님께 꾸중을 들었다.

📝 삐지다 / 삐치다

'삐지다'는 '칼 따위로 물건을 얇고 비스듬하게 잘라 내다'라는 뜻이다. "무를 좀 삐져 넣으면 국물이 시원할 거야."처럼 쓴다.
'토라지다'라는 뜻으로 '삐지다'라는 말을 많이 쓰는데 이는 잘못이다. '삐치다'라고 써야 한다. 예컨대 "나한테 삐졌니?"가 아니라 "나한테 삐쳤니?"라고 써야 옳다.

- 그만한 일로 삐치고 그래? 자장면 곱빼기나 먹으러 가자.

📝 어물쩡 → 어물쩍

'어물쩡'이라는 단어는 없다. '어물쩍'이라고 써야 옳다.

- 장맛비를 핑계 삼아 어물쩍 넘어갈 생각 하지 마.
- 날씨가 곧 갤 것 같으니 어물쩍어물쩍하지 마라.
- 뒤치다꺼리하라고 했더니 어물쩍대며 딴청을 피웠다.

📝 이제서야, 그제서야 → 이제야, 그제야

자주 틀리게 쓰는 말이다. '이제서야'가 아니라 '이제야', '그제서야'가 아니라 '그제야'로 써야 한다.

- 이제야 하는 얘기지만, 나도 가슴이 설레었어.
- 끄물끄물하던 날씨가 개더니 그제야 해님이 보였다.

✎ 추스리다 → 추스르다

'추스리다'가 기본형이라면 '추스리고, 추스리니, 추스려서, 추스렸다'처럼 활용할 것이다. 그러나 '추스르다'가 기본형이기 때문에 '추스르고, 추스르니, 추슬러서, 추슬렀다'처럼 활용한다.

- 어리바리하게 굴지 말고 바지춤을 잘 추스르고 다녀라.
- 그는 치고받고 싸운 후유증을 잘 추슬렀다.

✎ 금새 → 금세

'지금 바로'를 뜻하는 단어는 '금세'다. '금시(今時)에'가 줄어든 말이다. 이를 '금새'라고 쓰는 사람이 많은데, 아마도 '새'를 '사이'의 뜻 정도로 추측해서 그런 것 같다.

- 종아리가 굵어서 다리만 봐도 금세 알아볼 수 있다.

✎ 개나리봇짐 → 괴나리봇짐

'먼 길을 떠날 때 보자기에 싸서 어깨에 메는 작은 짐'을 '괴나리봇짐'이라고 한다.

- 괴나리봇짐 하나만 달랑 메고 참가해서 좀 멋쩍었다.

✎ 망년회 → 송년회

'망년회'는 일본식 표현이다. '송년회'라고 하는 것이 우리 정서에도 더 맞는 것 같다. 우리는 '한 해를 보낸다(送)'고 하지 '한 해를 잊는다(忘)'고 하지는 않으니까. 그리고 우리말로 '망년회'라고 하면 왠지 '망하다'라는 단어가 연상돼서 어감도 좋지 않다.

• 이번 송년회에는 술깨나 마시게 생겼어.

✎ 늘상 → 늘, 노상

'늘상'이라는 단어는 없다. 믿기지 않으면 '아래한글'에서 '늘상'이라고 쳐 보라. 빨간 밑줄이 그어질 것이다. '늘'이라는 단어와 '노상'이라는 단어는 있다. '늘'과 '노상'이 합쳐져 '늘상'이 나온 것 같다.

• 입때껏 엄마가 노상 해 오던 소리잖아.

✎ 돌하루방 → 돌하르방

'할아버지'를 뜻하는 제주 방언은 '하르방'이다. 따라서 '돌로 만든 할아버지'는 '돌하르방'이다.

✎ 단촐하다 → 단출하다

두 음절 이상의 단어에서, 양성 모음은 양성 모음끼리, 음성 모음은 음성 모음끼리 어울리는 현상을 '모음 조화'라고 한다. 예컨대 양성 모음인 'ㅏ'와 'ㅗ'가 어울려 '알록달록', 음성 모음인 'ㅓ'와 'ㅜ'가 어울려 '얼룩덜룩'처럼 쓴다. '알룩달룩'이나 '얼록덜록'이라고 쓰지는 않는다.
하지만 모음 조화 현상이 모든 단어에서 지켜지는 것은 아니다. 그렇다면 '단촐하다'라고 써야 옳겠지만, '단출하다'라고 써야 한다. 이런 예는 또 있다. '깡총깡총'이 아니라 '깡충깡충', '오손도손'이 아니라 '오순도순', '소꼽장난'이 아니라 '소꿉장난'이라고 써야 한다.

- "살림이 참 단출하네요." 그러고는 살짝 웃었다.
- 그는 금세 토끼처럼 깡충깡충 뛰어 도망갔다.
- 그들은 싸우기는커녕 금실 좋게 오순도순 살았다.
- 지금 소꿉장난하는 거냐고 가시 돋친 말을 내뱉었다.

✎ 허접쓰레기 → 허섭스레기

'허접스럽다'와 '쓰레기'를 합쳐서 '허접쓰레기'라고 쓰는 사람이 많은데, '허섭스레기'가 바른 말이다.

- 그런 허섭스레기 같은 인간에게 굽실거려야 한다니!
- 위층 여자는 이사하면서 허섭스레기를 잔뜩 남겨 놓았다.

✎ 욕지기 / 욕지거리

'욕지기'는 '토할 듯 메스꺼운 느낌'이란 뜻이다. '구역질'과 같은 말이다. '욕지기가 솟다', '욕지기를 느끼다' 등으로 쓴다.
'욕지거리'는 '욕설'을 속되게 이르는 말이다. '욕지거리가 오고 갔다', '욕지거리를 퍼부었다' 등으로 쓴다.
'욕지거리'를 쓸 자리에 '욕지기'를 잘못 쓰는 경우가 많다. '욕지기'와 '욕지거리'는 전혀 다른 단어다.

- 그 임신부는 피자 집 앞을 지날 때면 욕지기를 느꼈다.
- 뒤풀이 자리에서 밤새워 서로 욕지거리를 주고받았다.

✎ −입니다, −군요, −구나, −겠다

위에 나열한 어미들은 종종 띄어쓰기 실수를 하는 것들이다. 당신도 아래의 예처럼 쓰고 있지는 않은가?

- 제 이름은 신봉선 입니다. (X) → 신봉선입니다
- 자기도 잘 몰랐다는 군요. (X) → 몰랐다는군요
- 계절이 점점 바뀌는 구나. (X) → 바뀌는구나
- 나도 열심히 살아야 겠다. (X) → 살아야겠다

✎ 종이예요 / 종이에요

앞서 '-예요'와 '-이에요'에 대해서 얘기했는데, 이제 '종이예요'와 '종이에요'를 보면 구조가 한눈에 딱 보이지 않는가? 그렇다. '이예요'는 없다!

- 글을 쓸 수 있는 종이+예요.
- 땡땡땡 울리는 종+이에요.

말 나온 김에 좀 더 복습하자. '아니예요'가 맞나 '아니에요'가 맞나? 그렇다. '아니에요'가 맞다. '아니+예요'라고 생각하지 말고, '이에요'에서 '이'가 떨어져 나간 자리에 '아니'가 들어갔다고 생각하라.

- 저는 꽃미남이 아니에요.

'봉선'과 같이 받침으로 끝나는 이름은, 이름만 부를 때 '봉선이'를 하나의 이름으로 간주해서 '봉선이+예요'가 된다고 했다.

- 신봉선+이에요. 봉선이+예요.

'승냥이+예요' '팔푼이+예요' 등도 착시 현상에 빠지지 않도록 주의하자. 다시 한 번 강조한다. '이예요'는 없다!

✎ 사죽을 못 쓰다 → 사족을 못 쓰다

'사족(四足)'은 '짐승의 네 발' 또는 '사지(四肢)'를 속되게 이르는 말이다. '사족을 못 쓴다'는 '팔다리를 움직이지 못할 정도로 좋아한다'라는 뜻이다. 이때 '사족'을 '사죽'이라고 잘못 쓰는 경우가 많다.

• 왠지 그는 육개장이라면 사족을 못 쓴다.

✎ 좀체로 → 좀처럼, 좀체

'좀체로'라는 말은 없다. '좀처럼'이나 '좀체'라고 써야 한다.

• 우리는 좀처럼 대화의 실마리를 찾지 못했다.
• 그는 수술한 자리가 땅겨도 좀체 내색하지 않았다.

✎ 또아리 → 똬리

'또아리'가 표준어가 아니라는 사실이 다소 놀랍다. '똬리'라고 써야 옳다.

✎ 등물 → 목물, 등목

'등물'이라고 하는 사람이 많은데, 사전에서 '등물'을 찾으면 "'목물'의 잘못"이라고 나온다. '등'에다 물을 끼얹으니 '목물'보다는 '등물'이 더 적확한 표현인 것 같은데, 어쨌든 현재로선 '목물'이 표준어다. 그런데 '등물'은 안 돼도 '등목'이라고는 해도 된다.

• 찬물로 목물을 했더니 피부가 땅긴다.

✎ 윗통 → 웃통

'몸에서 허리 위의 부분'이나 '윗옷'을 뜻하는 단어는 '웃통'이다. 이를 '윗통'이라고 쓰는 것은 잘못이다. '윗통'은 표기 자체도 틀렸다. '위통'이라고 써야 한다. '사이시옷'에 대해 얘기할 때 말했다. 뒤에 된소리나 거센소리가 오면 사이시옷을 쓰지 않는다.

'위통'이나 '아래통'이라는 단어가 없는 것은 아니다. '물건의 위(아래)가 되는 부분'이라는 뜻이다. "장독의 위통에 금이 갔다." "바지의 아래통이 넓다." 등으로 쓸 수 있다. 그러나 우리가 일반적으로 말하는 '윗옷'은 '웃통'이라고 써야 옳다.

• 날도 끄물끄물한데 웃통 벗고 목물하기는 좀 그렇죠?

✎ 옥의 티 → 옥에 티

'옥의 티'가 맞는지 '옥에 티'가 맞는지는 학자들 사이에 여태껏 논란 중이다. 결론은 아직 못 내리고 있다. '옥의 티'를 쓰든 '옥에 티'를 쓰든 크게 문제 될 건 없다. 사전에는 '옥에 티'가 표제어로 올라 있다.

• 눈에 낀 눈곱과 배꼽에 낀 때가 옥에 티다.
• 만날 술이라면 사족을 못 쓰는 게 옥에 티다.

✎ 쑥맥 → 숙맥

'쑥맥'이 아니라 '숙맥'이다. '숙(菽)'은 콩이고, '맥(麥)'은 보리다. '숙맥'은 '숙맥불변(菽麥不辨)'에서 나온 말이다. '콩과 보리도 구분하지 못하는, 사리 분별력이 없는 사람'을 말한다.

• 욕지거리라곤 입에 담아 본 적도 없는 천생 숙맥이다.

252

✎ 치루다 → 치르다

'주어야 할 돈을 내주다', '무슨 일을 겪어 내다', '아침, 점심 따위를 먹다' 등의 뜻을 지닌 단어는 '치르다'이다. 이를 '치루다'라고 잘못 쓰는 사람이 많다. 과거형도 '치뤘다'가 아니라 '치렀다'이다.

- 옷값을 치른 후 구시렁거리면서 가게를 나왔다.
- 몇 푼 안 되는 잔금을 치르지 못해서 구설에 올랐다.
- 어제는 수학 시험을 치렀다. 모든 문제를 다 맞혔다.

✎ 메꾸다 → 메우다

앞서 '돋구다'는 '돋우다'라고 써야 옳다는 얘기를 했다. '메꾸다'도 마찬가지다. '메우다'라고 써야 옳다.

- 내가 그의 빈자리를 메울 수 있을는지 모르겠다.

✎ 널판지 → 널빤지, 널판자

'널판지'가 아니라 '널빤지'이다. '널판자'로 써도 된다.

- 널빤지로 수캐와 수고양이의 집을 만들어 주었다.

✎ 듯하다, 듯싶다

'듯하다, 듯싶다'를 '듯 하다, 듯 싶다'처럼 띄어 쓰는 사람이 많다. 한 단어이므로 붙여 써야 한다.

- 그는 콧방울이 너무 크다고 나를 비웃는 듯했다.
- 문제가 조금 어려운 듯싶어서 헷갈리는 눈치였다.
- 속이 많이 상한 듯했다. 소주 한 잔 들이켜라고 권했다.
- 늦을 듯싶어 안절부절못하며 계속 구시렁거렸다.

✎ 척하다, 체하다

'앞말이 뜻하는 행동이나 상태를 거짓으로 그럴듯하게 꾸밈'을 나타내는 말은 '척하다(체하다)'이다. 보통 '-는 척하다(-는 체하다)'의 형태로 쓴다. '-는 척 하다(-는 체 하다)'라고 띄어 쓰지 마라.

- 똑똑한 척하지 마요. 차라리 어리바리한 척해요.
- 알고도 모르는 체하기에 옆구리를 간질이자 실토했다.
- 어떨 땐 무슨 말인지도 모르고 억지로 웃는 척했다.
- 못 이기는 체하며 따라나섰다. 거방지게 잘 놀다 왔다.

✎ 화병(火病), 부기(浮氣)

사이시옷은 '한자어+한자어'에는 쓰지 않는다. 그런데 그 규칙에서 예외인 단어가 여섯 개 있다고 했다. '곳간, 셋방, 숫자, 찻간, 툇간, 횟수.'
이것들을 제외한 '한자어+한자어'는 대부분 사이시옷을 쓰지 않는다. 겁먹을 필요는 없다. 일상에서 쓰이는 '한자어+한자어' 단어들 중에 특별히 신경 써서 기억해야 할 것은 얼마 없다.

- 초점[초쩜], 이점[이쩜], 허점[허쩜], 시점[시쩜]
- 개수[개쑤], 치수[치쑤]
- 수라간[수라깐], 수라상[수라쌍]
- 대가[대까]를 치르다

이 정도만 눈에 익혀 두면 일상적으로 글을 쓰는 데 큰 문제는 없다. 여기에다 '화병(火病)'과 '부기(浮氣)'만 추가하면 된다. '홧병, 붓기'가 아니라 '화병, 부기'다!

• 화병으로 몸져눕더니 그만 뇌졸중으로 유명을 달리했다.
• 얼굴의 부기는 많이 빠졌지만, 눈두덩은 여전히 부어 있다.

✎ 찻잔

"아니, 이상하잖아. 분명히 '한자어+한자어' 중에는 여섯 개만 예외로 사이시옷을 쓴다고 했는데. 그렇다면 '찻잔(茶盞)'은 '차잔'이라고 적어야 옳은 것 아닌가?" 이런 의문이 생길 수 있다.
왜 '차잔'이 아니라 '찻잔'이라고 적을까? '차'를 고유어로 보았기 때문이다. '차'가 고유어인지 아닌지에 대해서는 논란이 많다. 어쨌든 맞춤법을 정하는 분들은 '차'를 고유어로 보았다. 그래서 '차+잔'은 '고유어+한자어'로 간주해서 '찻잔'이라고 한 것이다.

✎ 머리말, 인사말

'머리말'은 [머리말], '인사말'은 [인사말]이라고 발음한다. 이를 [머린말]과 [인산말]이라고 발음하는 것은 잘못이다. 'ㄴ' 첨가 현상이 일어나면 사이시옷 규칙이 적용되겠지만, [머리말]과 [인사말]이라고 발음되므로 사이시옷 규칙이 적용되지 않는다.

• 그 책의 저자는 머리말에 어쭙잖은 말을 많이 써 놓았다.
• 아니에요. 인사말은커녕 자기소개도 하지 않았어요.

✎ 얼만큼 → 얼마큼

'얼마쯤 되게'라는 뜻의 단어는 '얼마만큼'이다. '얼마만큼'이 줄어든 말이 '얼마큼'이다. 이를 '얼만큼'이라고 잘못 쓰는 사람이 많다.

• 창난젓을 얼마큼 얻었기에 저리 좋아하는 거야?
• 주꾸미를 얼마큼 먹었기에 욕지기까지 느껴진다는 거야?

✎ 허구헌 날 → 허구한 날

'날이나 세월 따위가 매우 오래다'라는 뜻의 단어는 '허구하다'이다. 주로 '허구한'의 형태로 쓰인다. 흔히들 '허구헌 날'이라고 잘못 쓰는데, '허구한 날'이라고 써야 옳다.

• 그들 부부는 금실이 좋은 줄 알았더니 허구한 날 싸운다.
• 한 살 터울인 그 형제는 허구한 날 치고받고 싸운다.

✎ 흉칙하다 → 흉측하다

'망칙하다'가 아니라 '망측하다'인 것처럼 '흉측하다'가 옳은 말이다. '흉측'은 '흉악망측'이 줄어든 말이다.

• 흉측한 괴물이 그려진 종이를 갈가리 찢었다.

✎ 으스스하다, 부스스하다, 으스대다, 스라소니

위에 적힌 단어들이 표준어다. 이를 '으시시하다, 부시시하다, 으시대다, 시라소니'라고 쓰면 안 된다.

- 갑자기 으스스한 기운이 감돌았다.
- 잠이 덜 깬 부스스한 몰골이라서 다소 멋쩍었다.
- 그놈이 어쭙잖게 으스대는 꼴은 정말 못 보겠다.
- 스라소니는 고양잇과의 동물이다.

✎ 찌뿌둥하다 → 찌뿌듯하다

흔히 '찌뿌둥하다'라고 쓰는데, '찌뿌듯하다'라고 써야 옳다. '찌뿌드드하다'라고 써도 된다.

- 몸살이 나려는지 몸이 찌뿌듯하다.
- 비가 오려는지 날씨가 찌뿌듯하다.

✎ (기지개) 펴다 → 켜다

기지개는 '펴는' 게 아니라 '켜는' 것이다. '기지개를 펴다'라고 써도 아주 틀린 표현은 아니지만, 그렇다고 똑떨어지게 옳은 표현도 아니다. '기지개를 켜다'라고 쓰면 찜찜할 일이 없다.

✎ 되려 → 되레

'오히려'의 준말은 '외려'다. 그 때문에 '도리어'의 준말도 '되려'라고 생각하는 사람이 많은데, '도리어'의 준말은 '되레'다.

- 서슴지 않고 도와줬는데 되레 핀잔만 들었다.
- 익숙지 않은 일이라서 도와주려다 되레 폐만 끼쳤다.

✎ 으례 → 으레

'두말할 것 없이 당연히' 또는 '틀림없이 언제나'라는 뜻의 단어는 '으레'다. 이를 '으례'라고 잘못 쓰는 경우가 많다.

• 둘만 있으면 으레 그렇듯이 금세 치고받고 싸운다.
• 둘이서 육개장을 먹으면 밥값은 으레 그가 낸다.

✎ 낼름 → 날름

'낼름'도 잘못 쓰는 단어다. '날름'이 바른 말이다. '널름'이나 '늘름'으로 써도 된다.

• 그 애는 나만 보면 노상 혀를 날름 내밀었다.
• 내가 들고 있던 괴나리봇짐을 늘름 가져갔다.

✎ 홀홀단신 → 혈혈단신

'의지할 곳이 없는 외로운 홀몸'을 뜻하는 단어는 '혈혈단신(孑孑單身)'이다. '홀홀단신'이라고 잘못 쓰는 사람이 의외로 많다.

• 가족도 없는 혈혈단신이라 살림도 무척 단출하다.

✎ 허투로 → 허투루

'아무렇게나 되는대로'라는 뜻의 단어는 '허투루'다. 이를 '허투로'라고 쓰면 안 된다. "내 말을 허투루 듣지 마라."처럼 쓴다.

• 초대 손님을 허투루 대접해서 구설에 올랐다.

✎ 초죽음 → 초주검

'두들겨 맞거나 피곤에 지쳐서 거의 다 죽게 된 상태'를 뜻하는 단어는 '초주검'이다. 이를 '초죽음'이라고 잘못 쓰는 경우가 많다.

• 고난도의 동작을 연습하느라 거의 초주검이 되었다.

✎ 희귀병 → 희소병, 드문 병

'희귀(稀貴)'라는 말을 풀어 쓰면 '드물고 귀하다'라는 뜻이다. '병'이 드물다는 건 말이 되지만, 귀하다는 건 말이 안 된다. 질병에다 '귀하다'라는 수식을 갖다 붙일 까닭이 없다.
'드물고 적다'는 뜻의 '희소(稀少)'라는 표현이 더 적합한 것 같다. 앞으로는 '희소병'이라고 고쳐 써 보자. 한자어를 쓰기 싫은 사람은 그냥 '드문 병'이라고 하면 된다.

• 돌하르방처럼 생긴 그 남자는 희소병을 앓고 있다.
• 그 아이는 치료하기 힘든 드문 병을 앓고 있는 듯하다.

✎ 염두해 두다 → 염두에 두다

'염두(念頭)'는 '생각 념(念)'과 '머리 두(頭)'로 이루어진 한자어다. 쉬운 말로 바꾸면 '마음속'이라는 뜻이다. 주로 '염두에 두다'라는 관용적인 표현으로 많이 쓴다. '염두해 두다'라고 쓰면 안 된다. '염두하다'라는 단어가 없으니 '염두해 두다'라는 표현도 쓸 수 없다.

- 노력이 얼마큼 중요한지 늘 염두에 두고 있어라.
- 화병에 걸리지 않으려면 내 말을 노상 염두에 두어라.

✎ -ㄹ 만하다

'만하다'는 '보조 용언'이다. 보조 용언은 본용언과 띄어 쓰는 것이 원칙이지만, 붙여 쓰는 것도 허용한다. 문법적인 설명만으론 선뜻 이해가 되지 않을 것이다.

- 그 영화는 볼 만하다.
- 그 영화는 볼만하다. (※허용)

'-ㄹ 만하다'는 자주 쓰는 표현이니 확실히 알아 두자. 띄어 써도 되고 붙여 써도 되지만, 일단 '원칙'대로 띄어 쓰는 습관을 들이자. '할 만하다, 먹을 만하다, 믿을 만하다'처럼 쓰자.

✎ -만 하다

'-만 하다'의 '만'은 조사다. '앞말이 나타내는 대상이나 내용 정도에 달함'을 뜻한다. 조사이기 때문에 앞말에 붙여 쓴다. 이때 '-만'과 뒤에 오는 '하다'는 반드시 띄어 써야 한다. 주의하자!

- 집채만 하다. 주먹만 하다. 형만 한 아우 없다. (O)
- 집채 만하다. 주먹 만하다. 형 만한 아우 없다. (X)

✎ 삭히다 / 삭이다

'삭다'의 사동형은 '삭히다'와 '삭이다' 두 가지 형태가 있다. '삭히다'는 '김치나 젓갈 따위를 삭게 하다'라는 뜻이다. '익히다'와 대체로 비슷한 의미라고 보면 된다.

'삭이다'는 '긴장이나 화를 가라앉히다'라는 뜻이다. '누그러뜨리다', '녹여 없애다' 정도의 표현과 비슷한 의미다. 뜻풀이만으론 감이 잘 오지 않을 것이다. 아래의 예를 익혀 두자.

- 김치를 삭히는 데 적절한 온도는 몇 도나?
- 뒤뜰에서는 젓갈 삭히는 냄새가 진동했다.
- 머리가 벗어진 그 남자는 분노를 삭이기 힘들었다.
- 예부터 "한창나이 때는 돌도 삭일 수 있다."라고 했다.
- 가래를 삭이는 약을 먹고 심한 욕지기를 느꼈다.

✎ 흐리멍텅하다 → 흐리멍덩하다

'멍청하다'나 '멍텅구리' 같은 단어에서 유추하여 '흐리멍텅하다'라고 잘못 쓰는 것 같다. '흐리멍덩하다'라고 써야 옳다.

- 그 남자는 어리바리한 데다 눈빛이 흐리멍덩해서 싫어.

✎ -지 / 지

'ㄴ지'나 'ㄹ지'는 하나의 어미다. 어미는 앞말에 붙여 쓴다. 그러나 '지'가 의존 명사일 때는 'ㄴ 지'처럼 띄어 쓴다. 의존 명사 '지'는 '시간의 경과'를 나타내는 표현과 함께 쓰인다.

- 날씨가 끄물끄물해서 해가 언제 뜰지 모르겠다.
- 장맛비가 언제부터 왔는지 잘 모르겠다.
- 뒤풀이를 할지 말지 아직 결정을 못 내렸다.
- 우리말을 배운 지 오래되었다. (※시간 경과)
- 그가 유명을 달리한 지 삼 년이 지났다. (※시간 경과)

'시간의 경과'로 '-지'와 '지'를 구분하는 게 헷갈린다면 간단한 방법이 있다. '지'를 쓸 자리에 '가'나 '까'를 넣어 보는 것이다. 말이 되면 어미인 '-지'이고, 말이 안 되면 의존 명사인 '지'이다.

- 장맛비가 언제부터 왔는지 모르겠다.
- 장맛비가 언제부터 왔는가 모르겠다.
- 뒤풀이를 할지 말지 아직 결정을 못 내렸다.
- 뒤풀이를 할까 말까 아직 결정을 못 내렸다.
- 우리말을 배운가 오래되었다. (X)
- 그가 유명을 달리한까 삼 년이 지났다. (X)

✎ 짖궂다 → 짓궂다

이 단어도 꽤 많이 틀린다. 제대로 쓰는 사람이 오히려 적을지도 모르겠다. '짓궂다'라고 써야 옳다.

- 그의 짓궂은 장난에 모두 눈살을 찌푸렸다.
- 그는 수업 시간에 만날 짓궂은 질문만 한다.

✎ 짝짝이 / 짝짜기

'짝짝이'는 '서로 짝이 아닌 것끼리 합하여 이루어진 한 벌'이다. "양말을 짝짝이로 신었다."처럼 쓴다. 한편, '캐스터네츠'를 순 우리말로 '짝짜기'라고 한다. 흔히 '짝짝이'라고 잘못 알고 있다.

- 그는 쌍꺼풀이 심하게 짝짝이라 수술을 할 만하다.
- 심벌즈, 트라이앵글, 짝짜기 등을 모두 염두에 두어라.

✎ 디룩디룩 → 뒤룩뒤룩

흔히 '디룩디룩'으로 잘못 쓰고 있는데, '뒤룩뒤룩'으로 써야 옳다.

- 눈동자를 뒤룩뒤룩 굴리며 혀를 날름 내밀었다.
- 운동을 시작한 후로 되레 살이 뒤룩뒤룩 찌는 듯하다.

✎ 채이다 → 차이다, 채다

'차다'의 피동형은 '차이다'이다. '차이다'는 줄여서 '채다'라고 쓰기도 한다. 많은 사람이 '채이다'라고 쓰는데 이는 잘못이다. 과거형도 '채였다'가 아니라 '차였다'나 '채었다'라고 써야 한다.

- 그는 허구한 날 애인에게 구둣발로 차였다.
- 그는 만날 엉덩이를 차이는 게 일과였다.
- 얼마큼 더 차여야만 정신을 차리겠니?
- 몸이 찌뿌듯해서 기지개를 켜다가 정강이를 채었다.

✎ 패이다 → 파이다, 패다

'채이다'의 경우와 같다. '파다'의 피동형은 '파이다'이고, '파이다'는 '패다'라고 줄여서 쓸 수 있다. 이를 '패이다'라고 쓰는 것은 잘못이다. 과거형도 '패였다'가 아니라 '파였다'나 '패었다'라고 써야 한다.

- 그때 파인 자리가 옥에 티처럼 계속 눈에 거슬렸다.
- 폭우로 웅덩이가 파인 곳은 일단 널빤지로 덮었다.
- 흙으로 메우고 메워도 차만 지나가면 땅이 움푹 패었다.
- 그 여자가 입은 블라우스는 앞가슴 쪽이 많이 파였다.

✎ 불리우다 → 불리다

'부르다'의 피동형은 '불리다'이다. 이를 '불리우다'라고 쓰는 사람이 많다. "그는 문화 대통령으로 불리우고 있다."라는 문장의 '불리우고'는 '불리고'라고 써야 옳다.

• '슈퍼맨'이라 불린 사나이치고는 너무 숙맥이다.
• 그는 입때껏 '고문관'으로 불리는 걸 은근히 즐겼다.

'불리워지다'라는 말도 일상에서 흔히 쓴다. 이것도 '불리어지다'나 '불려지다'라고 써야 옳다. 그러나 이 표현은 되도록 쓰지 말자. '불리다'가 이미 '부르다'의 피동형인데, 거기다 또 '-어지다'를 붙이면 '이중 피동'의 형태가 되기 때문이다.

• 잘못 불려진 이름이다. (△) → 불린
• 그는 '독종'이라고 불려졌다. (△) → 불렸다

✎ 가리워지다 → 가려지다

'보이거나 통하지 못하도록 막다'라는 뜻의 단어는 '가리다'이다. 이를 피동형으로 바꾸면 '가리어지다'가 되고, 줄여서 '가려지다'라고 쓸 수 있다. '가리워지다'라고 쓰는 것은 잘못이다.

• 안개로 시야가 가려져서 길이 너무 헷갈렸다.
• 내로라하는 실력자도 눈앞이 가려지면 어쩔 수 없다.

✎ 나뉘어지다 → 나누어지다, 나뉘다

'나누다'의 피동형은 '나누어지다' 또는 '나뉘다'라고 써야 옳다. 이를 '나뉘어지다'라고 쓰는 것은 '이중 피동'이다.

• 팀이 둘로 나뉘어졌다. (△) → 나누어졌다, 나뉘었다

📝 쓰여지다 → 써지다, 쓰이다

'쓰다'의 피동형은 '써지다' 또는 '쓰이다'라고 써야 옳다. 이를 '쓰여지다'라고 쓰는 것은 '이중 피동'이다. '잊혀지다'도 '잊히다' 또는 '잊어지다'라고 써야 한다.

• 이 펜은 잘 쓰여진다. (△) → 써진다, 쓰인다
• 잘 잊혀지지 않는다. (△) → 잊히지, 잊어지지

📝 체신머리없다 → 채신머리없다

'말이나 행동이 경솔하여 위엄이나 신망이 없다'라는 뜻의 단어는 '채신없다'이고, 이를 속되게 이르는 말이 '채신머리없다'이다. '몸 체(體)'를 떠올려 '체신'이라고 잘못 쓰는 것 같은데, '채신'이라고 써야 옳다. '채신'은 '처신'을 낮잡아 이르는 말이다.

• 그는 노상 욕지거리를 내뱉으며 채신머리없이 굴었다.

📝 애시당초 → 애초, 애당초

'맨 처음'을 뜻하는 단어는 '애초'다. 이를 강조하여 이르는 말이 '애당초'다. 그러나 우리가 흔히 쓰는 '애시당초'라는 말은 없다. '애초'와 비슷한 말인 '시초'와 더해져서 나온 말인 것 같다.

• 그런 허섭스레기 같은 인간은 애초에 상종하지 말걸.

✎ 설겆이 → 설거지

예전에는 '설겆이'라고 썼지만 지금은 '설거지'가 맞는 말이다.

• 그는 웬만해서는 설거지를 하지 않는다.

✎ 조우, 해후, 만남, 상봉

조우(遭遇)는 '우연한 만남'이라는 뜻이다. 만나긴 만났는데 '우연히' 만났다는 사실이 중요하다. 예전에 스티븐 스필버그 감독의 〈미지와의 조우〉라는 영화가 있었다. 영화를 보지 못해서 확실히는 모르겠으나, 외계 생명체를 '우연히' 만난 것이라면 '조우'가 옳다.

그러나 '예정된 만남' 또는 '준비된 만남'이라면 '조우'라는 단어를 써서는 안 된다. 예컨대 '한미 두 정상의 조우'라는 표현은 옳지 않다. 양국의 정상이 준비 없이 '우연히' 만날 일은 없을 테니까.

'해후(邂逅)'라는 말도 있다. '오랫동안' 헤어졌다가 '뜻밖'에 만났다는 뜻이다. 따라서 〈이산가족 찾기〉 등을 통해 연락이 닿아 만나는 경우는 '조우'나 '해후'가 아니다. '만남' 또는 '상봉'이다.

✎ 섬찟하다 → 섬뜩하다

'갑자기 소름이 끼치도록 무섭고 끔찍한 느낌이 들다'라는 뜻의 단어는 '섬뜩하다'이다. 이를 '섬찟하다'라고 쓰는 사람이 많다. '섬찟하다'를 사전에서 찾으면 "'섬뜩하다'의 잘못"이라고 나온다.

• 똬리를 튼 뱀을 보자 섬뜩한 기분이 들었다.

• 등목을 하기 위해 웃통을 벗다가 섬뜩한 기분을 느꼈다.

🖊 −조차

'−조차'는 조사다. 조사는 앞말에 붙여 쓴다. '−커녕'과 같이 묶어서 생각하면 잊지 않을 것이다.

• 그는 밥을 먹기는커녕 물조차 마시지 않았다.
• 시험을 치른 결과가 좋지 않자 부모에게서조차 외면당했다.

🖊 한가닥 하다 → 한가락 하다

'노래나 소리의 한 곡조' 또는 '어떤 방면에서 썩 훌륭한 재주나 솜씨'를 뜻하는 단어는 '한가락'이다. 흔히 '한가락 하다'라는 관용구로 쓰이는데, 이를 '한가닥 하다'로 잘못 쓰는 사람이 많다.

• 내가 아무리 숙맥이라도 노래는 한가락 한다.

🖊 밑둥 → 밑동

'긴 물건의 맨 아랫동아리' 또는 '나무줄기에서 뿌리에 가까운 부분'을 뜻하는 단어는 '밑동'이다. 이것도 '밑둥'이라고 잘못 쓰는 사람이 의외로 많다.

🖊 접지르다, 겹지르다 → 접질리다, 겹질리다

'심한 충격으로 지나치게 접혀서 삔 지경에 이르다'라는 뜻의 단어는 '접질리다'이다. 이를 '접지르다'라고 쓰면 안 된다. '접질리다'가 기본형이므로 과거형은 '접질렀다'가 아니라 '접질렸다'가 된다.

'접질리다'는 자동사와 타동사의 형태가 같다. '발목이 접질리다'라고 써도 되고 '발목을 접질리다'라고 써도 된다. '접질리다'와 동의어인 '겹질리다'도 '겹지르다'라고 쓰면 안 된다.

- 화병이 날 듯해서 펄쩍펄쩍 뛰다가 발목을 접질린 듯싶다.
- 운동하다가 겹질린 손목이 아프다. 찻잔을 들 수도 없다.
- 접질렸던 부위의 부기가 아직 다 가시지 않았다.

✎ 벼라별 → 별의별, 별별

'보통과 다른 갖가지의'라는 뜻의 단어는 '별의별'이다. 비슷한 말로 '별별'이라고도 한다. 이를 '벼라별, 베라벨, 벼레별' 등으로 잘못 쓰는 사람이 많다.

- 젊었을 때는 별의별 곤욕을 다 치렀지.
- 그에겐 허구한 날 별별 소문이 다 따라다닌다.

✎ 밍숭맹숭 → 맨송맨송, 민숭민숭

'몸에 털이 있어야 할 곳에 털이 없어 반반한 모양', '산에 나무나 풀이 우거지지 아니하여 반반한 모양', '술을 마시고도 취하지 아니하여 정신이 말짱한 모양', '일거리가 없거나 아무것도 생기는 것이 없어 심심하고 멋쩍은 모양' 등을 뜻하는 단어는 '맨송맨송'이다. '민숭민숭'이라고 써도 된다. 이를 '밍숭맹숭'이라고 쓰면 안 된다.

- 머리털이 맨송맨송 다 빠졌다.
- 하는 일 없이 민숭민숭 세월을 보냈다.
- 술을 많이 마셨는데도 맨송맨송하다.
- 산에 나무가 없어서 보기에 민숭민숭하다.

✎ 진작에 → 진작

'좀 더 일찍'이라는 뜻의 부사는 '진작'이다. '부사'에는 조사인 '-에'를 붙일 수 없다. '진작'을 명사로 착각하여 '진작에'처럼 쓰는 것 같다. '진작'은 순 우리말 부사다.

• 어쭙잖게 으스대지 말고 진작 그렇게 고분고분할 것이지.
• 날씨가 찌뿌듯해서 진작 내가 못 갈 거라고 했잖아.

✎ 야멸차다 → 야멸치다

'남의 사정은 돌보지 아니하고 자기만 생각하다' 또는 '태도가 차고 야무지다'라는 뜻의 단어는 '야멸치다'이다. 이를 대부분 '야멸차다'라고 잘못 쓰고 있다. '매몰차다'와 혼동해서 그런 것 같다. '야멸치다'를 쓰기가 어색하면 '매몰차다'로 쓰면 된다.

• 그는 내가 초주검이 되도록 야멸치게 쏘아붙였다.

✎ 송글송글 → 송골송골

'땀이나 소름, 물방울 따위가 살갗이나 표면에 잘게 많이 돋아나 있는 모양'을 뜻하는 단어는 '송골송골'이다. 이를 '송글송글'이라고 쓰는 것은 잘못이다. "이마에 땀이 송골송골 맺혔다."처럼 쓴다.

✎ 야밤도주 → 야반도주

'남의 눈을 피하여 한밤중에 도망함'을 뜻하는 단어는 '야반도주(夜半逃走)'이다. 이를 '야밤도주'라고 잘못 쓰는 사람이 많다.

✎ 일사분란 → 일사불란

'한 오리 실도 엉키지 않았다'라는 뜻으로, 질서가 정연하여 조금도 흐트러지지 않았음을 나타내는 단어는 '일사불란'이다. '한 일(一), 실 사(絲), 아닐 불(不), 어지러울 란(亂)'이다. 이를 '일사분란'이라고 쓰는 것은 잘못이다. '분란(紛亂)'이 아니라 '불란(不亂)'이다.

• 야반도주한 놈을 찾기 위해 모두 일사불란하게 움직였다.

✎ 째째하다 → 쩨쩨하다

'너무 적거나 하찮아서 시시하고 신통치 않다' 또는 '사람이 잘고 인색하다'라는 뜻의 단어는 '쩨쩨하다'이다. '째째하다'라고 잘못 쓰는 사람이 꽤 많다. "너무 쩨쩨하게 굴지 마."처럼 써야 옳다.

✎ 히히덕거리다 → 시시덕거리다

'실없이 웃으면서 조금 큰 소리로 계속 이야기하다'라는 뜻의 단어는 '시시덕거리다'이다. 이를 대부분 '히히덕거리다'라고 잘못 쓰고 있다. "그는 틈만 나면 시시덕거렸다."처럼 써야 한다.

✎ 개발새발 → 괴발개발

'괴발개발'을 풀어서 쓰면 '고양이의 발과 개의 발'이다. '괴'는 '고양이'의 옛말이다. 글씨를 아무렇게나 써 놓은 것을 빗대어 말할 때 쓰는 표현이다. 고양이와 개의 발자국이 어지럽게 찍혀 있는 마당을 상상해 보라. "글씨를 괴발개발 써 놓아서 도저히 못 읽겠다."처럼 쓴다.

✎ 날려쓰다 → 갈겨쓰다

글씨를 '괴발개발' 마구 쓰는 것을 '갈겨쓰다'라고 한다. 이를 많은 사람이 '날려쓰다'라고 잘못 쓰고 있다. '날려쓰다'도 언젠가는 표준어가 될 수 있겠지만, 현재로선 '갈겨쓰다'만 옳다.

• 괴발개발 갈겨쓴 글씨라 좀체 읽을 수가 없네요.

✎ 철썩같이 → 철석같이

'마음이나 의지, 약속 따위가 매우 굳고 단단하다'라는 뜻의 단어는 '철석(鐵石)같다'이다. 이때 '철석'을 '철썩'이라고 잘못 쓰는 경우가 많다. "나는 그를 철석같이 믿었다."처럼 써야 옳다.

✎ -로서 / -로써

'-로서'는 '지위나 신분 또는 자격을 나타내는 조사'이다. '-로써'는 '어떤 일의 수단이나 도구를 나타내는 조사'이다. 이 둘을 구분하는 것은 그다지 어렵지 않은데, 의외로 많이들 헷갈려한다.

• 직원으로서 최선을 다했다는 사실은 염두에 두세요.
• 형으로서 지금 이렇게 시시덕거릴 때가 아니지.
• 너는 노상 뭐든지 말로써 때우려고 하는구나.

✎ 새초롬하다 → 새치름하다

'조금 쌀쌀맞게 시치미를 떼는 태도가 있다'라는 뜻의 단어는 '새치름하다'이다. 이를 '새초롬하다'라고 쓰는 것은 잘못이다. '새초롬하다'가 말맛이 더 좋은 것 같기는 한데, 현재로선 '새치름하다'가 옳다.

✎ 곰곰히 → 곰곰이, 곰곰

'곰곰'이라는 부사는 있어도 '곰곰하다'라는 말은 없다. 따라서 '-히'가 붙을 수 없으므로 '곰곰이'라고 써야 옳다.

• 새치름하게 있지 말고 집에 가서 곰곰이 생각해 봐.
• 곰곰 생각해 보니 내가 너무 쩨쩨하게 굴었던 듯하다.

✎ 닭도리탕 → 닭볶음탕

'닭도리탕'이 일본어에서 온 말인지 순 우리말인지 국어학자들 사이에서도 논란이 있다. 대체로 '도리'는 '새'를 뜻하는 일본어로 보는 견해가 많지만, 순 우리말이라고 주장하는 학자도 있다.

'닭볶음탕'이라는 단어의 적절성에 의문을 제기하는 사람도 많다. 우리가 알고 있는 '그 음식'은 '볶음'도 아니고 '탕'도 아니기 때문이다. 그래서 '닭매운찜'이라고 바꾸자는 의견도 있다.

그러나 엄밀히 말하면 '찜'이라고 부르기도 적절치 않다. 이런 식으로 따지고 들자면 끝이 없다. 어쨌든 '닭볶음탕'으로 쓰자는 의견이 다수이므로 일단 거기에 따르자.

✎ 새털같이 많은 날 → 쇠털같이 많은 날

'새털'이 많을지 '쇠털'이 많을지는 굳이 털을 뽑아 가며 비교하지 않아도 충분히 예상할 수 있다. 일단 몸집부터 비교가 되지 않는다! 우리의 입에는 '새털'이 더 익숙하지만, '쇠털'이라고 해야 옳다.

• 쇠털같이 많은 날을 시시덕거리면서 허송세월했다.

✎ 따 논 당상 → 떼어 놓은 당상

조선 시대에 '정3품 이상의 벼슬'을 '당상'이라고 불렀다. 이들이 쓰던 망건은, 망건 줄을 꿸 수 있는 고리(관자)가 옥이나 금으로 되어 있었다. 이 '옥관자'나 '금관자'도 '당상'이라고 불렀다.
'옥관자'나 '금관자'는 망건에서 떼어 놓아도 당상관이 아니면 쓸 수가 없으므로 누가 가져갈 리 없고, 또 옥이나 금은 오래되어도 변색이나 부식이 되지 않으니 변하는 일도 없다. 여기에서 유래하여 '떼어 놓은 당상'이란 '으레 자기가 차지하게 될 일'을 뜻하게 되었다고 한다. 물론 이런 식의 추론을 백 퍼센트 믿을 필요는 없다.
어쨌든 우리가 주의할 것은 '떼어 놓은 당상'이라고 써야지 '따 논 당상'이라고 쓰면 안 된다는 것이다. '떼어'는 '떼'라고 줄여 쓸 수 있으므로 '떼 놓은 당상'이라고 써도 된다. 그리고 '따 놓은 당상'도 인정하고 있다. 요컨대 '놓은'을 '논'이라고 쓰지만 않으면 된다.

• 떼어 놓은 당상. 떼 놓은 당상. 따 놓은 당상. (O)
• 떼어 논 당상. 떼 논 당상. 따 논 당상. (X)

✎ 아둥바둥하다 → 아등바등하다

'무엇을 이루려고 애를 쓰는 모양'을 나타내는 단어는 '아등바등'이다. 따라서 동사는 '아등바등하다'라고 써야 옳다.

• 별의별 직업을 전전하며 살려고 아등바등했다.
• 그렇게 아등바등하면서 살지 마라.

✎ (속을) 썩히다 → 썩이다

'썩다'의 사동형은 '썩히다'와 '썩이다' 두 가지 형태가 있다. '썩히다'는 '음식물을 썩히다', '재능을 썩히다' 등으로 쓰고, '썩이다'는 '속을 썩이다', '골머리를 썩이다' 등으로 쓴다. '골치를 앓게 하다'라는 의미일 때는 '썩이다'를 쓴다는 것에 유의하자.

• 그는 흐리멍덩한 처신으로 부모님 속을 무척 썩였다.

✎ −던지 / −든지

'지난 일을 나타낼' 때는 '−던지'를 쓴다. '어느 것이 선택되어도 차이가 없는 둘 이상을 나열할' 때는 '−든지'를 쓴다.

• 뭐가 그리 급했던지 채신없이 속옷 바람으로 뛰어나갔다.
• 쩨쩨하게 굴지 말고 사든지 말든지 네 마음대로 해라.

✎ 복숭아뼈 → 복사뼈

흔히 '복숭아뼈'라고 많이들 쓰는데, '복사뼈'가 바른 말이다.

• 바짓가랑이 아래로 복사뼈가 보였다.

✎ 시덥잖다 → 시답잖다

'볼품이 없어 만족스럽지 못하다'라는 뜻의 단어는 '시답잖다'이다. '시덥잖다'라고 쓰면 안 된다.

• 시답잖은 말은 하지 마라. 애당초 불가능한 일이야.

✎ 절대절명 → 절체절명

'몸도 목숨도 다 되었다'라는 뜻으로, 어찌할 수 없는 궁박한 경우를 비유적으로 이르는 말은 '절체절명(絶體絶命)'이다. 이를 '절대절명'이라고 틀리게 쓰는 사람이 많다.

• 그는 절체절명의 위기에서 야반도주했다.

✎ 뒤쳐지다 → 뒤처지다

'어떤 수준이나 대열에 들지 못하고 뒤로 처지거나 남게 되다'라는 뜻의 단어는 '뒤처지다'이다. 이를 '뒤쳐지다'라고 쓰는 사람이 많다. "성적이 남들보다 뒤처져서는 안 된다."처럼 써야 한다.

✎ 되뇌이다 → 되뇌다

'같은 말을 되풀이하여 말하다'라는 뜻의 단어는 '되뇌다'이다. '되뇌이다'라고 쓰면 안 된다. '설레이다, 개이다, 헤매이다, 메이다' 등도 마찬가지다. '설레다, 개다, 헤매다, 메다' 등으로 써야 옳다.

• 나는 한 걸음 뒤처져서 걸으며 그 가사를 되뇌었다.

✎ 결재 / 결제

'결재'는 서류와 관련 있다. '결제'는 돈과 관련 있다.

- 결재 서류. 결재를 받다. 결재를 올리다.
- 카드 결제. 어음 결제. 어음을 결제하다.

✎ 쌉싸름하다 → 쌉싸래하다

'달콤 쌉싸름한 초콜릿'이라는 영화 제목 때문에 '쌉싸름하다'라는 단어가 친숙하겠지만, '쌉싸름하다'는 현재 표준어가 아니라는 사실을 알아 두자. '쌉싸래하다'라고 써야 옳다.

✎ 률(率) / 렬(列)

받침이 없는 말 뒤에서는 '율/열'로 적는다. '비율, 이자율, 나열'처럼 쓴다. 이건 문제 될 게 없다. 그냥 발음대로 쓰면 되니까. '비률, 이자률, 나렬'처럼 쓸 사람은 아무도 없다.

받침이 있는 말 뒤에서는 '률/렬'로 적는다. '확률, 성공률, 행렬'처럼 쓴다. 단, 예외가 하나 있다. 'ㄴ'받침이 있는 말 뒤에서는 '율/열'로 적는다. '백분율, 임신율, 분열'처럼 말이다.

정리하자. 받침이 없는 말과 'ㄴ'받침 뒤에서는 '율/열'이다. 다른 받침 뒤에서는 모두 '률/렬'이다.

- 비율, 이자율, 나열 (※받침 없음)
- 확률, 성공률, 행렬 (※받침 있음)
- 백분율, 임신율, 분열 (※ 'ㄴ' 받침)

✎ 현해탄을 건너다 → 대한 해협을 건너다

'현해탄(玄海灘)'은 '대한 해협 남쪽, 일본 후쿠오카 서북쪽의 바다'를 말한다. 일본의 지명이지 우리나라의 지명이 아니다. '일본으로 갔다'는 걸 멋스럽게 표현한답시고 '현해탄을 건넜다'라고 쓰는 경우를 종종 본다. 하나도 안 멋있다. '대한 해협을 건넜다'라고 쓰자.

✎ 전기세, 수도세 → 전기 요금, 수도 요금

세금은 '국가 또는 지방 공공 단체가 필요한 경비로 사용하기 위하여 국민이나 주민으로부터 강제로 거두어들이는 금전'이다. 요금은 '남의 힘을 빌리거나 사물을 사용·소비·관람한 대가로 치르는 돈'이다. '전기'나 '수도'는 사용한 만큼만 돈을 치르므로 '요금'이다.

• 전기 요금과 수도 요금이 생각보다 많이 나왔어.

✎ 괜시리 → 괜스레

'까닭이나 실속이 없는 데가 있다'라는 뜻의 형용사는 '공연스럽다'인데, 이를 '괜스럽다'라고도 한다. '괜스럽다'에서 나왔으므로 부사는 '괜스레'가 된다. 이를 '괜시리'라고 쓰는 것은 잘못이다.

• 흉측한 얼굴만 보고 괜스레 겁먹었구나.

✎ 밍기적거리다 → 뭉그적거리다

'제자리에서 자꾸 게으르게 행동하는 것'은 '뭉그적거리다'이다. '밍기적거리다'는 틀린 말이다.

• 요즘은 만날 출근하기 싫어서 뭉그적거린다.

✎ 구렛나루 → 구레나룻

'귀밑에서 턱까지 잇따라 난 수염'을 뜻하는 단어는 '구레나룻'이다. 이를 '구렛나루'라고 쓰는 것은 잘못이다. '구레(굴레)'는 '말이나 소 따위를 부리기 위하여 머리와 목에서 고삐에 걸쳐 얽어매는 줄'을 말한다. '나룻'은 '수염'을 뜻한다. '구레+나룻'이다!

✎ 어리숙하다 → 어수룩하다

'어리숙하다'는 현재 표준어가 아니다. '어수룩하다'라고 써야 옳다. 언젠가는 '어리숙하다'도 표준어로 인정되리라고 생각하지만, 지금은 아니다. 정답은 '어수룩하다'라는 걸 알아 두자.

• 내가 그렇게 어수룩하게 보이니?

✎ 사단이 나다 → 사달이 나다

'사고나 탈'이라는 뜻의 단어는 '사달'이다. 이를 '사단'으로 잘못 알고 있는 사람이 꽤 많다. "욕심을 부리더니 결국 사달이 났다."처럼 쓴다.

외래어 표기, 제대로 알고 쓰자

매니아 → 마니아
- 너는 왜 허구한 날 라면만 먹니? 라면 마니아니?

넌센스 → 난센스
- 짜깁기한 논문이 대상을 받다니 정말 난센스야.

맛사지 → 마사지
- 그는 마사지 솜씨가 뛰어나다며 나를 한껏 치켜세웠다.

카운셀러 → 카운슬러
- 나는 어쭙잖게 연애 전문 카운슬러가 되었다.

렌트카 → 렌터카
- 렌터카를 타고 가다가 딱지를 떼였다.

다이나믹 → 다이내믹
- 이종 격투기 선수들처럼 치고받고 다이내믹하게 싸웠다.

가디건 → 카디건
- 카디건을 입고 뒤치다꺼리하려면 거치적거릴 텐데.

악세사리 → 액세서리
- 액세서리 사업을 떠벌였다가 집안이 풍비박산했다.

제스추어 → 제스처
- 욕지거리를 뜻하는 손가락 제스처로 구설에 올랐다.

스티로폴 → 스티로폼
- 여태껏 널빤지 사이에 스티로폼이 들어가는 걸 몰랐다.

나레이터, 나레이션 → 내레이터, 내레이션

- 그 내레이터 모델의 남자 친구는 머리가 벗어졌다.

디엠지 → 디엠제트(DMZ)

- 이제야 사진에 찍힌 장소가 디엠제트라는 걸 알겠다.

스카웃 → 스카우트

- 그는 스카우트되지 못한 충격을 잘 추슬렀다.

윈도우, 스노우, 슬로우 → 윈도, 스노, 슬로

- 그는 스노보드라면 사족을 못 쓴다.

컨셉, 컨텐츠, 넌픽션, 컴플렉스 → 콘셉트, 콘텐츠, 논픽션, 콤플렉스

- 내가 제시한 콘셉트는 그들이 가진 콘텐츠에 맞지 않았다.

본네트 → 보닛

- 그 차는 보닛이 잘 덮이지 않는 게 옥에 티다.

발렌타인데이 → 밸런타인데이

- 밸런타인데이는 나 같은 솔로에겐 화병만 돋우는 날이다.

스태미너 → 스태미나

- 육개장에 주꾸미 전골까지 먹으면 스태미나에 최고죠.

라이센스 → 라이선스

- 라이선스 없이 허투루 사업을 떠벌였다가 곤욕을 치렀다.

써클, 써비스, 피씨방 → 서클, 서비스, 피시방

- 사람들에게 그는 애당초 '피시방 죽돌이'라고 불리었다.

엔돌핀 → 엔도르핀
- 그는 엔도르핀이 분비되지 않는 드문 병에 걸렸다.

샷시 → 새시
- 새시를 달러 온 남자는 귓밥과 콧방울이 두툼했다.

콩쿨, 앵콜 → 콩쿠르, 앙코르
- 콩쿠르에서 앙코르를 받기는 참으로 오랜만이다.

리더쉽, 멤버쉽, 쇼맨쉽 → 리더십, 멤버십, 쇼맨십
- 괜한 쇼맨십 때문에 채신머리없다는 소리만 들었다.

쇼파, 커텐 → 소파, 커튼
- 아니에요. 소파는커녕 커튼조차 마음에 들지 않아요.

까페, 꽁트 → 카페, 콩트
- 그 카페는 예전에 한가락 하던 연예인이 운영하고 있다.

네비게이션 → 내비게이션
- 그 회사가 만든 내비게이션은 정말 허섭스레기야!

구테타 → 쿠데타
- 오늘 아침에 쿠데타가 일어났다는 섬뜩한 뉴스를 들었다.

커피샵, 워크샵 → 커피숍, 워크숍
- 워크숍에 참가했다가 별의별 교육을 다 받았다.

메세지, 소세지 → 메시지, 소시지
- 이제 그만 헤어지자는 문자 메시지를 야멸치게 보냈다.

싸인, 싸인펜, 네온싸인 → 사인, 사인펜, 네온사인
• 사인을 받기 위해 사인펜을 들고 일사불란하게 움직였다.

알콜 → 알코올
• 그분은 알코올이 들어가면 시시덕거리는 버릇이 있어요.

앰블란스 → 앰뷸런스
• 앰뷸런스가 오리라고 철석같이 믿고 있었다.

데뷰, 쥬라기 → 데뷔, 쥐라기
• 내가 너의 데뷔 선배로서 한마디 해도 될는지 모르겠다.

썸머, 햄머 → 서머, 해머
• 그 영화에는 해머를 든 흉측한 몰골의 사내가 나온다.

런닝셔츠, 컨닝 → 러닝셔츠, 커닝
• 러닝셔츠 사 입은 돈까지 회사 카드로 결제했다.

스케쥴, 쥬니어, 쥬스 → 스케줄, 주니어, 주스
• 시답잖은 스케줄은 서슴지 말고 빼 주세요.

비젼, 텔레비젼 → 비전, 텔레비전
• 텔레비전 출연은 이미 떼어 놓은 당상이다.

기브스 → 깁스
• 쇠털같이 많은 날을 깁스를 한 채 보내야만 했다.

대쉬, 플래쉬, 브러쉬 → 대시, 플래시, 브러시
• 괜스레 대시했다가 새치름한 그녀에게 퇴짜를 맞았다.

미이라 → 미라
• 그 미라는 보존 상태가 좋아 구레나룻까지 남아 있다.

맘모스 → 매머드
• 매머드만 한 에어컨 때문에 전기 요금이 많이 나왔다.

로얄티, 로얄젤리 → 로열티, 로열젤리
• "내 침은 로열젤리다." 그러고는 허구한 날 침을 튀겼다.

환타지, 화이팅 → 판타지, 파이팅
• 그때 한창 판타지 소설에 빠져 부모 속을 꽤 썩였다.

바베큐 → 바비큐
• 어떨 땐 바비큐를 먹기보다는 닭볶음탕을 먹는 게 낫다.

팡파레 → 팡파르
• 아등바등 공부하더니 결국 팡파르를 울리는구나.

아프터서비스 → 애프터서비스
• 애프터서비스는 확실하다는 말을 철석같이 믿었다.

하일라이트 → 하이라이트
• 쩨쩨하게 하이라이트 장면만 맛보기로 보여 주더군.

비스켓, 자켓, 타겟 → 비스킷, 재킷, 타깃
• 그의 재킷을 타깃으로 삼아 비스킷을 던져서 딱 맞혔다.

초콜렛, 팜플렛, 캐비넷 → 초콜릿, 팸플릿, 캐비닛
• 캐비닛 안에는 초콜릿은커녕 초코파이조차 없었다.

캐롤, 심볼 → 캐럴, 심벌
• 너무 으스스해서 캐럴을 부를 만한 분위기가 아니었다.

뱃지 → 배지
• 금배지 달고 나서는 날 봐도 전혀 알은체하지 않았다.

앙케이트 → 앙케트
• 앙케트 결과가 어떻기에 그렇게 안절부절못하는 걸까?

레포트 → 리포트
• 일주일 밤을 새워서 리포트를 썼더니 초주검이 되었다.